녹천에는 똥이 많다

鹿川有许多粪

[韩]李沧东 著　　春喜 译

武汉大学出版社

图书在版编目（CIP）数据

鹿川有许多粪 / （韩）李沧东著；春喜译 .—武汉：武汉大学出版社，2021.7（2022.2 重印）
ISBN 978-7-307-22395-0

Ⅰ.鹿… Ⅱ.①李… ②春… Ⅲ.①中篇小说—小说集—韩国—现代 ②短篇小说—小说集—韩国—现代 Ⅳ.I312.645

中国版本图书馆 CIP 数据核字（2021）第 111042 号

녹천에는 똥이 많다 ©1992 by Lee, Chang-dong
All rights reserved.
Simplified Chinese Translation rights arranged by Moonji Publishing Co., Ltd. through Shinwon Agency Co., Seoul
Simplified Chinese Translation Copyright ©2021 by Wuhan University Press
This book is published with the support of the Literature Translation Institute of Korea (LTI Korea)

本书原名为녹천에는 똥이 많다，作者李沧东。
本书原版由韩国文学与知性社出版，中文简体版由韩国信元版权代理公司授权武汉大学出版社出版，并得到韩国文学翻译院资助。版权所有，盗印必究。未经出版者授权，不得以任何形式、任何途径，生产、传播和复制本书的任何部分。

责任编辑：赵 金　　装帧设计：彭振威设计事务所
出版发行：武汉大学出版社（430072 武昌 珞珈山）
　　　　　（电子邮箱：cbs22@whu.edu.cn 网址：www.wdp.com.cn）
印刷：武汉精一佳印刷有限公司
开本：625 × 880　1/32　　印张：10　　字数：180 千字
版次：2021 年 7 月第 1 版　2022 年 2 月第 4 次印刷
ISBN 978-7-307-22395-0　　定价：58.00 元

版权所有，不得翻印；凡购我社的图书，如有质量问题，请与当地图书销售部门联系调换

中文版序

继《烧纸》之后，我的第二本小说集也在中国出版了。其中收录的这些作品创作于二十几年前，当时我还没有开始从事电影工作。时隔许久，我再一次翻开书页阅读这些小说，像是重读以前写给某人的情书，感触颇深。在那个年月，我像是在给某人写情书一样，克制住自己殷切的内心，逐字写下了这些作品。二十几年过去了，这封情书现在来到了中国读者的面前。

这部小说集里的故事反映了我写小说那个年代的韩国现实。不过，我想描写的不仅是压制个人生活的现实，还有与现实中的痛苦进行抗争，同时寻找个人生活的意义的人物形象。我认为，这才是文学或者电影应该表达的最本质的东西。

我通过小说所传达的这些，穿越了时间与空间，跨越了语言与国境，与中国读者进行交流，获得了新生。感谢促成这个机会的武汉大学出版社，感谢和我通过邮件仔细检查文本、努力做到尽善尽美的译者春喜，最重要的是感谢敞开心扉阅读我的作品的中国读者们。

2021 年 7 月

李沧东

目 录

真正的男子汉 ... 1

龙川白 ... 29

关于命运 ... 55

鹿川有许多粪 ... 103

天 灯 ... 179

后 记 ... 295

附录：追求真正价值的小说探索 ... 297

真正的男子汉

谈到张丙万，难免会想起那年六月的那场巨大动荡与抗争浪潮，俗称"六月抗争"[i]或者"民主化大斗争"。因为正是在那年六月的某一天，在名为"鸡笼车"的警用押运大巴上，我第一次见到了张丙万。

所谓那年六月的某一天，说得再详细点，就是彼时著名的"6·10大集会"前夕，街头氛围相当混乱。我与张丙万初识于警用押运大巴，凑巧又都遭遇了便服警察不问青红皂白的拳打脚踢，算得上患难之交。总之，我和他初遇的情况有点特殊，有必要简单说明一下前因后果。

那天下午，我在明洞购物街入口处的波斯菊商场附近被警察当作示威者强行带走了。事件的起因是我偶然有事路过那里，刚好目击了大学生突然发起示威活动。我走出

---

[i] 六月抗争：1987年6月10日至29日，韩国爆发了全国范围的大规模民主运动。——本书注释均为译者注

商场门口的地下通道，感觉气氛有些异常，停下了脚步。周末拥挤的明洞大街与平常并无两样，却莫名笼罩着一股非同寻常的紧张感。

我先是看到不少行人停步望向马路对面的商场。商场门前挤满了享受周末的人群，乍一看去，似乎没有什么特别之处。不过再仔细一瞧，即可发现商场大楼旁边列着一队战斗警察。不论过去还是现在，在街上看到战警并不值得大惊小怪。不过，近一个中队的警察在商场门口把守着，路人齐齐驻足观望，显然有什么不寻常之事。

"发生了什么事吗？"

我身边站着一位三十岁左右的男人，身穿白色衬衫、打着领带，像是一位销售人员。听到我的问话，他警觉地打量了我一番，只回答了一句"说不准"。恰在这时，我听到身后传来一阵急切的呼喊。

"广大市民，学生们决定七点整在乐天百货门口举行推翻独裁统治的街头抗争。各位爱国市民，大家一起参与进来吧！让我们一起挺身而出，协力打倒肆意严刑逼供、压制人民的军队法西斯！"

我回头一看，那个声音来自一个稚气未脱的大学生。他的呼吁十分老练，极具煽动性，与长相完全不符。他快速说完，扒开人群，匆忙隐身其中。我看了看表，刚好快到七点了。

不过在我看来，大学生们的示威计划相当于已经败北。警察提前打探到紧急示威的情报，已经事先占领了原定场地，架起了铜墙铁壁。就算当今时代的大学生再怎么勇敢无畏，也只会是徒劳无功罢了。我却又无法立刻离去。因为我很好奇学生们最终是否会如约出现，而且现场聚集了不少市民，于是我又茫然地期待着会出现某种令人感动的戏剧化场景，比如市民们说不定会一呼百应，积极参与示威。虽然这只不过是一种茫然而虚无的期待而已，我却想紧抓不放。或许，现场的大部分围观群众都与我持同样心态。

过了几分钟，人群突然开始躁动起来。有人大喊：
"看呐，来了！"

学生们位于前方乙支路入口处的十字路口。他们远远地冲进机动车道正中央，挥起拳头向这边喊着口号。虽然只有区区四五个学生，却足以吸引满大街的目光。潮水般疾驰的车流突然陷入一片混乱。我在那一刻看了看表，刚好七点整。尽管有恐怖的警察把守现场，他们依然准时出现了。

乐天百货门前的便服警察队伍向那边冲了过去。这时，路边聚集的市民群体中爆发出嘘声，紧接着混在人群中的大学生开始大喊："废除护宪，打倒独裁！"

几位市民也开始跟着口号大喊，响应迅速扩散开来。此情此景，确实前所未见。善良沉默的大多数终于开始发声。个人融入集体，多少会变得勇敢。他们互为彼此的挡箭牌，欢呼着为警察喝倒彩。如果警察靠近，再重新混进善良沉默的大多数当中就可以了。我也是其中之一。群众的响应变得格外热烈，马路对面的警察向我们走来。这些便服警察戴着钢盔与防毒面具。他们走近了，学生们立刻隐匿踪迹，普通市民也悄悄后退，或者做出一副若无其事的样子，闭上了嘴。我也假装是一个沉默善良的市民，期待着他们快点走过去。

正在这时，一个便服警察经过我面前时突然转向我，如雷鸣般大喊着："我抓住他了！"他紧紧抓着我的领口。他们肯定是在马路对面早已注意到我为大学生鼓掌助威，提前盯上了我。

"干什么？我做错什么了，为什么要抓我？"

我当然做出了反抗，但是他们毫不理会，径直把我拖向停在路边的警用押运大巴那边。

"放开我！凭什么强行抓捕善良的市民？"

我使出全身的力气呼喊着。我环顾着周围的市民，想要控诉这种委屈愤慨的遭遇，却被几个身材魁梧的便服警察层层包围，隔断了视线。

"广大市民，怎么可以这样呢？堂堂法治国家，警察就这样抓捕一个无辜的市民……"

我尽管一直在呼喊，在那一刻却也清楚地感觉到，这种反抗是毫无意义的。什么"法治国家"，什么"无辜市民"，这些话在我自己听来都十分幼稚可笑。我继续反抗着，一个"钢盔"突然从几步远的地方朝我飞奔过来，毫不留情地用皮靴踢向我的胯部。要害处遭到暴击，我瞬间痛苦万分地倒在了地上。后来听一位大学生讲，"白骨团"[i]的主要任务就是抓捕示威者，踢要害是他们镇压示威的老套路了。抓捕示威现场的学生时，为了防止对方反抗或者逃跑，常像这样攻击其全身最敏感、最脆弱的部位。正如他所言，我算是毫无余地地中招了。我不仅不能再做出任何反抗，而且由于难以忍受的痛苦，我只能半瘫软在地上，来回扭动着身体。紧接着，他们开始残忍地对我拳打脚踢。他们整齐划一地戴着黑色防毒面罩，遮住了整张脸。两个玻璃眼和鼻子底下凸起的毒气滤盒什么的，看起来就像是谢肉节上戴的那种怪异丑陋的面具。果不其然，眼下这一切亦像极了容许所有残忍、暴力与施虐的谢肉节。

我被打到再也不能反抗，像一块湿抹布般完全瘫倒在地之后，才被拖拽到了大巴上。车上已经抓了不少人，放眼望去，多数是大学生。

"头顶地！谁敢抬头就弄死谁！"

大家刚一上车，就不得不按照他们的指示把脑袋塞到

---

[i] 1985 年 8 月 1 日，以首尔政府名义组建的便衣逮捕组，大多数有武术底子或特种兵出身，镇压示威者时戴白色头盔，穿便服，与普通警察进行区分，因而有了"白骨团"的外号。

座椅底下。即便如此，殴打仍在毫不手软地继续，四处传来骨头与骨头撞击的钝响与痛苦的惨叫声。我认为想要躲过眼前的殴打，不挑战他们的脾气才是上策，于是遵从指示把脑袋深深埋在了座椅底下。这时，一个男人的脸进入了我的视线。我透过身旁警察双腿之间的缝隙，与过道那边和我一样十指相扣抱住后脑勺的男人目光相接。

男人看起来三十五岁左右，和我对视后不好意思地露齿一笑。我也极力想要向他笑一下，没笑出来。他就是张丙万。当然了，我是后来才知道他的名字，当时只觉得他面相和善，我们都十分倒霉地被抓了。

"喂，数数人头。"

车子在不知不觉中发动了，前方的一个便服警察喊道。

"二十二个。"

"抓够二十五个再去交差。"

为了凑足剩下的三个，"鸡笼车"又在附近转悠起来。我们只能继续压低脑袋，忍受着他们的拳脚相加。

"喂，小崽子们！当过兵了吗？还没吧？所以才会上街示威，一群贱货！像你们这种人就该全部拉到停战线吃点苦头，哎哟这群混账东西！"

如此一来，我们只能等待着剩下的三个人赶快乘上这艘共同的命运之舟。

终于凑够了他们的预定数字，我们被移交到市区的某警察署。在警察署的院子里下车之后，有一个简单的身份调查，二十五个人当中只有我和刚才那个男人不是大学生。我认为获释机会只有现在了。

"我……有话要说。"

大学生们头顶地跪在警察署的水泥地上，我在最后一排举起了手。一位上了年纪的警官皱了皱眉头。他身穿制服，看起来像是负责人。

"什么？"

"我是无辜的。我没有做错什么，却被拉到了这里。"

我的表情与嗓音里充满委屈。我说我不是大学生，没有参与示威，是无辜的，没有任何理由被抓到这里。我边说边能感觉到自己的话自相矛盾。我隐瞒了自己参与示威的事实，同时又相当于认可了另一个事实：如果参与了示威，理所当然会被抓到这里。我强调自己不是大学生，也是因为觉得大学生可以随便被押运到警察署。

"那你怎么来的？"

他反问道。

"怎么来的？被抓来的啊。"

"你是干什么的？"

他又问了一句。我稍微犹豫了一下。

"写文章的。"

"文章？写什么文章？"

7

"写小说。"

我故意理直气壮地回答,同时非常担心他会问起我的名字。如果我说出自己的名字,恐怕他会回答说:"原来是个无名小说家。"很庆幸,他并没有问我的名字。他可能觉得不管我叫什么,小说家都是很难缠的。他不耐烦地皱起眉头,盯着我看了一会儿,说:

"那你走吧。"

"嗯?"

"回家去吧!"

想到被捕的过程与刚才所遭受的无数殴打与威胁,这个结局有点索然无味,令人哭笑不得。不过,我没再说话。在他改变心意之前,我背向那群仍然双手抱头顶地、跪在院子里的大学生,走出了警察署。胯部疼得厉害,我只能像只鸭子那般微微张开双腿,慢吞吞地挪着步子。这种感觉至今难忘。

"那位先生……"

我走出警察署正门,刚准备过马路,听到身后有人喊我。回头一看,正是在大巴座椅底下看到的那个男人。看来,他也因为不是大学生而被轻易释放了。我上下打量了他一番。肮脏皱巴的衬衣,软塌塌的裤子,粗糙的皮肤,他看上去像是那种长期在尘土中日晒劳作,赚一天吃一天的散工。

"谁都能看出来您不是学生,怎么会被抓呢?"

"其实，我瞧见他们在街上像打狗一样毒打学生，忍不住吼了几声：'不许打人！'结果，'你小子算什么东西'，他们呼啦一下围了上来。"

他不好意思地笑了。"我本来就有点性急，喜欢出风头是老毛病了。"

"我肚子饿了，想找个地方喝碗牛骨炖汤。如果你还没吃饭，就一起去吧。"我这么说，并非简单的客套。他主动和我搭话，我从他的眼神中读出了一种强烈的倾诉欲望。况且，如果直接回家，心里也堵得慌。

我们在附近一家牛骨炖汤店找了张桌子面对面坐下，我这才和他简单握了握手。他的履历和我猜测的差不多。他叫张丙万，39岁，辗转于各种职业，没有什么是没做过的，是一个名副其实的底层人。听说我以写作为生，他弯腰向我行了个大礼，令我十分尴尬。

"刚才听说，您是一位作家？非常荣幸。"

"什么啊，只是一个不为人知的写字的罢了。"

"即便如此，作家也是社会上受人尊敬的职业，和我们这种笨蛋不同。"

"职业不同，所学知识多寡，不会影响一个人的价值。这不就是民主主义嘛！为了构建一个这样的世界，刚才那群青年大学生没少受罪。"

"这很好呀，不过……"

他依然卑怯地笑着，小心翼翼地说道。

"虽然搞过几次民主化还是什么的，不过就算世道发生了改变，说实话像我这种没出息的老百姓的生活又会有什么不同呢？对我们来说只有世界安宁了，不搞示威了，才能偶尔捡点残渣充饥。"

"不能这样理解民主化。总统是直接选举还是间接选举，并非民主化的全部。像张兄这样的人，拼死拼活地劳动受累，却未能得到应有的回报，改变这种现实也是民主化。"

"可是先生，那种社会真的会到来吗？"

他看着我的脸，反问道。

"一起努力吧！"

我的这个回答，似乎对他并没有什么说服力。刚好牛骨炖汤上桌了，他抓起勺子开始吃饭。民主主义怎么样且不说，眼下这碗可以填饱肚子的牛骨炖汤看来更加令人欢喜。

在此，我较为详细地描述那天与张丙万的对话，甚至包括他细微的肢体动作与表情，并无其他理由，只因为不久后我便得知，张丙万自那天起产生了相当大的改变。为了更加准确地展现他的这种改变，我认为应该尽可能详细地刻画一下我第一次见到他的样子。

几天之后，6月10日，我再次见到了他。那天正是众所周知的"6·10大集会",正式名称为"声讨掩盖朴钟哲[i]被拷打致死真相与争取民主宪法的全国人民大集会"的日子。那天晚上 8 点左右,我再次与他偶遇。当时,明洞教堂内聚集了近千名的学生与市民。示威是下午 6 点开始的,他们在市区各个地方躲避着警察进行了零散的示威,后来默契地聚集在此。人们如汇聚的海水般兴奋地相互拥抱。

  大家的身体彼此紧贴,挤来挤去,却依然渴望人数的增加,因此不断地齐声歌唱"爱国市民一起来吧,Hula Hula"。人们加入队伍之中,一边呼喊,一边互相拍打着肩膀,这时身边的人到底是谁已经不重要,重要的是强烈地感觉到搭起肩膀的陌生人之间流淌着一种踏实的归属感与心灵共鸣,令人心潮澎湃。这种心灵的共鸣如波浪般彼此传递。

  在这一刻,所有人都是平等的。大家身体挤着身体,密集到不留一丝缝隙,就这样近距离地感受着身边的人,同时感觉到一种无以言表的安心。平时在路上与他人肩膀相触都会感到不快,现在反倒畏惧着与他人之间的空隙,努力靠近,哪怕只是减少一寸的距离。

  众人不断唱歌、喊口号。一首歌唱完,总有人开始新的歌曲与新的口号,大家也会毫不犹豫地跟着唱。示威活动以这种形式顺利无阻地进行着,不过中途发生了一个略微脱

---

[i] 朴钟哲:1987 年 1 月被警察拷打致死的大学生。

节的小事故。一曲《我们必胜》结束之后,有人开始领唱一首新歌。

"生为男子汉,所能何其多……"

这句歌词人人都很耳熟,因为太过耳熟,大家差点儿下意识地跟唱起来。人们很快意识到,这首歌正是韩国男人基本都能随口哼唱的军歌《真正的男子汉》。因此,这首歌不适合这种场合。在反抗军事独裁的示威现场,还有比唱军歌更搞笑的吗?难堪的是,只有领唱这首歌的当事人没有意识到这一点。

"你和我,以保家卫国为荣……"

他的嗓音非常激昂而洪亮,以自己特有的方式唱得严肃而真挚,却没法再继续唱下去,周围响起的"闭嘴吧"的奚落声与笑声将他的声音逐渐淹没。

"推翻杀人拷问肆行的军事独裁!"

有人响亮地喊了一句,打破了尴尬的气氛,随即众人的呼声如波涛般起伏起来。

"推翻,推翻,推翻……"

就在那一刻,我产生了一种奇怪的预感。我抬起头找到了唱《真正的男子汉》的主人公,被讥笑后依然脸红未消的男人果真是张丙万。

"怎么,认识那个人吗?"

我身旁的后辈问道。那天下午,这位朋友一直与我同行。他是学生运动圈出身，80年代初期坐过牢，现在效力于某家在野党组织。我向他简单介绍了一下张丙万，他双眼放光，很有兴趣。

"是个有意思的人，一起见见吧。"

队伍不断推挤，我们钻过人群之间的空隙向张丙万走去。张丙万认出了我，却并无开心之意，反倒面露尴尬，好像做了什么见不得人的事情被戳穿。

"今天特意出来的吗？"

"这个嘛，只是想凑个热闹……"

他深鞠一躬，接过我递过去的香烟，如此辩解道。在我看来，置身在这种场合他显然有一种自卑感。果不其然，周围大多是大学生与系着领带的中产市民，相比之下他的打扮十分寒碜，略微有些显眼。而且，他刚才鼓起勇气领唱了一支歌，却又意外地丢了丑。他挠挠后脑勺说：

"越是这种时候，像我这种什么也不懂的老百姓，越是应好好待在家里……"

"您可别这样说。就应该像先生您这样的人出面才是。您可比十个大学生还有价值。"

后辈很懂得察言观色，在旁赶快说道。

"哎哟，别叫我先生……"

他诚惶诚恐地摆摆手，却又确实从那句话中得到了鼓励。

"说真的，催泪弹那家伙真是厉害得吓人。我第一次知道,原来催泪弹这么狠。"

他稍微有了劲头,开始向我们讲述自己从下午 6 点降旗仪式警报声响起之时到现在所经历的一切。没想到,后辈居然对他的故事出奇地感兴趣,听得特别认真。趁张丙万暂时离开,我才听他谈起其中缘由。

他近期正在某出版社筹备一本新杂志。这本杂志持坚定的民众立场,为民众发声。他打算在杂志上刊登张丙万的故事。虽然是以人物介绍为形式,却意在刻画作为促进历史变革主力军的民众形象,并邀我为此撰文。后辈有种近乎盲目的热情,加之他的坚持,我很难拒绝这个请求。不过,他看待张丙万的视角是不是太随意了呢?张丙万真的能够成为历史主力军抗议民众的典型吗?我对此表示怀疑。后辈却认为,张丙万这样的人反倒是最佳人选。这主要是因为,他自卑意识根深蒂固,至今为止没有特别关注过政治或社会矛盾,也就是说,他和所有人一样,一直认为自己就是个天生穷命的普通人。只有张丙万这样的人,才能展示出历史主力军抗议民众的面貌——他们与整个社会的民主化热潮一起慢慢觉醒,开始认清自己所属的社会阶层与苦难的生活,对自己的力量有了全新的认识。

"哎哟,我怎么能出现在那种地方呢?我这种蠢人,有什么值得推崇的?如果上了杂志,恐怕只会遭人笑话。"

我们表明此意,他赶紧摆摆手。不过正如他自己所说,

"是一个好出风头之人",所以我们没怎么费力便说服了他。

他的老家在全罗北道完州郡的一个小乡村,初中毕业之后他开始务农,种着1200坪[1]左右的水田与400坪左右的旱田,不过只是一名佃农,那些都不是他自己的地。他意识到务农太辛苦,是一个毫无希望的营生,累死累活到头来也只能背负一身债务。因此,七年前,他三十一岁时,拖家带口毅然决然地来到首都。

"只提着一个铺盖卷儿,坐着夜车就来了,当时只想着出人头地,渴望在首尔找到新的人生。"

他在首尔和其他离农农民一样,被划入了城市贫民阶层。他辗转于无数职业,粗活自不必多说,还做过销售,在地铁、公交车车厢里卖过去污剂或者钱包什么的,做过东奔西走的药贩子,听说做好了能赚大钱又跑去做房产中介。他一再失败,却一直怀有初来首尔时的那个梦想,相信自己总有一天可以拥有截然不同的人生,例如摆脱令人厌烦的贫困与苦难,迎来挺胸抬头的激动人心的那一天。他从未放弃过希望,全新的人生却迟迟不来,不论怎么挣扎,总是原地踏步。

"没办法呀!这个梦想从刚开始就是不可能实现的……"

后辈对他说:

---

[1] 土地或房屋面积单位,1坪约合3.3平方米。

"资本主义体制已经大范围扩张，变得坚不可摧，自然不会容许张先生这个卑微的梦想了。如果张先生不主动与妨碍梦想实现的势力进行抗争的话，这个梦想或许永远不会有实现的那一天。"

他眨着眼睛，似乎听不明白。后辈恨不得从现在开始按照自己的想法塑造一个觉醒的民众形象。

不过，从结果来说，我们想要唤醒他、开导他的这种努力根本没有必要。因为即使没有我们的帮助，他也通过自身的力量发生了改变，而且速度出乎意料地快，超出了我们的想象。

那天聚集在明洞教堂的那些人，决定就地彻夜静坐示威。当时还不曾有人想过，这次事件后来会成为促成"六月抗争"火种一直持续到底的一个重要契机，成为全国性的关注焦点。夜深了，一部分人离开静坐现场回家，我与后辈也离开了现场。与此同时，我们与张丙万分别了。

大约一个星期之后，他给我打了一个电话。通过听筒听到他的嗓音时，我立刻可以感受到他与之前有了一些变化。

"李兄，可以请我喝杯酒吗？"

这是他第一次没有叫我"李先生"，而是"李兄"。不过，这并不是我感觉他有所改变的原因。从电话里听到的他的声音中，可以感受到一种莫名的力量与气魄。

"这段时间过得还好吧？去哪儿了，怎么一点消息也

16

没有?"

"你问我去哪儿了?我这段时间一直在明洞教堂。"

他说得非常理直气壮。果不其然,他就在明洞教堂静坐现场,这确实是一个惊人的消息。

"真是辛苦了。是一段不错的经历吧!"

"这有什么辛苦的?在外面抗争的学生们比我辛苦多了。"

我们在市区再次相见时,他不苟言笑地如此回答道。他的着装比上次更加寒碜,脸色看起来也变得更加憔悴,可是眼神却变得闪闪发亮,像换了一个人。

总之,对他而言,在静坐现场度过的那几天算是名副其实的民主主义训练。他身上已经找不到初遇时那种畏缩卑怯的样子了。

他的嗓音中依然难掩兴奋,给我讲述静坐现场的见闻,像是市民们的反应、明洞附近工作的女职工们送来的捐款与面包之类的。他似乎从自己的所作所为中体会到了莫大的自豪感。我想,或许在他的一生中,从未像现在这般自豪吧。

"可是最后一天有一个投票,决定是继续静坐还是解散,支持解散的一方票数更多。投票之前,大家还说着应该斗争到底,人心真是个未知数啊!一想到这个,我心里就十分失落。"

是为了忘却这种失落感吗?此后,他开始一次不落地参与到后续的示威现场。他已经变身为比任何人都热衷于抗争的斗士。我为了撰写后辈委托的那篇文章，偶尔会与他见面。每次见面，我都感觉他发生了难以置信的改变。尤其是"6·29宣言"几天之后，他的那副样子令我难以忘记。

我在塞弗伦斯医院的灵堂门口见到了他。他臂戴袖章，手握方木，守卫在灵堂前。他属于安保组，守护着李韩烈[i]烈士的遗骨以防被抢。

"我？我作为民主市民代表而来。现在像我这样的人也和大学生一起做事，一起斗争。这不就是民主主义吗？"

他可能是喝了酒，原本面如土色，现在却泛起红光。当然，我现在已经对他滔滔不绝地使用"斗争""民主主义"等术语不再感到意外。只不过，初遇的愚昧、淳朴与此刻的威风凛凛、攻击性十足，哪一个才是真正的他呢？

"真是如鱼得水。"

和他分开，走在回去的路上，后辈如此说道。我从后辈的话中，莫名感觉到一种讥讽。奇怪的是，张丙万的样子越是以这种形式发生改变，后辈的态度越是冷嘲热讽。他已经不再督促我写那篇报道的事了。

那天之后，我再没有机会见到张丙万。他变得十分忙碌，尤其是总统选举期间似乎更加忙得不可开交。他为了自己支持的在野党候选人而疯狂奔走。

---

i 李韩烈：韩国学生运动家。1987年"朴钟哲拷问事件"之后，李韩烈呼吁查明真相，在6月9日举行的集会中被催泪弹击中，于一个月后去世。

总统选举投票结束后的傍晚时分,我再次接到了张丙万的电话。他的嗓音顺着话筒传来,非常急促而且兴奋。

"李兄,你听说了吗?今天白天在九老区厅发现了非法投票箱[i],市民守着不放,警察想要抢夺,现在乱作一团。他们必定会败选,所以才会这样垂死挣扎。我们的人现在正和警察僵持不下,市民们闻讯赶来,聚集了几万人。我得赶快过去瞧瞧。"

那是他打来的最后一通电话。几天之后,我听后辈说他被捕了。意外的是,不是因为九老区厅事件,而是因为殴打了某派出所的巡警。选举结束几天之后,他在酒馆喝酒时与前座客人因选举结果发生口角,被抓到了派出所。他在那里摘下并打碎了挂在墙上的总统肖像,还殴打了上前制止的警官。他因触犯妨碍公务、暴力行为等相关法律条例的嫌疑而被拘捕。

听说他被捕的消息,我想去一趟他家。可是仅凭一个地址,找到他家并非易事。最重要的是,由于他住在上溪洞最贫寒的山坡贫民区,那里的胡同像迷宫一般蜿蜒曲折,同一个门牌号混住着几十户人家。我转悠了差不多三十分钟,终于找到了他的出租屋。刚好有一个看起来上小学五六年级

---

i 1987年12月16日,首尔市九老区的几个选举管理委员在投票截止之前就把选举投票箱搬上了卡车。他们用面包、水果等物品遮挡着箱子,却被一位女性市民识破。附近居民闻讯赶来,围住卡车。当天下午,愤怒的居民们又闯入选举委员会办公室,发现了另外一个投票箱和毛笔、印章若干,非法选举证据确凿。

的小女孩站在大门前，那张脸简直就是她父亲的翻版。

"你爸爸是张丙万，对吧？"

她没有回答我的问话，目光中充满警惕，突然跑回了家。孩子跑进了角落一间背靠院墙的黑漆漆的屋子里，依然警惕地看了看我，然后爬向墙角摇晃着鼓起的被子，"妈，有人来了"。我这才意识到被子里有人。过了许久，女人掀开厚厚的被角探出脑袋。一个头发乱蓬蓬、脸色很差的女人，蒙着被子看着我，像是一头藏在洞穴里往外看的野兽。她的脸如泡在水里的豆腐那般肿胀，似乎用手一戳就会凹陷进去。而且黄疸很严重，双眼病态尽显。

"您找谁？"

女人有气无力地问道。

"这里是张丙万家吗？"

"有什么事？"

女人上下打量着我，眼神和身旁的女孩一样。

"您是警察署来的吗？"

他们这样想也是不无道理的。我赶紧说道：

"不是。我只是张丙万的熟人。"

"他现在不在家。"

"我知道他不在家。只是担心你们过得怎么样，所以过来看看。很辛苦吧？"

不过，女人和孩子的眼神似乎没有那么容易解除警惕。

"您和孩子爸是什么关系?"

"那个……就是熟人。"

女人盯着我看了好一阵子,突然问我:

"是不是那位写小说的先生?"

"原来您听说过我呀。"

女人随意拢了拢乱蓬蓬的头发,长叹了一口气。

"不知道这话该不该说,我们觉得他不是活在地上,而是活在云上。"

"活在云上?"

"因为他的想法总是很荒唐。"

女人叹息着自己的命运,开始抱怨起来。

"早知道他会这样,当初要离开老家时我根本不会走。他说得好像到了首尔就会改变命运一样……来了首尔,只要踏踏实实做一件事,也不会受这种苦。'做这个生意会赚大钱','做那个好',他每次都吹牛说'只要这次做成了就能翻身',却从来没有成功过。我已经被骗了不是一次两次了。"

"他努力生活,却不顺利,所以才会那样。"

"他一直是这种追求虚幻梦想的人。这次不知道突然抽了什么风……说要搞什么政治,东奔西走的,结果落得这般下场。说什么改变世界?唉,仅靠自己一个人的力量怎么改变世界呢?"

我无言以对。孩子直勾勾地看着我,我在这样的视线中莫名感觉到一种羞耻。

"本来不打算说这些……可是心里话不说出来不痛快。"

我起身离开时,女人说了最后一句话。

"他变成这样,可能先生您这样的人也有责任。我不是怪您,别往心里去。"

我听不懂这句话具体是什么意思。是说我这样的人煽动张丙万去搞政治吗?我无以作答,只能退出家门。我沿着贫民区崎岖的山路向下走,路过小卖部时为他家买了一箱方便面和两斗米。这当然不是因为我认为能够用这些来补偿她所说的"责任"。

张丙万被捕三个月之后,因缓刑被释放。几天之后,我又去了一次他家。我故意在深夜前往,房间里却只有张丙万和孩子躺在被窝里,他的妻子不见了踪影。他们盖着的,正是他妻子上次蒙着的那床被子。

"夫人去哪儿了?"

"哼,婆娘去哪了我怎么知道?"

他突然发怒,我也不便追问。我猜他的妻子可能已经调理好身体,出去做保姆了吧。

张丙万提议去附近小店喝一杯烧酒,于是慢吞吞地披上了衣服。他走在凉飕飕的夜风中,一言不发。他像块岩石一样蜷缩着身子,默默地走着,那副样子给我一种莫名的压迫感。在胡同里的破旧小酒馆,他接连几杯酒下肚之后,终于开口。

据他所说,那是一次事先周密计划过的非法选举,尤其是投票、开票的过程自始至终都由电脑完美操作,这一切从头到尾都是当今军事独裁政权与美国佬的合谋。当然了,我并非第一次听他讲起这些,所以丝毫不觉得惊讶。

"那么,张兄现在打算怎么做呢?"

"什么怎么做?什么意思?要斗争啊!"

他回答得毫不犹豫,十分坚决。

"不能相信现在那伙搞政治的。像我这种真正的民众就应该站出来作斗争。您瞧好吧,我会用双手改变世界。"

"斗争固然好,关键是自己单打独斗怎么行。又没有什么组织。"

"组织?您真是说对了,组织很重要。光州抗争中,只有像我这种一无所有、没有受过什么教育的底层人死得冤枉。不过,兄的意思是让我成立个组织呢,还是其他什么意思?"

"不是那个意思。我是说,张兄没有那么强大的改变现实的力量。所以,像张兄这样的人,再怎么单打独斗,又能改变什么呢?"

"简单来说,像我这种无知的老百姓有什么了不起,逞什么能?别跟老鼠一样吱吱叫,老老实实看个热闹,心怀感激地捡点儿别人丢过来的残渣吃吃就行了是吧?"

他提高了嗓门。

"我是说，张兄这段时间也斗争得差不多了，现在是时候静下来看看周围了，也审视一下自我。"

"审视自我？我怎么了？"

他突然喊叫起来。我看到他瞪着我的眼神中闪过一丝不寻常的锋芒。后来回想，那是他对我的最后警告。因此，如果我当时大致整理一下自己的措辞，或许可以避免接下来的不幸。然而，可能我当时怀有一种荒唐的优越感，认为就算他再怎么不爱听，或者不论他那段时间接受过多少政治洗礼，我也能给他几句人性化的忠告。这是我的失误。

"因为在我看来，张兄的情况很凄惨。现挣现吃都很辛苦，怎么能这样置家庭生计于不顾，在外奔波呢？民主主义也好，运动也好，可是家人眼下连口吃的都没有，到了饿肚子的境地，张兄应该先顾好自己比较好。正如张兄所言，您一无所有，只是一个没受过什么教育的苦力，像您这样的人即便因为呐喊民主主义而坐了牢，谁又会理解你呢？别说理解了，别人可能都会骂你是个疯子吧？"

这番话说得太重了，我在说完之前已经感觉到了。真不该说这最后一句。不出所料，他踢翻桌子，腾地站起来大喊：

"真让人忍无可忍，操蛋玩意儿！"

下一瞬间，我挨了一巴掌，向后仰倒。他抽了我的脸，我来不及叫出声，就已经倒在了酒馆的地上，冰冷的液体哗哗浇到脸上。

"现在看来,你完全是全斗焕的走狗吧!喂,你小子,知道我上次坐牢时的那个检察官怎么说吗?和你刚才说的一模一样!我从一开始就看出来了,你和他们都是一路货色。让我喝口凉水清醒一下,是吧?别胡扯了!该清醒的不是我,而是满肚子墨水的你!你前段时间向我们家丢了几包方便面,谁稀罕呢?在你眼里,我张丙万会接受你的同情,对你说一句'先生,谢谢您了!'?我看起来像是这样的人吗?别搞笑了!你小子的真实身份到底是什么?小说家?哼,小说家这等货色早去江南[i]那片的包间里,听那些卖春陪酒女的故事了,吃错什么药了,来我们这种地方晃悠呢?这里不是你们来的地方。要找小说素材,去别的地方打听吧!明白了吗?"

我一句话也没有回答。别说回答了,我甚至都没来得及擦一下脸上流淌着的湿漉漉的酒水,只能自始至终地听他说个没完。虽然遭遇这一切很无奈,奇怪的是,我却丝毫没有生气。我反倒有种微妙的感觉,似乎早已预料到会是这种结局。说来可能难以置信,我当时被泼了一脸啤酒,听着劈头盖脸的侮辱性话语,甚至有种难以言表的快感。他最后说道:

---

i 江南区为首尔的富人区,夜生活比较丰富。

"什么别人怎么看？你小子，你们才该四处看人脸色，吃个痛快，好好生活！你这独裁政权的走狗，美国佬的奴才！"

他哗啦一下拉开酒馆的门，走了出去。破旧的玻璃门打开的噪声像是为他的话尾画上了一个感叹号。冷风从敞开的门外无情地灌进来。我看着他头也不回地沿着酒馆前肮脏的胡同离去的背影，他有点摇晃，却以整个身体顶着陡坡上贫民区冰冷的夜风，勇往直前。突然，他开始唱歌，响亮的歌声回荡在胡同里。

"五月！如果那天重来，我们的胸口会涌出鲜血……"

他接着举起双手握紧拳头，大声呼喊：

"鲜血！血！血！"

"哎哟，这可怎么是好？怎么喝好了就不停地挥拳头？"

酒馆大婶这才大呼小叫地跑了过来。

"我看先生您很文雅，您宽宏大量多多担待吧。有学识的人忍让一下吧，能怎么办呢？他最近可能不太正常。听说老婆跑了……"

"夫人跑了？"

"您不知道吗？已经有十来天了。丈夫被关押的那段时间已经等得够辛苦了，放出来之后也看不到什么改变，反倒比之前更加狂妄，可能忍不下去了吧。虽然轮不到我说三道四，可是女人能忍到现在真的很不容易了。养家糊口都困难，摆不正自己的位置，又搞政治又搞什么的，结果被关进监狱,哪个女人会喜欢呢?"

听了老板娘的话,我无言以对。

"他现在真是每天做白日梦!"

我只是突然想起了他妻子上次面带绝望说出的那番话,同时想起他所说的"用我的双手建立一个新世界"。总之,那是我那年最后一次见到张丙万。

几天前,也就是两年之后,我又一次见到了张丙万。巧合的是,正是在我第一次遇见他的明洞大街。

现在依然如此,我每次踏上明洞大街,怎么说呢,那种感觉就像是重返萦绕着旧日恋情的回忆的场所。我下意识地寻觅那些回忆的痕迹,距离那年6月已过去了足足两年的时间,明洞大街上的热情退去,光彩不再。不过就在几天之前,我又看到了大街被人群围得水泄不通、交通瘫痪的情景。不知道出了什么事,路边停着加了铁丝网的丑陋的警用押运大巴,戴着头盔的战斗警察们列队而立。我拨开人群,从缝隙中挤进去之后才知道明洞中心区域发生了什么事。战警们正在把举行"反对拆摊"示威的摊主们强行拖上大巴。他们被战警拖着,依然声嘶力竭地呼喊着口号。"保卫生存权!""贫民也是人,凭什么杀人拆摊?"等标语胡乱散在地上。人群中有一个男性摊主的样子令人十分惊讶。他用铁链紧紧捆绑着自己的身体,然后与自己的小推车绑在了一起。

他的小推车上虽然只是稀稀拉拉地摆着几个苹果、橘子什么的,不过假如不切掉他的四肢,很难把他与小推车分开。看到他的脸的瞬间,我十分意外。那人正是张丙万。

"天呐,真恐怖。这个人怎么这副样子?"

一个年轻女人咋舌叹息道。那真不是一个人该有的样子。他被拖倒在地上的样子,不禁令人联想到在地上爬行的拉车牲口。奇怪的是,与其他摊主不同,他闭着嘴一言不发,只是瞪大双眼,像是承受着巨大痛苦的修道者一般,没有丝毫反抗,任由拉扯。我感到全身一阵战栗。他现在不是被拉,反倒是自己主动在拉。他全身伏地,以自己的力量拉拽着全世界的重量。我不知道他将去向何方。

现在,这篇无聊的文章该收尾了。虽然迟了些,我也算是遵守了为他写篇文章的约定。当然,张丙万如果读到这篇文章,绝对不会满意。不过,我只能以这种方式书写。正如他所言,我这个满肚子墨水的破烂小说家能力有限,但事实又是如此,能怎么办呢?最后一件事——虽然只不过是画蛇添足罢了,我还是决定说一说——当初打算在杂志上刊载张丙万的故事的那位后辈,如今已经入职某知名女性杂志社,是一位相当活跃的记者。

龙川白

> 如果只能坚持着活下去，如果只能坚持着活下去等待新世界的到来，除了成为一个无人接近的龙川白，还有什么其他的办法吗?
>
> ——金圣东《起风的傍晚》节选

敲门之前，我稍微顺了口气。然而，做了两三次深呼吸之后，紧张感依然没有轻易消除。厚厚的门后传来一丝动静，我小心地推开了门。

"有什么事吗?"

坐在门旁桌边的女职员问我。房间并没有想象中的那么宽敞。有一个40岁左右的男子背朝窗户正对着门坐着，我猜他是这个房间的负责人。

"我来找检察官先生。"

"您是哪位?"

"我……叫金英真。昨天接到电话……"

"哦,请坐在那里等一下。"

坐在女职员旁边的男人说道。那个男人看起来像是检察官的书记员。或许只是我的主观感受,他的语气十分生硬,不过我当然没有空闲对此感到不快。我在他们对面的椅子上坐了下来。检察官正在打电话。他把椅子向后仰着,转来转去,嗓音很温和,像是在和一个亲密的朋友闲聊。法律程序、执行命令、保持上诉等术语中混杂着前后辈的纽带关系、什么酒馆、老板娘的服务怎么样等内容。不过,除检察官的说话声之外听不到任何声音,房间内的氛围总的来说十分安静,甚至令人感到肃穆。

"你是金学圭的儿子吗?"

检察官挂断电话,起身说道。

"是的,您好,我叫金英真。"

我弯下腰深深地鞠了一躬,握住了检察官伸过来的手。我意识到他刚才并没有称呼父亲为"金学圭先生",切实感受到了一阵恐慌。父亲名字的三个字已是不必加敬称的犯人的名字。

"听说你在乡下的学校工作,让你特意跑一趟,非常抱歉。"

"没……没关系。您愿意见我,反倒是我应该对您表示感谢。我这段时间无处打听消息,心里正十分着急。"

我谦逊地接过检察官递过来的名片,重新坐好。他头发梳得纹丝不乱,戴着一副眼镜,长相十分普通,没有什么特点。不过,这种平凡的长相并不能减少我的不安与紧张。

"斗士家庭啊!"

检察官翻看着眼前的文件夹,许久之后抬起头来说道。

"妹妹偶尔会联系你吗?"

"什么意思……"

"我是说你妹妹晓善。听说她在工地上很出名啊。目前正在被通缉,看来没少让警察伤脑筋呢。"

"那个,我一直在乡下……已经一年多没见到她了。我真的不知道她会参与那种事。我们家的条件不好,她没上过几天学,不过那孩子心肠软,十分善良。"

检察官听着我磕磕巴巴的冗长陈述,嘴角泛起一种令人难以捉摸的笑意。

"反正晓善不会轻易露面,你怎么说都行。"

他低下头,重新开始查看文件。

"金先生,你有两个名字对吗?除了英真,还有另一个名字叫莫洙。"

"不是另一个名字,那是我的小名。后来我改名了。"

"为什么改名?"

"那个……莫洙这个名字不常见。小时候还因此被朋友们嘲笑。"

我辩解般拙劣地回答着,陷入一种无力感。终究还是走到了这一步。我再次意识到,莫洙这个旧称依然是我无法抹除的名字。尽管我极力撇清,最终还是因为父亲的问题,根本无法摆脱。

半个月前,姑妈打电话到我工作的学校,我第一次听说了父亲的消息。

"金什么?没有这么个人。唔……又不是只有一两个金老师。什么?哦,金英真老师。您怎么不早说。请稍等。"

看来姑妈一开始是以莫洙这个名字找的我。接电话的教务主任反复问了好几遍,她才勉强想起我的名字。

"喂,请转一下金老师,金英真老师……"

我接过电话之后,电话线那头浓厚的庆尚道口音还在焦急地喊叫着。

"您好,我是金英真。"

"哎哟,英真……不,莫洙呀,你真的是莫洙吗?"

我这才听出来,这个操着一口熟悉的浓厚庆尚道口音的老女人是姑妈。

"姑妈,有什么事吗?您在哪儿?"

"什么在哪儿,当然在首尔。不过,莫洙呀,这事可怎么办才好呢?你爸……你爸被抓了。"

"什么,您说什么?怎么回事?"

"你爸被抓了。哎哟,这可怎么办呀?天呐……已经过去三十来年了……真是一个晴天霹雳呀。"

"请您说得详细一点。父亲……走了？去哪里了？"

考虑到教务室里的其他老师也会听到，我在慌乱之中依然没有说出"被抓"两个字。而且，教务主任从刚才开始一直眨巴着那双小眼睛隔着镜片盯着我。

"难说，不是警察，而是情报部或是安全企划部之类的部门。已经进去好几天了，我今天才听说。现在真要完蛋了！你说，这事怎么办才好呀？"

"等一下，姑妈。我现在不方便细说。等一下再打电话吧。明白了吗？下午放学之后，我打给您。"

我说完之后，挂断了电话。

"是金老师的亲戚吗？刚开始说找金老师，说了一个别的名字，金什么来的。听起来有点儿慌张，您家里出什么事了吗？"

"是的。不过没有什么大事。"

我向教导主任搪塞过去后，回到自己的座位，扑通一下瘫坐下去。我摸索着香烟，沾满粉笔灰的指尖不知不觉地颤抖着。小时候，我很讨厌莫洙这个名字。这个名字有些怪异，邻居家的孩子们都喜欢以此取乐，还给我起了外号叫"木工""米酒"[i]什么的。不过，等到我年龄稍大了一

---

[i] 这几个词与"莫洙"发音近似。

些，得知父亲为什么为我取这个名字之后，才真正对此心生厌恶。我无法忍受父亲把自己失败过往的恐怖外壳罩在我身上。大二那年参军之前，我自己通过各种努力，经过烦琐棘手的行政手续，改了名字。

"金先生对父亲的过往了解多少呢？"

检察官问道。

"过往……您是指哪种过往？"

"你父亲过去曾经加入南劳党[i]，是一个共产主义者，这些应该了解吧？"

果然是这类话题。我极力保持高度警觉。

"知道得不多，只了解个大概。六二五战争[ii]前后，父亲因此有过一段牢狱生活，出来之后也……"

我故意说了一些提问之外的内容。

"知道得不少呀。不过，金先生对父亲的这种过往或者思想有什么看法呢？"

检察官直视着我说道。我干咽下一口唾沫。

"停战之后，我在这边出生，是接受了彻底反共教育的一代。如果现在必须在南北两种体制中二选一的话，尽管不会发生这种事，不过我是说如果，我当然只会选南部。因为我的精神与思考方式、生活习惯……我人生的所有根基都是

---

i 南劳党：南朝鲜劳动党的简称。
ii 六二五战争：指爆发于1950年6月25日的"朝鲜战争"。

在这种体制下形成的。最重要的是，我现在实际上是一名对孩子们进行反共教育的教师。"

我感觉后背直淌冷汗。不知道检察官对我的回答是否满意。检察官依然面无表情。我感到一阵口干舌燥，抬头望着检察官。

"不过……我父亲到底因为什么嫌疑被抓捕呢？"

检察官翻看文件的手停了下来。

"你还不知道吗？"

"是的。昨天打电话的那位只说违反了保安法，具体情况让见面再谈。"

书记员正在写着什么，微微抬起头看着我。昨天往学校打电话的男人的语气相当生硬，威胁性十足，我猜正是这个书记员。检察官沉默着看了我一会儿，言简意赅地开口说道：

"间谍罪。"

我突然无言以对。检察官依然面无表情，视线却没有从我身上移开，以防错过我对这句话的反应。

"那……那么……是说我父亲是间谍吗？"

"你父亲，因接受北部傀儡集团的对南操控指令，从事地下活动的固定间谍[i]嫌疑被捕。"

---

i 在固定地区永久进行活动的间谍。

检察官的语气不带任何感情色彩，我却依然不由得怀疑自己的耳朵。第一次听姑妈说起父亲被捕的消息时，我凭直觉判断可能与父亲的过往有关。不过，我想不出父亲具体能有什么违法行为，只猜测可能是在某个小酒馆喝醉后胡乱说了什么不该说的话，或者因为过去的事情重新接受调查罢了。说不定我也暗自认为，父亲总有一天会因为过去的不良思想与行动突然被捕或者接受为期几天的调查。可是，间谍罪？我和这片土地上出生并接受教育的其他人一样，从小在教室和路边的标语中以及报纸上见到过无数次这样的表达，却从未想过会和我有什么直接关联。直到此刻，我依然感觉不太真实。报纸的社会版面醒目地刊载着"间谍集团一网打尽"的标题，还刊有画着各种箭头的图表、随机数表与无线电等证物照片，以及父亲那张憔悴的脸，只是想想就觉得很恐怖。我艰难地开口回答道：

"那……那绝对……不可能。"

"你凭什么认为父亲绝对不会做那种事？"

检察官倚靠在旋转椅高高的靠背上，透过眼镜仔细观察着我。

"尽管……过去有过左翼思想，但那已经是三十多年前的事了……而且，父亲绝对不是能够做出那种事的人。"

"是吗？那么，金先生认为谁能做那种事呢？"

"这个嘛……性格不够毒辣凶狠，是做不出那种事的。

父亲的意志不够坚定……生活上也几乎是个废人。认识父亲的人,都可以证明这一点。"

我想起去年寒假最后一次见到父亲时的样子。时隔几个月,我去了钟岩洞山坡上的单间出租屋,父亲当时正蜷缩着身子蹲在厨房门前的水龙头下搓洗内衣。我去年夏天在江原道的乡村中学找到工作,便立刻离开了首尔,留下妹妹晓善独自在兔子窝一般的单间出租屋里服侍着父亲。不过,从去年秋天开始,由于妹妹被警察通缉,不能回家,父亲身边连个帮忙做饭、洗衣服的人都没有了。我每个月给房东一笔钱,委托他们帮忙操持父亲的伙食与换洗衣物,但很难期待他们会好好照料父亲。家里没有了妹妹,简直成了一间乱糟糟的废屋。被子总是平铺着,衣服四处乱丢,墙角的空烧酒瓶滚来滚去。昏暗肮脏的房间里,父亲像是一头踩踏着自己的粪便生活的老牲口。房间里散发着一股恶臭,像是什么东西正在严重腐烂。我知道那是父亲的气味,正在腐烂的是父亲。

"金先生,你刚才说你的小名叫莫洙对吧?"

检察官说道。

"金学圭,也就是你父亲,在接受调查时主动交代,为了证明自己的理念很透彻,根据马克思[i]的名字为儿子取了名。"

---

i "莫洙"的韩文发音 Maksu 与"马克思"的英文发音 Marx 类似。

"我也知道这一点……不过,那只是他年轻时的白日梦罢了。"

"梦?"

"算是对自己失败人生的一种补偿心理。这种即兴、浮夸的东西,反倒证明他不适合间谍这种可怕的工作吧?"

"金先生,"检察官嘴角泛起诡异的笑,"你对父亲的分析相当冷静啊!"

"说起来虽然很丢脸……我从小从未尊敬过父亲。父亲从未展现过一个家长的权威与能力,我们看到的只是一副完全无能的糟糕模样。"

我的脸热辣辣的。我感到羞辱难堪,同时感受到一种不知来自何处的愤怒。我知道自己陷入了一种悲惨的境地,为了证明父亲不是间谍,我只能在检察官面前亲口说出父亲的全部缺陷。

"总之,不论事实与否,调查之后就知道了。不过,金先生先见父亲一面,怎么样?我给你特批一个探视机会。"

我呆呆地看着检察官。

"其实我特意请金先生来,也是为了让你跟父亲见面。你父亲已经移送关押,在拘留所里,不允许普通探视。不过,我可以为你和父亲安排一次特别会面。"

"谢……谢谢!可是……"

"可是,我为什么特意安排这种特殊会面?你似乎对此感到很意外。"

检察官开始简单介绍父亲这次的相关事件。最近,对共机构揪出了北部傀儡集团的对南间谍组织网,并将其一网打尽。这次的间谍集团是过去参加过南劳党与游击队的残余势力,大部分是六七十岁的老年人。为了赤化统一,把老弱病残也利用到间谍组织,这种不择手段的做法,再次证明了北部傀儡集团的恶毒性。他们从十几年前开始接受指令并收集重要情报,拘捕时的随机数表、活动经费、短波无线电等各种确凿的证物已被全部没收。

"可是……"

检察官说到这里,顿了一下。

"问题就出在金学圭这里。其他人都有犯罪事实成立的确切证据,这人却有点儿模棱两可。"

"模棱两可,具体是什么意思?"

"也就是说,没有明确的证据。组织这次怀疑他还与过去南劳党的一些地方组织网保持来往,或者说他至今仍与一些负责人关系密切,只是没有物证。而且,其他参与者都表示与金学圭没有关系。"

"如此说来,父亲应该是无罪的啊!"

"可是,问题不在这里。金学圭本人极力主张自己也参与了。"

"怎……怎么可能?"

"在侦查机构刚抓捕你父亲时,我认为有一个重要信息值得参考。他本人刚开始似乎也不知道发生了什么。虽然我无法为你详细说明搜查过程……总之,你父亲在接受搜查的过程中大概了解了事件全貌之后,突然开始主张自己也参与了。他坚决表示自己是间谍,让我们抓捕他。"

简直难以置信。按照检察官所说,父亲自称是间谍,这怎么可能呢?我头昏脑涨地望着检察官。

"我虽然不懂法律,不过假如唯一的证据只有父亲自称间谍,是无法定罪的吧?"

"对共关系上并非一定如此。'我是共产主义者',说出这句话本身就是一种罪。而且,不是间谍的人自称间谍,简直难以想象!除非说话的人疯了。总之,金先生,你明白我为什么特意安排你与父亲会面了吗?"

所以,检察官的意思是让我亲自听父亲讲。检察官似乎觉得,父亲为什么主张毫无证据的间谍行为,至少在儿子面前可能会吐露真相。

"谢……谢谢。很显然哪里搞错了。正如我刚才所说,父亲绝对不是会做出那种事的人。"

"这个嘛,要继续调查才会知道。没必要谢我。我只想了解真相。"

"什么时候可以探视?"

"明天上午。早上九点之前到这儿,和我一起去拘留所。"

我离开了检察官的房间,走出检察厅的大楼。可能是因为消除了令人窒息的紧张感,突然有种眩晕笼罩全身。时值二月下旬,外面下着迟来的雨夹雪。我站在原地,茫然地看着四处飞舞的雪花。

"莫洙呀,我在这里,这里。"

警卫室旁边有一个人挥着胳膊大喊。我这才想起自己曾经告诉姑妈在检察厅门前的茶房等我。不知道雪已经下了多久,姑妈的肩膀湿漉漉的,脸也冻得发紫。

"在茶房等多好,怎么出来了?"

"心里太着急,怎么坐得住呢?你受累了,先赶快找个安静的地方吧。"

姑妈激动地说道。她像是正在被人追踪一样,不断地四下打量,紧紧拽着我的胳膊。我看到姑妈的这种激动与不安,心头莫名涌起一股怒火。

"怕什么?又不会被抓走。我们犯了什么罪吗?"

"为什么没有罪?赖活着就是吃苦受罪。"

我几乎没有什么近亲,只有一个姑妈。姑妈是一个顽强的女人,年轻时裹着不成样子的男装在集市谋生,几乎没有什么活是她没做过的,就这样辛苦拉扯大了没有父亲的三个孩子。现在,她只是一个藏不住衰老与疾病的憔悴老人罢了。我们去了路边的中餐馆二层。中餐馆大厅中央生着一个煤炉,却依然冷飕飕的。姑妈避开围坐在煤炉边的众人,把我拉到角落的座位。

"怎么办？检察官说啥了？你爸到底因为啥罪被抓呀？"

姑妈忙着落座，着急地问我。她极力压低声音，生怕有人听见，同时不断地打量着四周。我大概转述了检察官的话，刚说出"间谍"二字，姑妈立刻满脸煞白。

"怎么会有这种事？哎哟，真是令人心惊肉跳。你爸可能是鬼上身了！"

"还不至于绝望。在我看来，检察官也在尽力好好处理……总之，明天见到父亲，打听一下情况再说。"

"行。不管怎样，你好好哄着你爸。他但凡有点心，能做出那种毁掉子女前途的事情吗？莫洙，我只相信你。"

"姑妈，现在别叫我莫洙了。您也知道我改名了。"

"对呢。英……英真。每天叫惯了，不好改口。不过，你真有闲心。现在这种情况，还计较什么名字。"

姑妈紧紧攥着手帕，擦拭着眼眶。姑妈的眼睛里不知不觉已经布满血丝。

"你爸真是命苦，不幸啊！年轻时参加什么左翼，结果什么也没做成，还被关进了监狱。三十年来，背负这个罪名，受尽冷眼。本以为等到你们长大之后，他会有所悔悟……七十岁的老人了，孤苦伶仃，都没个人帮忙做饭。假如夜里来不及喊出声就被人抓走了，有谁知道呢？躺在那里断了气，又有谁知道呢？"

姑妈的话语中夹杂着平时对我的埋怨与不满。其实，对姑妈来说，我算是一个丢下父亲不管不顾的狠心侄子。半个月之前，她告诉我父亲的消息时，本以为我会立刻返回首尔，我却没有回来。

"做人怎么能心肠这么硬呢？"

姑妈之后又来了几次电话，叫我回首尔，我却总是找这样那样的借口推迟，姑妈于是直接表达了对我的不满。

"不管是好是坏，他都是你爸。就算是邻居家老头，也不能这样装作不知道吧？生养你的父亲被抓进去几天了，也不知是死是活，你却毫不关心。要是晓善，肯定不会这样，她比你心肠好，又孝顺。就算是个禽兽，也都认得自己的父母子女，你怎么能这么狠心？"

然而，事实并非姑妈所说的那样，我当然没有完全摆脱之前因父亲的问题所产生的不安与恐惧。其实，说不定反倒是我自己培养了那种恐惧。当我独自在出租屋里读书，聆听着黑夜里笼罩四周的寂静的时候，经常会突然陷入一种难以忍受的担忧与绝望。

在过去的两年时间里，我在一个地图上找不到的破落小村庄里过得安稳而平静。那里风大，沙尘飞扬，开垦山坡才勉强可以种点大蒜与辣椒。那里真的是沙尘肆虐。我的牙刷挂在出租屋的厨房里，总是落满尘土，每天早晨刷牙之前要冲洗好多次。上课时望向教室的玻璃窗，可以看到从远处河沟随风席卷而来的沙尘暴。沙尘暴瞬间吞没了操场，我下课之后回到教务室，需要先用手掌抹掉书桌上覆盖的沙粒。教务室里有一个锯末炉，白铁皮圆筒从底部戳了很多小孔，锯末像沙漏一样一点一点松软地塌陷下去。我总是在那些窟窿里点烟，吸上一口之后，舌尖上必定会黏糊糊地萦绕着一股锯末味。我作为一名乡村教师，没有什么特殊的使命感。对顽皮的乡村小孩们的功课，我只是一种半死心的状态，面色黝黑的农民居多的当地人也把我当成了周围单调风景的一部分。我喜欢的只是那里的单调与安宁——白色灰尘不知不觉间堆积，锯末在烟筒炉里像沙漏一样无声掉落。我别无所求，只希望没有人打搅我这一潭死水般的生活。我的出租屋有一个破得不能再破的旧式茅房，算是贫困农民家庭的常用样式。茅房的石棉屋顶几近坍塌，低得让人伸不直腰，我只能像个女人那样蹲着撒尿，每次都有种被阉割似的自虐快感。不过，这又算什么呢？那里与一切绝缘，远离了首尔的繁杂与喧哗，以及再也不愿回忆起的痛苦过往，最重要的是远离了父亲。

"总之，姑妈别太担心。不会有事，很快就会放出来的。请相信我，放心吧。"

"难说，要真是那样就好了。已经过去三十多年了，这算什么报应呀？本来就一直放不下心，怕被翻旧账，果然遇上这种事……"

姑妈终于在餐馆一角低声哭了起来。

"已经过去三十多年了。"从中餐馆出来，与姑妈分别之后，她嘶哑的嗓音依然在耳边挥散不去。这句话里蕴含着姑妈历时三十多年都难以摆脱的恐惧与无法抹去的伤痕。姑妈坚信，父亲的这桩案件与三十多年前的过往密切相关。三十多年前，姑妈无奈与丈夫生离死别。六二五战争之后，当局下达了一网打尽检举令，姑父突然销声匿迹，至今生死未知。而在这片土地上与她相依为命的哥哥，三十多年来也一直背负着罪名生活。

过去那些年，我和家人每天生活得提心吊胆，艰难地维持着生计。催债、不断减少的粮食、房租、学费……明天永远都是绝望，但这种绝望又被侥幸地推迟到第二天。然而，父亲对这种生活的所有痛苦表现得漠不关心，包括父亲在内的我们一家四口的生活重担，只能全部落到母亲的肩上。不过，母亲在父亲面前绝对不会提起钱的问题。如果哪次在父亲面前不经意地表示出对钱的担忧，父亲便会突然大发雷霆，发疯一般大喊：

"钱！钱！钱！别跟我提钱！钱算什么！我搞不懂。我不做金钱的奴隶！门儿都没有！我金学圭宁愿死，也绝对不会为钱而活！"

如果他不想成为金钱的奴隶，就会有人为了他被迫成为金钱的奴隶，他怎么就不明白这个道理呢？真是令人费解。而那个人，就是不幸的母亲。父亲不负责任地带到这个世界的子女，也同样跌落至残酷的人生谷底，不得不成为金钱的奴隶。懂事之后，我才知道父亲以前信仰共产主义思想，参与过左翼运动，有过三年半的牢狱生活。不过，不论那种信念是什么，我都无法理解父亲那种人怎么能够曾经为之献身。同时，父亲极其鄙夷当今社会的制度与规则。我打算考大学时，父亲也暴怒地提出反对，令人难以理解。

"我想上大学学习文学。"

父亲问我上大学到底想干什么，我如此回答。父亲突然大喊起来。

"文学？你小子，文学一定要读大学才能学吗？去大学那种地方，书本里学的文学算什么文学？吃饱了撑的，才去胡搞那些乱七八糟的东西！在工厂里、工地上，在生活第一线流汗，才是真正的文学！连高尔基也是在餐馆里一边刷盘子一边写作。近来的什么作家、教授，连高尔基脚上的泥垢都不如，谈什么文学，谈什么艺术！你小子，一天连顿饱饭都吃不上，不想着谋生活，上什么大学呢？你那种腐朽的思考方式，能做成什么事？你这疯子，死了算了！"

我那时并不知道谁是高尔基，也对此不感兴趣。可是从父亲这种人嘴里说出"生活第一线""谋生活"这样的话，我觉得十分可笑。我当然明白，以我们当时的家境上大学是

一种奢侈。我无法轻言放弃,是因为母亲。从小时候起,母亲便如口头禅一般教导着我:

"洙啊,我希望你长大了可以当老师。不盼着你做生意赚大钱,也不指望你出人头地,就踏踏实实地当个老师吧!虽然不能赚大钱,也不能出人头地,老师却是世界上最好的职业。一定记住我的话。"

母亲以为,不让自己的孩子在这个社会中误入歧途的最安全的一条路就是当老师。由于父亲在这个社会中被视为一个"禁治产者"[i],我们因此承受痛苦、贫困与威胁,这是母亲按照自己的方式所领悟到的生存智慧与最后的希望。成为公务员可能是最忠诚地服从这个社会的方式,不过以母亲的经验,她或许以为,公务员非但不安全,反倒会很危险。我最终遵从母亲的意思,上了师范大学。文学之梦至今未能实现,其实也无所谓。我小时候喜欢写作,只是因为那是逃离痛苦现实的手段罢了。我至今在无名的乡村中学当老师,已经足以逃离现实。母亲如此渴望我当老师,却在我刚上大学的那年春天便离开了人世。

那天晚上,我失眠了。我想起了自己离开的小山村,回忆起了早晨坐大巴离开小镇公路时的熟悉风景——生锈的铁皮屋顶磨坊建筑、石灰脱落的破旧办事处、木材加工

---

i 禁治产者:在家庭法院中被判定为失去自理能力的状态,因而不具备管理、处置自身财产的人。

厂院子里堆积的红色锯末堆——被萧瑟飞散的雨夹雪淹没，逐渐冻住的样子。我待在那里的时候，曾感觉首尔不现实，如今那里则变成了渺茫的远方与回不去的非现实。我依然被封锁在过去的痛苦现实中。我想起了几个月以来不知身在何处、至今杳无音信的妹妹。使我难以入睡的最后一个原因，是对母亲的回忆。母亲被肠胃病折磨了十几年。每次复发，她就会扯着衣襟，在房间里踱来踱去。然而，母亲从未去过医院，从来没有好好吃过一服药，每天数次忍受着剧烈的疼痛。母亲只服用过小苏打。那烈性的小苏打不知道产生了什么化学反应，可以暂时缓解胃溃疡的疼痛，起到了临时镇痛的作用。疼痛发作时，母亲便打开铁罐的盖子，往嘴里送一勺小苏打。母亲紧闭双眼吞下味道苦涩的小苏打时皱起的脸与打开小苏打硬邦邦的铁盖时的声音，我至今记忆犹新。

母亲离开人世，也是因为肠胃病。在医院，医生看着X光照片，表示已经错过了治疗期。本来只是胃溃疡，拖延太久发展成胃癌，活到现在已经是奇迹了。母亲在床上躺了两个月之后离世。母亲与恐怖的痛苦决一死战的最后两个月，父亲却每天醉酒。他像是一个根本没打算正常起来的人，哪怕只是一瞬间。烂醉如泥的父亲在狭窄的房间一角倒头大睡。我闻着父亲身上散发的酒气，听着母亲不断加快的呻吟，彻夜咬紧牙关，几千次告诉自己，绝对不会原谅父亲。

门开了,狱警和一个犯人一起走了进来。我差点没认出来那就是父亲。他穿着略微松垮的不合身的蓝色囚服,戴着手铐的两只手并在身前,这个憔悴的老人就是我的父亲,简直令人难以置信。32号,是父亲左胸口的犯人编号。他几乎是被狱警强推到了桌前,这才看到了我,吓了一激灵,僵住的面庞抽搐了半天。"你,你怎么来了?"检察官指示狱警为父亲解开手铐。手铐解开之后,父亲坐在了椅子上。

"身体还好吗?"

我勉强问了一句。

"嗯……还好。"

　　父亲简短地答道。我不知道如何将对话进行下去。父亲两颊深陷,未经打理的花白胡须让整张脸看起来更加憔悴而衰老。然而,更令人吃惊的是父亲的态度。父亲显得沉着而且理直气壮,与那身丑陋的囚服很不相称。父亲以前总是弯着腰,驼着背,现在却像是故意似的挺胸抬头,坐得笔直。我莫名地感觉到父亲这种不同以往的姿态十分可怜,像极了拙劣的表演。

　　"金学圭先生,儿子很担心你。你年纪大了,现在也该为孩子考虑一下了。怎么能这样让孩子们担心呢?"

　　检察官打破了沉默。他嗓音柔和,像是责怪小孩子一般,语气中却也丝毫没有隐藏平常处理嫌犯时的威慑感。检察官说了一句"请狱警当作没看见吧",然后递给父亲一支烟。他向狱警寻求通融,一方面是为了尊重他们的规则与职责,另一方面也像是有意对嫌犯表示出一定程度的亲切与善心。不过,父亲接过烟叼在嘴上,并未表示任何谢意。

"我特意把你儿子叫来了。所以从现在开始,想说什么就直说吧!就算是对我们不能说的,对儿子应该可以说吧?"

然而,父亲什么也没说,只是在沉重憋闷的沉默中吐着烟圈。

"父亲,这到底是怎么回事?"

我先开口问道。父亲这才缓缓把视线转向我。

"就那样。"

仅此而已。我无言以对,同时感觉到有一种难以抑制的情绪涌上来。

"据说您有间谍嫌疑,我觉得应该是搞错了。如果您在接受调查时,因为某些迫不得已的原因才那样说,请如实告诉我。我认为父亲绝对不是那种人,这错得也太离谱了。"

"错什么错,一点错也没有。"

父亲以相同的语调说道。他的态度毫不动摇,甚至有点不知羞耻。

"那么您的意思是确定有过间谍行为?"

"有过。"

"检察官说没有证据。"

"怎么没有证据？一起被抓的人都是证据。"

"他们也已经证明了只有您没有参与。您为什么这么固执呢？"

"他们是故意的。我看起来有希望出去，能救一个是一个。"

我没话了。很显然，父亲变了。这种姿态很陌生，我从未见过父亲如此理直气壮且自信满满。父亲的语气与眼神，充满了自信，看起来像是一个准备承受所有痛苦的殉教者。然而，在我看来，这副模样十分愚蠢而可笑。我从座位上起身，走到父亲面前，握住父亲的双手。

"父亲，您到底为什么这么做？您现在也可以说自己是无罪的，检察官会妥善处理的。难道是因为对一起被捕的那些人的道义吗？或者您说说，到底为什么这么做？"

我紧握着父亲的手，几乎是在哀求，父亲却闭口不言。其他人，也就是检察官与书记员，还有狱警，像是冷静的看客一样望着我们。我们父子仿佛在他们的注视下扮演着一出惨不忍睹的喜剧，我难以忍受这种耻辱。

"你不懂。"

父亲终于开口了。

"不懂什么？"

"你不懂。"

我在那一瞬间突然站了起来，再也无法忍受苦苦压抑已久的内心涌起的冲动。

"我并不想知道那是什么东西。虽然不了解父亲怀有什么信念,不过那有什么了不起?至今让家人受苦受累已经够多了吧?我们现在又要受父亲牵连,承受痛苦吗?因为您那自以为是的思想与信念?母亲这一生是如何度过的,又是如何去世的,您该不会已经忘记了吧?那都是因为谁?晓善为什么要去工厂受罪,如今沦落到四处逃亡的境地?好,您现在打算让晓善再背负一个间谍女儿的罪名是吧?"

"对你们……我很对不起你们。"

"对不起?我不相信这句话。父亲从未考虑过家人。您才是真正的利己主义者。父亲所谓的信念,就像是飘浮在半空的海市蜃楼,与您的人生毫无关系。所以,您请便吧。服从那种信念与思想的安排吧!做个间谍也好,其他也罢!"

我的双腿颤抖不已,同时感到一阵晕眩,好像立刻就会晕倒。我更加难以忍受的是羞耻。真是出尽了洋相。穿着蓝色囚服的父亲坐在面前,我却只能表现出这副幼稚的样子,这种厌恶感使我恨不得立刻破门而逃。

"有个词叫作'龙川白'。"

这时,父亲声音嘶哑地说道。

"可以指疯子,也可以用来称呼那些据说受到上天惩罚的麻风病人。总之,是那种与健全人或者普通人合不来,被世界抛弃的存在……"

父亲望向半空,自言自语般慢慢地继续说着。

"战争结束后,龙川白突然多了起来。龙川白在乡村、城市之间遭受着猪狗不如的待遇,于是经常结伙行动。我不明白为什么战争之后,龙川白突然变多了。不过,一个很明显的事实是,其中也有自发成为龙川白的人。细算来,我也算其中一个……"

父亲稍微停顿了一下。父亲的视线依然望向虚空,有种不容侵犯的微妙感觉。越是这样,我越是有种莫名的焦躁。

"我们过去曾为革命抗争。"

父亲接着说道。

"后来战争爆发,党失败了,革命失败了,组织支离破碎。之后,人们都去哪儿了?做什么去了呢?参加游击队进行最后抗争的人都死光了?按照我们所信奉的理念,只要还没死,就要留在这里开始漫长的抗争,准备全新的革命。然而,我却未能那么做。在这里的体制下,也没能赚大钱,出人头地,连家庭的安乐也没能守护。这也不行,那也不行……只能过着龙川白一般的生活。"

父亲停了下来,长叹了一口气。

"我现在还能活多久呢?虽然对不起你……我已经决定了,不要至死做一个龙川白。我要说的就是这些……"

父亲再也没有开口,房间内又陷入了沉重的静默。

"所以,所以……现在不想再当龙川白了吗?为了摆脱龙川白的生活，所以要触犯间谍罪吗？这是将您的过往人生一笔勾销的唯一方法吗？不过，这是什么意思呢？您这么做，过去的生活就会有所改变吗？这种做法很傻，是彻底的自我欺骗。在我看来，只是发疯罢了，又成了另一个龙川白。"

我精神恍惚地说完，突然双唇紧闭。难以置信的是，我居然看到父亲的脸颊湿润了。父亲依然望向半空，憔悴的脸上爬满了皱纹，无声地淌下泪水。我再也难以开口。不过，我知道自己嘶哑的嗓子眼里有一种难掩的哀伤。我仿佛已经用尽了全身的力气，瘫坐在那里。

最终，直到我走出房间，父亲都没有再说一句话。检察官可能还有其他需要单独审讯的内容，让我先走。我只好独自走出拘留所。出门之前，我本可以再为父亲向检察官求一次情，却又打消了念头。我想，父亲就算承认了根本没有犯下的间谍罪，被判了刑，未必会比现在更加不幸。

我独自走向正门，突然转过身，久久望着一片暗灰色的高围墙、监视塔，以及后方簇拥着的仁王山的巨大岩石与散发着冰冷光芒的残雪等。我又走了几步，再次停下来。自言自语、牙齿缝发出的呻吟、喉咙里声嘶力竭的高喊，各种声音混杂着如怒吼的波涛般涌来。然而，那只是瞬间产生的一种幻听罢了。再回首时，那巨大的建筑物依然矗立在坟墓一般的寂静中。我缓缓走向远处的出口。

关于命运

我想对先生讲讲我这坎坷的命运。您是写小说的,至今应该听到过不少奇闻异事。不过,想必不会有像我这样不可思议的命运。

先生,您相信看相或者占卜吗?信奉者说,人的命运从出生,不,在来到这个世界之前就已经是定数,就好比在账本上写好了一样。不论再怎么挣扎,人最终只能顺着自己手掌上的手相过完这一生。还有,信耶稣的人也有类似的说法。人不论做什么事,无一不是顺应上帝的旨意。可我每次听到这样的话,都完全无法理解。如果事实果真如此,人的命运该有多么不公平啊。

有人命好,出生在钱堆里,是财阀家的儿子;有人被丢弃在路边,不知道亲生父母是谁,连自己的名字也无从知晓。可这个不幸的孤儿像在赌场里摸牌一样,无法抱怨自己的命运,只能全盘接受。信耶稣的人说,人出生时的八字都是上帝的旨意。我相信财阀家的三代独子可能会喜欢这句话,可是出生在路边的乞丐该有多委屈呀。说句不该说的,我到底犯了什么错,要被上帝如此判定呢?

我为什么要说这些呢?因为我就是一个没有父母的孤儿。当然,我不是从天上掉下来的,我肯定也有父母,只不过我被丢弃在马路边时只有四五岁,不记得自己的父母是什么人,甚至不清楚自己怎么就变成了孤儿。我只是猜测,那时正值六二五战争时期,我可能是在战乱中失去了父母吧。我勉强记得自己叫金兴南,却也不确定这个姓名是否正确。事实上,我连自己的确切年龄也不知道。

我在南海岸港口都市的一所又小又寒酸的孤儿院里长大。那所孤儿院由一个破旧棚屋改造而成,战时曾被用作军营,窗户上的玻璃没有一块是完好的,是一个十分糟糕的地方。孤儿院院长是一个伤残军人,战时失去了一条腿,整天都在酗酒。

院长常在深夜醉酒时突然大喊:"紧急,紧急!"他叫醒熟睡的孩子们,开始军事化训练。熟睡中醒来的孩子们晃晃悠悠地支撑不住身体,他便会用手中的拐杖暴打。不过,对于在此长大的孩子们来说,挨打是再平常不过的了,与吃喝拉撒没有什么区别。孩子们真正无法忍受的,不是挨打,而是挨饿。

到了上学的年龄,孩子们会沿着长长的海边堤坝去附近的小学念书，偶尔会偷吃堤坝上晾晒的鱼干充饥。由于我们是孤儿院出身，会像麻风病人一样被其他孩子排斥或者欺负，因此总是三四个人结伴而行。

大概小学五年级的时候吧，那一年冬天我参加了学校举办的文艺表演。上台表演的节目好像是《蛤蟆王子》，我扮演的正是主人公——那个不幸的王子。

您应该知道这个故事吧？王子被一个邪恶的魔术师下了诅咒，变成一只丑陋的蛤蟆。没有人知道，王宫后院里那只呱呱乱叫的丑陋蛤蟆其实是邻国的王子。可怜的王子，为了不被人们踩死或者驱赶，只能一直躲藏在不易被人发现的阴暗角落。一天，一位美丽善良的公主为不幸的王子流下了同情的泪水，并且亲吻了他。在公主亲吻的那一瞬间，魔法解除了，蛤蟆变回了王子的样子。

年幼的我认为，剧中这只不幸的蛤蟆和我的命运很像。因为就像那只不幸的蛤蟆一样，我也披着诅咒的外壳降生，是一个被丢弃在路边的不知道父母是谁的私生子。

扮演公主的女孩是附近最富有的船主的女儿，家里有好几艘船。她肤色雪白，像极了当时供应的美国奶粉；眼睫毛很长，名字也是在教堂里取的，叫作"玛利亚"。简单来说，她就像是天上的星星，像我这种孤儿院出来的孩子，很难和她搭上话。排练时，每次快到了公主亲吻的时刻，我便十分紧张，双腿发麻，突然尿急，感觉快要憋不住了。可她在排练时从来没有真正亲过我,只是做做样子。

"喂,文艺表演那天必须真的亲上去,明白吗?"排练指导老师如此说道。每到这时,她总是会十分轻蔑地瞟我一眼。不过,我丝毫不觉得自尊心受到了伤害。

我至今也搞不明白,指导老师当时为什么偏偏让我扮演王子。可能他认为变成丑陋蛤蟆的王子与我这个不幸的孤儿身世十分相像吧。总之,平时总被其他孩子孤立、捉弄的不幸孤儿可以被漂亮的富家女孩亲吻,就算是在话剧中,也实在太离谱了。我闭上眼睛,在等待女孩的嘴唇吻上来的那个无比紧张的瞬间,经常会陷入恍惚的梦境——说不定我不是一个不知道自己亲生父母的卑贱不幸的孤儿,而是会以高贵的身躯获得重生的王子。

终于,到了文艺表演的那一天。两个教室中间的隔板被拆掉,改造成了简陋的礼堂,舞台装饰成了漂亮的王宫庭院。那天恰巧下了一场没到脚脖子的大雪。众人拍打着肩膀上的雪花坐下,拄着拐杖的院长也来了。

我把所有东西藏到了拉起幕布的舞台后面的黑暗之中。这个世界美得耀眼,完全不同于令人厌恶的现实世界——只能四五个人紧挨着身子合盖一条破旧的军用毛毯入睡,深夜饿醒之后,也只能独自聆听着海浪发出恐怖的声音摇晃着棚屋的窗户。可能正是在那时,我第一次隐约感觉到了人生的美好。

观众席的灯灭了，伴随着老旧的留声机里传出的音乐声，话剧终于开场了。我变成了蛤蟆，背上披着斑驳丑陋的皮，公主穿着蜻蜓翅膀一样轻薄的白色纱裙。为了扮成蛤蟆的模样，我身上套着一个装美国救援物资的面粉口袋，袋子上印着大大的英文单词"USA"，套上之后看起来像模像样的。

我披着这张皮上台，大家都笑作一团。尤其是一起从孤儿院来读小学的成万那小子，他的笑声最大。我像蛤蟆一样发出呱呱的怪声，在舞台上慢吞吞地爬来爬去，他跺着脚，咯咯笑个不停。不过，我真的演得很卖力。人们再怎么笑也无所谓。因为我很快就会以王子的身份重生，我在等待着那个耀眼的瞬间。我为此呱呱呱地叫着，嗓子都快哑了，在地上爬来爬去。我爬得十分卖力，即使后来膝盖破皮出血，也不觉得疼。

决定命运的那一刻，公主亲吻蛤蟆脸颊的瞬间终于到来了。我在公主怀里，看到公主的眼睛里盈满了晶莹的泪水，在灯光下像宝石一样闪闪发光。我甚至可以听到自己的心脏如雷鸣般咚咚跳动。眼看着公主的嘴唇正要触碰到我的那一刻，世界突然一片漆黑。怎么回事？

停电了。舞台上、观众席上，自然全部乱作一团。虽然当时停电十分常见，大家却没有耐心继续等待。灯光没有再亮起来，话剧当然也就无法继续进行下去。

人们打翻了凳子，大声嚷嚷着蜂拥而去。我依然独自蜷缩在舞台的黑暗中。大家都走了,没有人为这个不幸的孩子解开魔法,我只能孤零零地留在黑暗之中。

那天晚上,我迎着漫天飞舞的雪花,独自走回了孤儿院。那段路既漫长又孤单,也很痛苦。我任由狂舞的雪花抽打着全身,怒吼的波浪像是要撕咬堤坝一般冲过来,我在绝望中全身颤抖不已。现在我只能是一只丑陋的蛤蟆,魔法永远也不会解除了。

对我而言,命运就是这样。永远都是在希望之光依稀可见的瞬间,也就是我万分紧张地准备跨过门槛的那一刻,眼前一定会突然落下黑色帷幕,挡住去路。

从此之后,我在孤儿院或者学校就被叫作"蛤蟆"。给我起这个外号的正是成万那小子。尤其是远远看到那个叫玛利亚的女孩,他就会大喊我的外号取乐。我非常讨厌这个外号,可我向来体弱,而他比我力气大,体型健硕,所以我只好断了念想,就像对自己的命运死心那般。

然而,我在来年又迎来了一个考验命运的机会。某个冬季阳光和煦的周日上午,我们突然接到命令,洗干净手脚在房间里集合。所有孩子都显得紧张而兴奋,因为我们知道,突然接到这种命令肯定是有客人到访孤儿院。

我们按照指示洗干净手脚,不断吸溜着流淌的鼻涕,面色紧张地坐下来等待着。意外的是,出现在我们面前的客人竟是一对衣衫褴褛的中年夫妇。我们略感失望。到访孤儿院的客人大多衣着光鲜，腋下夹着一本《圣经》，有时甚至还有抱着一大堆礼物的洋鬼子。不过，那天到访的两位客人有点特别。

我们很快得知，他们是来领养孩子的。孤儿最重要的就是要非常懂得察言观色。我们坐成一排，夫妇二人与院长一起在我们面前慢慢走过，仔细地逐个打量我们。男人是一个光头，穿着一条满是油垢的收脚裤。他打量着我们，眼神里莫名有种凶狠的感觉。不过，衣着寒酸、紧跟在丈夫身后的大婶看起来很善良。她挨个看着我们每一个人，反复说着"哎哟，天呐！哎哟，天呐！"仿佛我们十分不幸。突然，男人在我面前停下了脚步。

"你几岁了？"

"十……十二岁……"

我十分紧张，眼泪都快流出来了。去别人家做养子，是一件十分恐怖的事情，却也是每一个在孤儿院长大的孩子的梦想。这意味着告别饱受饥饿与虐待的令人厌烦的孤儿院生活，去往一个未知的世界。最重要的是，从此有了新的爸爸妈妈。我居然也拥有了说不定会实现梦想的这一刻。

他们逐一看过每个孩子之后，我被叫到了院长室。后来得知，他们想要一个我这般年纪的男孩。不过，男人在院长室再次仔细打量着我，看来不是很满意。

"这小子怎么看起来三天也讨不到一碗稗米粥呢？会不

会整天病恹恹的呀?"

我努力挺直腰杆,咬紧牙关,使出了浑身解数,想让自己尽可能看起来精神一点,令他满意。然而,他貌似并不满意。不过,大婶看起来对我动心了。她嗓音温和地问这问那:你叫什么名字?喜欢吃什么?学习好不好?

我每次都使出全身的力气,声音洪亮地作答。大婶让我坐到她身旁,摸摸我的头,握住了我的手。我至今仍然记得当时从大婶手上感觉到的那种微热体温。

"你想去我们家生活吗?"

大婶和蔼地问我。听到这句话,我瞬间忘记了此前的卖力表演。大婶温柔的嗓音让我想起了日夜思念的未知长相的妈妈。我没有回答,嘴唇抽动,大哭起来。

"活见鬼,男子汉哭什么哭!"

男人十分不满地咂咂舌头,反倒是大婶似乎更加同情我了。

"别挑挑拣拣了,就带这孩子走吧。我挺喜欢他。"

"这小子这么瘦弱,带回去怎么使唤?"

"至少看起来挺善良的。"

男人虽然看起来很不情愿,却终于下定决心遵从夫人的意思。他们和院长办理完领养手续之后,一起谈论着一些私事。我坐得笔直,腰杆酸痛,紧张而且不安,几乎喘不过气来,心脏难以抑制地跳个不停。我心想,这一切太顺利了。我的脑海中充满了一种不祥的预感——这种幸运不会如此轻易找上门来。

我的预感果然没错。就在那一瞬间，命运之箭偏离方向，射到了意外之处。院长室的门开了，成万那小子进来了。当时，每当有船靠岸，他便去码头干活。这当然是院长吩咐的。因为他的体型已经相当于一个普通的成年人，应该出去挣点伙食费回来了。

成万走进院长室，那个男人的目光突然发生了改变，上下打量着成万的身体。

"这小子也是孤儿院的吗？"

他问院长。

"是的。"

"刚才为什么不给我们看？"

"他出去干活了。老大不小了，得慢慢学着自己干活挣钱吃饭了。"

"对，我也这么想。人就得自己挣饭吃。"

男人不断点头，向站在门旁的成万招招手，让他走近一点。男人摸摸他的手、小臂，甚至还摸了他的肩胛骨。那一刻，我又能做什么呢？只能怨恨地看着一无所知、任由摆布的成万。终于，男人做了决定。

"这小子好。我们需要的就是这种健康、有男子气的家伙！"

成万跟随养父母离开孤儿院时,包括院长在内,孤儿院的成员们全部送到门外和他道别。我却独自躲进黑漆漆的棚屋角落,抹着眼泪无声地哭泣。第二天,我便逃离了那个孤儿院,坐上了开往首尔的夜行列车。

此后,我吃了多少苦头,又怎能说得完。我来到首尔之后,在龙山站前拿着铁罐做了一段时间的乞丐,还跟在讨饭的身后混了几个月。此后,我四处辗转着卖过口香糖、擦过皮鞋、拾过破烂、卖过报纸,有时被人踢、被人骂,被人往脸上吐口水,但我没有被这些磨难打垮,总算挺过来了。从那时起,只要谈起所受的苦,我就滔滔不绝,都可以写几本书了。不过,现在我就大致略过吧。

就这样,我长大了,慢慢领悟了在这个陌生刻薄的世界活下来的要领。不过,当我捂着饥肠辘辘的肚子在夜路上徘徊的时候,万家灯火如天上的星星般闪耀,其中却无一处给予我一丝温暖,这个现实是多么令人孤单与伤感。战胜这种孤单与悲伤的路只有一条,那便是攒钱。

我像是一粒不知自己来自何方的无名草籽,被丢弃在了这片土地上。对我来说,只有金钱才是立足于这个世界的资格证。我执着地攒钱,一件破衣裳撑几个月,一日三餐只靠三百韩元的粗面条或者方便面凑合。攒下来的钱一分也没花,全部存到了银行里。看着以我的名字"金兴南"三个字开户的银行存折上的钱一分一分地多起来,心里十分欣慰。

我感觉这是我在这片土地上活着的证据与活下去的保证。晚上一个人躺着的时候，我常偷偷用指尖不断触摸着藏到口袋深处的储蓄存折，顿时便备感安慰，勇气大增。

二十八岁那年，我的人生中又出现了一个新的考验。我当时在首尔退溪路一家旅馆做服务员，旅馆二层拐角客房里长期独居着一位稳重儒雅的绅士。我早晚去房间做打扫，还为他跑腿办各种事，不知不觉彼此开始聊天，我逐渐了解了他是一个什么样的人。刚开始我还觉得诧异，好端端的一个人，怎么会独自生活在旅馆里。后来才知道，他在美国生活了三十年，是一位归国侨胞。或许是出于这个原因，他的韩语不太流利，而且只抽进口烟。

"I'm sorry（抱歉），我只抽洋烟……"

他每次掏出烟来抽，就会笑着如此对我说：

"我在美国生活了大半辈子，喜欢大酱汤依然胜过西餐。唯独这烟，习惯了洋烟的口味，改不了。"

他在美国吃尽苦头，赚够了钱，现在却越来越觉得没意思，厌烦了美国生活。因此，他抛下家庭和事业，迅速回到首尔。虽然只能住在这种旅馆客房，心里却有种从未有过的舒坦。可能是想念身边有人的感觉，他经常会在夜里把我叫到他的房间一起聊天。

我向他絮叨起自己历经千辛万苦的不幸身世。说不定当时的他令我联想到了未曾谋面的父亲，就像之前在孤儿院感觉那位大婶像母亲一样。我并不知道这是命运给我设下的圈套。某天深夜,我又去了他的房间。不知为什么,他看起来十分焦虑,坐立不安。我问了很多遍,他才开口向我道出事情原委。

"我最近在首尔生活了一段时间,真的很喜欢祖国的这片土地。都说落叶归根,这句话一点也没错。所以,我决定了,我要结束美国的生活,在祖国定居。"

因此,他决定在韩国干一番事业,把自己在美国卖过的产品带回韩国售卖,绝对会供不应求。然而,办公室都已经找好了,美国汇过来的款项却因为文件审批流程而延迟,至今未能收到。

"不知道韩国政府机关办事怎么这么慢。明天如果不能付尾款,办公室就没了,连押金都要不回来,真是麻烦呀。我已经下定决心要在韩国生活,谁料刚起步就如此不顺利呢?"

他满含泪水地望着我。我看着他可怜的样子,十分心痛。所以,我鼓起勇气问他有没有能帮上忙的地方。

"很感谢你的好心,不过不必了。你又能帮我什么呢?无非是钱的问题。通过这种事情打击我在祖国生活的意愿,老天真是无情啊!"

他举起酒杯,哭得一塌糊涂。我看了他一会儿,掏出了藏在口袋深处的存折。他十分惊讶地看着我。

"这是什么?"

"虽然不是什么大钱,不过已经是我这些年一分一分攒下来的全部财产了。我现在把它借给你,用来交尾款吧。"

他的尾款还差三百万韩元,刚好和我存折里的储蓄金额差不多。他看着存折,猛地抓住我的手。

"多谢。你是我的恩人,以后我会把你当成我的儿子。"

就这样,我交出了十年来从未离过身的存折。第二天,我和他一起去银行取了钱,然后去了他的办公室所在的明洞那一带的某栋高层建筑。他去办公室交尾款,我在外面等他。左等右等,他也没有出来。我等不下去了,进办公室一看,没有看到他。他从后门跑了。我问了问别人,这座建筑根本不对外出租。我彻底被骗了。

我是那么相信那家伙,居然一切全是假的。我真是太蠢,太不懂得人情世故了。后来我才知道,他是个惯犯。像我这样犯傻被骗的人可不止一两个。当然了,所谓"在美侨胞",也是睁眼说瞎话。他从未去过美国,只在六二五战争时给美军当过几天翻译,懂几句英语而已。

尽管如此,怎么会发生这种事呢?那是一笔什么钱呀,他居然带着跑了?从那时起,我像疯了一样,到处找他。我在包里装上美国产的打火机、指甲刀、瓶起子、钢笔等,一边叫卖,一边奔走于首尔的各个旅馆与茶房。然而,天地广阔,找到他岂是易事。

两年之后的某天夜里,我在某酒馆门口遇见了他。我路过满是醉汉的酒馆街,一家店门前挤满了围观人群。

"喂,你这该死的家伙!没钱喝什么酒?哼,还点了昂贵的下酒菜!长得人模狗样,谁知道是个大骗子!"

我看到一个中年男人被酒馆服务员抓住,身子被推来搡去。男人卷着舌头,不断说着"I'm sorry, I'm sorry……"我有一种奇怪的预感,仔细一看,果然就是那个骗子。

我拨开人群挤进去,站到了他的面前。他依然穿着西装,打着领带,却看起来十分寒碜。他两眼无神地望着我。原来,他已经不认识我了。我感到怒火直冲头顶,立刻上前紧紧抓住他的衣领。

"终于找到你了!还钱,还我钱!"

其实,那是再傻不过的事情了。他正是因为付不起酒钱才被酒馆服务员揪住衣领,这样一个骗子哪有钱还我呢?他依然双眼无神地望着我,不断重复着同样的话。

"I'm sorry, I'm sorry……"

他的卷舌音使我忍无可忍。刚好我当时叫卖的商品中有一把美国产登山刀,我掏出来刺向了他。那一瞬间,我想捅死他,反正我也不想活了。

骗子没被捅死,我却因此被警察抓了。钱不但没找回来,我还坐了牢。想到这是我这辈子第一次戴手铐,不禁悲从中来。我是一个在这片广阔的天空下没有容身之地的孤儿，本想来首尔老老实实地生活，千辛万苦竟落得如此下场。我完全失去了活下去的欲望。

我穿上了看起来非常吓人的蓝色囚服，被看守推进了牢房。身后的铁门哐当一声关上了，那一瞬间一股霉臭味直冲我的鼻孔。昏暗的牢房里，只能看到一双双闪烁的眼睛盯着我，像极了饥饿的猛兽。我不知不觉双腿颤抖起来。

正在这时，一双双杀气腾腾的眼睛中突然传来某个人的问话。

"咦，这是谁呀？这不是'蛤蟆'吗？"

我真的不得不怀疑自己的耳朵。叫我"蛤蟆"这个外号的，在这个世界上除了他还能有谁呢？我抬头一看，一个面色黝黑、同样穿着灰蓝色囚服的家伙冲了过来。就算已经多年没见，又穿着如此丑陋的囚服，我依然可以一眼认出他。此人正是之前在孤儿院夺走我的幸运的成万那小子。

我们就这样再次相遇了。自孤儿院分别，如今已经十五年了。他说自己开货车撞死了人，所以坐了牢。

听他讲起那段时间的家庭生活才知道，他果然和我一样一路坎坷。他当时幸运地取代我成为别人家的养子，去了才发现原来不是做养子，而是做劳工。带走成万的那个男人是釜山周边一家铁器厂的老板，每天像牲口一样使唤他。

"说好听点是养子，其实就是免费找了个苦力。可就算是做苦力，至少也要填饱肚子吧？每天不给饭吃，还说我偷懒,又打又骂……相比来说,孤儿院简直就是天堂。"

"那个大婶呢?大婶也虐待你吗?"

我想起了那个第一次向我传来温暖的女人。

"那个女人至少心肠还比较好。我能在那个家里忍受下去,也是因为她。可她不知得了什么重病,突然离开人世。随后,我就彻底离开了那个家。"

成万原来也和我一样命运不济。他离家之后,和我一模一样,在社会的最底层拼命挣扎着活下去,最后却来到了这里。

总之,我们就这样一起开始了牢狱生活。也就是说,从"孤儿院伙伴"变成了"狱友"。多亏了资深狱友成万,我才能轻松度过这段牢狱生活,这真是万幸。他不仅安慰我那颗对生活失去热情的心,还试图鼓励我。

"唉,我们要这样活到什么时候呀?等哪天有机会我们也大干一场,改变命运。"

成万一直在等待那个"机会",梦想着有一天可以结束这令人厌烦的底层生活。不过,我做不到。说不定幸运会降临到我的头上——我根本就不会做这种白日梦。

我太清楚了,我和幸运根本挨不着边。当然,我也并非只有不幸。我的人生虽然屡遭失败,偶尔也会有好事发生。比如,遇见我现在的妻子,对我而言真是不可多得的幸运。

妻子虽然长得丑，配我却已绰绰有余。我坐牢之前，在昌信洞山上租了一间每月两万韩元的小屋，那个女人是我的邻居。她看起来像是酒馆的女招待，只有晚上才会出门，和我很难碰到面，更别说聊天了。一天，我看到她蹲坐在屋前做晚饭，有种气味强烈地刺激着我的嗅觉。十几年前，我第一次来到首尔，在龙山站前饿着肚子流浪了很多天，在某户人家的墙角下闻到过这种气味。这种气味刺激着我饥饿的肠胃，此后再也难以忘怀。

"那个……那是什么气味？"

女人抬起头望着我，被破旧石油炉子冒出的浓烟呛出了眼泪。

"这是清国酱。"

"清国酱？"

"您不知道清国酱吗？"

"我从来没有吃过。"

女人一副难以置信的表情。我给她讲了自己与清国酱的那段往事，她哭笑不得，一句话也没说，只是傻傻地望着我。那天，是我这辈子第一次吃到那种食物。从此以后，她只要煮了清国酱就会来敲我的房门。不过，她只是默默递给我一碗清国酱就掉头走了，所以我从来没能和她好好说过话。

我被捕之后，吃不上清国酱，当然也见不到她。开始牢狱生活一个月左右，有人来探视。起初看守告诉我这个消息时，我简直不敢相信。怎么会有人来看我这样的人呢？进入会见室之前，我一直以为肯定是搞错了。进去一看，居然是她在等我，太令人意外了。

"我给你带了清国酱，他们却说不能送吃的，怎么办呢？"

她依然是过去那副哭笑不得的傻乎乎的表情。

我被释放半个月之后，我们便结婚了。虽说是结婚，但其实没有在礼堂举行正式婚礼，只是我与她合住罢了。尽管只是月租五万的单间，却因为有了家庭，我再次萌生了活下去的勇气。不过，我只是一个举目无亲的孤儿，没有什么学历，又很穷，还坐过牢，工作并不好找。我四处游荡着，好不容易才在一家公寓物业找到一点活干。虽然不是正式职工，只是一个为住户通马桶的临时工，但我已经感激备至，于是十分卖力地工作。

当时，我下定决心，在生活中绝不贪求自己没有的东西。我自我安慰道，像我这样不幸的人，紧紧抓住已经拥有的寒酸而微小的东西不弄丢就可以了。不过，此后我也经历了各种或大或小的失败与不幸。向后仰倒都会磕坏鼻子，说的就是我这种倒霉蛋。看似会出现不错的工作，却在关键时刻遭遇变故，已经不是一次两次了。怀孕五个月的妻子流产。同样是地下出租屋，邻居家好端端的，只有我们家煤气泄漏，或者地暖不热乎，这种例子数不胜数。买东西总能买到劣质产品，甚至早晚上下班时，每次只要我到达车站，必定只能目送公交车离去。

有一天，妻子建议我去看一下算命先生。她听说弥阿里岭那里有一个盲人道士料事如神，运势算得很准。也对，摊上一个我这样倒霉至极的丈夫，产生这种想法也很正常。

"瞎子看八字算命我知道，看手相还真是第一次听说。两眼一片漆黑，怎么看手相？"

"所以说他神机妙算啊！我们领班家的大婶身子总不好，整天病恹恹地躺在家里。去找那个道士瞧了瞧，据说那道士立刻像个神算子一样，把她之前虐待过生病的婆婆的事全说准了。"

妻子说我这么倒霉，诸事不顺，肯定是有什么渊源。比如，祖坟选错了位置，或者冤死鬼逗留于九泉，一定要消除它心中的怨恨。若非如此，不可能做什么都不顺利。也就是说，洗手间的水管子堵了，放再多的水也冲不下去。

"尽是些胡说八道的迷信玩意儿。就算知道是祖坟选错了地方，可我都不知道自己的老祖宗是谁，又有什么用呢？别说什么老祖宗了，我连亲生父母是谁都不知道！"

不过，我终究还是被妻子拽着去见了那个瞎子。下了公交车一看，"大姑娘占卜""松叶占卜""乌龟占卜""命运哲学馆"，算命的门面密密麻麻的可真不少。不论当今是电子时代还是宇宙时代，这种生意都越来越红火，真是一出奇观。我们根据妻子手里拿的路线图，走进了某家店。果然有一位衣着怪异的盲人老道装模作样地坐在那里。

"把手伸过来。"

道士刚开始就没有说敬语。我二话不说，伸出了手。把自己的手交给一个睁着眼睛的瞎子，向他询问自己的未来，这种心情实属怪异。总之，瞎子算命先生捏着我的手掌揉了好一阵子，说：

"你没少吃苦哇！至今一事无成。"

我的内心热乎乎的。

"不过，不必担心。唔……凤凰正在孵蛋，天地之间香气满溢。"

"什么意思？"

妻子往前挪了挪膝盖。

"你会顺利找到父母，成为大富豪。"

真是令人无语。我是一个举目无亲的孤儿，因为父母成为富豪？我真想立刻站起来大骂这个半吊子。妻子的反应却不一样。她听算命先生说完，突然两眼放光，又多加了些酬金，请瞎子说得详细一些。女人呐，再怎么荒诞的话，只要当下听着顺耳，就一定会竖起耳朵。算命先生左右摇晃着身子，眨了眨眼睛，白眼球转动了几下，说我不久就会从父母那里继承一大笔遗产。真是越来越离谱了。

"喂，我说，胡扯也该有个分寸吧？谁会信这种瞎话？我是一个孤儿，根本没见过父母，怎么会有遗产？逗人玩呢？再怎么不负责任地胡扯，至少得有点儿依据吧？唉，走吧。"

我终于发泄了出来，扯着妻子的胳膊把她拉了起来。妻子迫不得已被我拉出门，却又对那半吊子算命先生的话有一丝恋恋不舍。

"老公，谁知道呢？说不定你的亲生父母变成大富豪出现了呢！"

"瞧瞧你，别说这种鬼话。你想气死我吗？"

"你生什么气啊？我只是说有这个可能性，幻想一下不行吗？"

不过，假如我说妻子的这番荒唐话没过多久就变成了现实，您会相信吗？继续讲下去之前，我得先喘口气。本以为都已经是过去的事了，再次回忆起来，心里还是会难受。

我出狱之后结了婚，大约过了三年，也就是流行寻亲的那一年，有一天，成万打了个电话过来，故事由此开始。我和他在出狱之后也会偶尔见面。

"我现在必须立刻见你一面。有一件非常重要的事情，见面说吧。"

成万的嗓音中莫名带着一种兴奋。我已经很久没有见到他了，而且很好奇他到底因为什么事情如此兴奋，所以按时赴约,去了那家茶房。众人围坐在茶房的电视机前,观看热门的《寻亲》节目,只有成万独自坐在黑漆漆的角落里向我使劲招手。

"怎么这么热闹?茶房都变成电影院了!"

我坐下来,如此讥讽道。果不其然,茶房里满满的客人像在电影院里一样,围坐在挂壁式大电视机前,眼圈通红,还有人掏出手帕抹眼泪。您可能会记起来吧,当时电视台中断了常见的连续剧和体育转播,没日没夜地播放那些令人厌烦的煽情节目。

"怎么能和那种无聊的电影相提并论呢?这可是我们民族独有的悲剧与伤痛啊!"

我再三打量着他的脸,不知道他到底为什么会说出这种话。

"民族悲剧?喂,你也能说出这种话?我得重新认识你了!"

"说什么呢?我能视而不见吗?我也是韩国人,分担民族伤痛不是理所当然的吗?"

成万这小子丝毫不理会我的嘲讽,满脸真诚,完全不像他平时的样子。

"不过话说回来,你脚背上那块疤还在吗?"

他突然弯下腰,低声问我。我越来越猜不透他了。

"突然问那块疤干什么?"

"这个嘛，你的左脚还是右脚来着，不是有一块铜钱大小的疤吗？现在还好端端地保留着吗？"

"当然在啊！又不是邮票，还能贴上去又撕下来吗？"

"这就对了！那块疤至今完好无损地健在是吗？"

别人脚上有块疤，这有什么可高兴的？成万这小子却露出了得意的微笑，突然压低声音对我说：

"如果顺利，你可就要飞黄腾达啦！"

又开始了。我喝了一口端上来的茶水，皱了皱眉头。三年前，我和成万在西大门监狱再会之后，已经听他说过无数次这种话了。"只要这次顺利，就会飞黄腾达……"然而，我们从来没有做成过，自然也就没有飞黄腾达。如果已经飞黄腾达，我现在也不会在公寓物业为别人家通马桶，他也不必给别人开车了。

"你瞧瞧，不掉几滴眼泪都看不下去了。"

刚好电视中传来痛哭声，成万看着那幅画面继续说道。时隔三十年再会的亲人紧紧相拥，泪流满面地不断说着"是啊，是啊"。不过，成万那小子别说流眼泪了，简直不知道怎么竟如此兴奋，脸蛋始终红扑扑的。我这才猜到了什么。他刚才莫名其妙地要共同参与到民族悲剧中去之类的话，原来并不是简单的玩笑。

"你也知道的吧？我总跟你提起的那位，我的老板，那个小气鬼。"

77

他终于说出来了。他开的那辆私家车的主人是一位年过七十的老先生，是一个所谓的"三八线脱北者"，解放[i]之后逃离北方，来到了韩国。老先生当年拼死拼活地挣钱，现在是个身家数十亿的大富豪。不过，我经常听成万那小子抱怨他是个小气鬼，就连买杯咖啡也舍不得。他在钟路区拥有好几栋建筑，收租后又往外借钱，似乎做着吃利息的高利贷行业。成万骂老先生小气不为别的，只是因为没有按时给他涨工资。不仅是工资，就连吃饭期间随时待命也只给一碗炸酱面的钱，一分都不多给。

"唉，别说了。两碗都不行，就只给一碗的钱。我从没听说过世界上还有如此小气的人。"

成万经常这样发泄内心的不满。奇怪的是，他却从未想过离开，而是在那个小气鬼手下开了几年的车。对于总是幻想着哪天能够撞大运一夜暴富的成万来说，这种行为着实令人费解。

"你懂什么？我张成万也是个有想法的人。"

我曾经问过他，为什么不找一份更好的工作，离开那个小气鬼。他当时是这样回答的：

"那老头不但没有妻儿，连个本家亲戚也没有。父母兄弟都在脱北时生死不明，来到南边之后他找了个女人结婚，

---

i 指的是脱离日本殖民主义统治。

又遇上战乱，那女人在逃难途中死了。当时还有个五岁大的儿子，路上丢了。所以，就算老头现在快死了，连个端碗凉水的人都没有。妻子去世之后，他又找了一个女人一起生活，可那个女人十分讨厌老头的脾气，收拾包裹走了，此后老头再也没有考虑过再婚。现在你明白我为什么在他身边忍气吞声了吧？我张成万也是有心眼儿的。这次只要顺利，说不定就可以飞黄腾达了呢！你想想，钱再多，死了又不能带走对吧？"

所以，成万渴望着可以在老先生去世之前分到一杯羹。这才是真真正正地等着天上掉馅饼。成万努力好好表现自己，老先生不知是看透了他的内心，还是如成万所说的"人情淡薄"，终究从未说过一句令人满意的话。成万吃不到"馅饼"，整天念叨着"希望落空了"，现在又突然说什么"心生妙计"，谈论起我的伤疤，对此我还真是挺好奇。

"可是，老头最近回到家，因为寻亲一事，整夜睡不着觉。"

成万两眼放光，开始讲述。

"每天晚上借酒消愁，看着电视直掉眼泪。这可是个铁石心肠的老头啊！"

"不过，这和我脚背的疤痕有什么关系呢？"

"这个嘛，你听我说。老头曾经在逃难途中死了妻子，丢了独生儿子。他本来已经断了念想，觉得儿子应该早就死了。可是，最近大家都在寻找什么失散的亲属，他也重新燃起了希望。说不定儿子如今在什么地方活着出现了呢？那他岂不是一夜之间飞黄腾达了？毕竟是继承几十亿的财产啊！"

"所以呢？你有什么可兴奋的呢？馅饼很快就要掉到别人嘴里了。"

"你倒是先听我说完啊。我的意思是，你来当他的儿子，怎么样？"

成万四下看了看，更加压低了声音说道。我很无语，张着嘴巴，呆呆地看着他。

"儿子五岁时丢的，所以老头也记不太清楚了。不过，前天他偶然对我说起儿子左脚背上有块疤。我听到这句话的瞬间，真像是一道闪电划过，怎么说呢，突然生出了一个好主意。我想起以前看到过你脚背上有块疤，这才是上天赐予我的好机会啊。"

"唉，名字还是不一样的吧。我是无可置疑的金兴南。"

"我说你小子，脑子怎么转不过弯来？一个人想要出人头地，脑袋瓜就得灵活。"

他十分着急，假装用手指转动着我的脑袋。

"名字嘛，就不能说是在孤儿院改的吗？你连个亲戚都没有，还会有人站出来反对吗？你说是不是？"

"你现在是认真的吗？"

"怎么样？比在公寓物业干粗活好多了吧？就算以后被戳穿，也没有什么损失啊！还会有人以此告你诈骗吗？"

"所以，你要出卖我左脚背上的疤？我屁股上还有块更大的呢，要吗？"

"得了吧，你怎么这么大声？小点声。"

他赶快假装用手捂住我的嘴，生怕别人听到。

"你听好了，不到万不得已我又怎么会想出这么个点子来呢？其实现在情况很紧急。老头娶老婆了。"

"老婆？老先生已经七十了，又再娶了？"

"事情是这样的：老头本来就身体不大好，几年前带回来一个寡妇担任厨娘兼看护。不过，那个女人日夜守护在老头身边，跟妻子没有什么两样，后来干脆替老头出去收房租、利息什么的，开始以正房夫人自居。在我看来，这个女人可不简单。说不定老头被女人抓住了什么把柄。不知道女人是怎么引诱老头的，前几天我才知道，她好像把自己的名字加到了老头的户口上。这不就相当于登记结婚了吗？十年之功，废于一旦。我这么长时间的努力，全部都要落空了。简直要气炸了！"

"所以，你的意思是，再婚的基础上再添个儿子？"

"现在不是开玩笑的时候。看来你觉得这个方法很荒唐，不过你看看现在电视上的那景象。反正我们在这片土地上的人生是一塌糊涂，活得不成样子。而且老头都快死了，财产归谁呢？还不是那个狐狸精吃独食？我们也分一点，不是挺好吗？"

我无以作答。因为他的说法实在荒唐，而且我心里莫名感到一股郁闷，有种难以描述的夹杂着郁愤与悲伤的疙瘩，像石块一样沉重地压在胸口。

其实，寻亲节目播出之后，妻子说了好几次，我也该上电视寻找一下失散的亲人。不过，我完全没有那种想法。看到人们在电视上找到了失散多年的父母兄弟，我反倒感觉愤愤不平。

战争再怎么混乱，孩子都丢了这么久了，况且三十多年过去了，现在这般哭喊算是什么事啊？虽然在战争中保住自己的一条命很不容易，但是如果认为父母兄弟与子女的性命和自己的一样重要，如今绝对不会有这么多的失散亲人。所以，看到那些寻找到失散的亲人之后当场失声痛哭的场面，我反倒觉得十分别扭。分别三十余年，像陌生人一样生活，现在再谈什么骨肉之情，实在令人难以理解。而且，只根据一块疤就当场抱头痛哭，不是吧，那里有疤的又不止一两个人。所以，我干脆不看电视，为此还和日夜守在电视机前抹泪的妻子吵了几次。

妻子十分不理解我的这种做法。也对，毕竟我也无法理解自己。说不定是因为我在心里认为那种幸运根本不会降临于我，所以才会对此更加反感。我连自己的名字和年纪都不确定,靠什么寻找父母兄弟呢?

  第二天一大早,我便去了位于汝矣岛的电视台。我终究还是按照成万的安排,演了那么一出怪异的戏码。我现在也搞不明白自己当时为什么会决定演那出戏。说不定我也像成万一样,在内心某处梦想着一夜暴富。但同时,我又在心里取笑这股寻亲潮流。总之,我瞒着妻子偷偷去了电视台,还向公寓物业谎称身体不舒服不能上班。说不定他们以后会在电视上看到我,不过我觉得到时候再适当圆个谎就行了。

    寻找未知姓名的父母。六二五战争逃难途中与父母走散。儿子金光一,年龄37(?)岁,特征:左脚背上有一块疤。

  我按照成万的指示,用大字体如此写道。年龄刚好与我相仿,金光一是成万告诉我的老先生的儿子的真名。让老先生坐在电视机前看到我举着这些文字出现,也是成万计划好的。

  当我真的站在汝矣岛广场长长的队伍中等待时,看着那些说不清的故事、无数的叹息与泪水,心里逐渐生出两种情感,彼此纠缠在一起。

  一个是我希望自己举着的牌子上的内容属实,而不是为了行骗的谎言；另一个是我越是这样想，越是受到良心的谴责。我当时有种冲动，想要擦除牌子上的"金光一"三个字，大大地写上我自己的名字"金兴南"。我站着等了一整天，终于快轮到我了。我蹲在地上，打算改掉那个名字，负责人偏偏在这时叫了我的号码。最终，我只能通过这个假名字，寻找一个假父亲。

电视节目播出之后，我莫名感到心跳加速，口干舌燥，像是真的在等待着不知长相的亲生父亲的联络。第二天，老先生联系了我。

"喂，请问是金光一家吗？"

"金光一？你小子原来是成万。"

起初我还以为是成万在耍我，他却若无其事地继续进行着自如的表演。

"是，您是上过电视的金光一对吧？您稍等，我转接一下电话。"

我立刻明白了这是怎么回事。随后，听筒里传来了小心翼翼却又清脆的北方口音。

"我……看了电视所以才给你打电话……你的名字真的是金光一吗？"

"是的，我就是金光一。"

意外的是，和我担心的不同，我回答得十分流利，连我自己都吓到了。

"那和我儿子的名字一致……左脚背上的疤痕也没错吗？"

"当然。我为什么要说谎呢？"

"不记得其他的了吗？"

"是，不太记得了……因为年纪太小了……"

短暂的沉默之后，老先生似乎还想问其他的，却又犹豫不定。

"我们见个面吧。"

"在哪儿见呢？我在电视台等您吗？"

"不，在电视台见面不合适。还没有确认就摆上摄像机，引起骚动不太好办……为了避免这个麻烦，你可以来我家一趟吗？我会派车过去。"

我表示同意，因为这对我而言也是一件好事。开着老先生的车来接我的人当然是成万，他已经难掩兴奋。

"哎，绝对不能表现出你认识我。这次的事情就看你的演技如何了。就像电视上看到的那样，抱紧老头哭一鼻子。"

成万一边开车，一边认真地逐一嘱咐着，我却怎么也没有自信。反正这种可笑的把戏很快就会被戳穿，我在不安的同时又陷入一种奇妙的心思，总之走一步算一步吧。

"尤其要小心我之前提到过的那个女人。问题就出在她身上。她很贪心，活生生就是孬夫[i]的妻子，又很精明，跟

---

i 孬夫是韩国古典小说《兴夫传》中的人物。兴夫与孬夫是一对亲兄弟，弟弟兴夫勤劳善良，哥哥孬夫懒惰贪婪。

鬼一样。之前叫她'吴婶'，最近如果不称她一声'吴女士'，简直恨不得吃了你。总之，这个女人不一般。"

成万带我去了钟路后胡同的一座陈旧、黑乎乎的四层建筑。建筑上杂乱无章地挂着各种牌子，中国餐馆、茶房、棋馆等。尽管外观不尽如人意，但这里位于首尔市中心，据说地价很贵。按照成万的说法，老先生还有两三栋这样的建筑。不过，不管价格如何，上楼的木质台阶吱吱嘎嘎响个不停，似乎立刻就会塌陷下去，而且这楼道大白天也像在洞穴里一样黑咕隆咚。我跟在成万身后，沿着狭窄的台阶，来到了建筑的最顶层。这一层用胶合板隔成了多个房间，像仓库一样的一间拐角屋，看来就是业主老先生的办公室兼住房。

"你可得记清楚了，你的名字不是金兴南，而是金光一。知道了吧？"

成万在办公室门前再次低声向我确认。我看着他焦躁的眼神和严肃的态度，莫名觉得好笑，忍不住扑哧一声笑了出来。

"喂，你小子笑什么笑。这是关系到你我人生的大事。你必须打起精神，好好表现。你要记住，一切就看你了。"

他再次向我确认，然后小心翼翼地敲了敲门。门开了，眼前是一间两三坪左右的狭窄办公室，房间内空无一人。办公室又小又破，面向过道的小窗户上落满了白色的灰尘，里面有一张桌子、一个铁皮柜、一个脏兮兮的沙发，墙上挂着一块小黑板,仅此而已。办公室一角还有一个皱巴巴的房门,可能是老先生的住处。成万朝着那边喊了一句:"社长,我回来了。"房门开了,一个个头不高、戴着眼镜的老人出现在眼前。乍一看去,怎么也无法相信这个邋邋寒酸的老头身家几十亿。他手里拿着一块抹布看着我,像是要擦桌子。我至今仍然对这个第一印象记忆犹新。他的头发几乎全白,脸色看起来不怎么健康,一双小小的老鼠眼闪闪发光,与年龄很不相符。

"你确定是叫金光一吗?"

老先生似乎难以相信,眨巴着两只小眼睛,透过眼镜反复打量着我。我做了一个深呼吸,努力保持冷静。

"是的,记不得其他的了,只记得名字。"

"是吗?那你可以脱一下袜子吗?"

老先生从背心口袋里又掏出另一副眼镜,两副眼镜合起来,非常仔细地察看我脚背上的疤,然后抬起头,眼睛里满是怀疑地问道:

"其他地方没有伤疤了吗?"

"那……那个,没有了……"

我下意识地回答道。不过,我的脸不知不觉地红了起来。我屁股上还有一块疤,不知道该不该隐瞒,所以有些慌张。成万或许是感觉事情非同寻常,我看到他站在老先生身后十分地焦躁不安。他不断向我打手势传递什么信号,像是让我紧紧抱着老先生表演一出泪如雨下的戏码。我却整个身子僵在那里，完全无动于衷。因为离开孤儿院之后，我再也没有演过话剧。

"那什么，张司机，你先出去一下，我一会儿叫你。"

老先生对成万说道。

"你真的清清楚楚地记得自己从小就叫光一吗？"

成万不开心地离开了房间。老先生直起腰，再次问道。眼镜后的小眼睛更加怀疑地盯着我。我无法立刻作答。和紧盯着我的老先生视线相触的瞬间，我的内心开始变得脆弱。我心想，这种荒诞的骗术绝对无法得逞；就算侥幸过关，以这种手段欺骗他人，也是一种无法被原谅的罪行。是干脆向老人坦白一切，请求原谅？还是这样一言不发地跑掉比较好呢？正在我不知所措之时，老先生继续说了下去。

"光一是我儿子户口上的名字。如果你真的是我的儿子，是不会记得这个名字的。他小时候有一个在家叫的名字。我来到南方之前，老家是咸镜道兴南码头，所以给儿子起了那个名字。"

兴南码头？由此起了名字？我突然大脑一片空白，完全听不清老先生在说什么。那一刹那，我感觉浑身无力，精神恍惚，老先生说的话听起来模模糊糊。

"抱歉，你能脱一下裤子吗？我儿子两岁时被炭炉烫过，伤痕挺大。如果你是我儿子，肯定不会只有脚背上有疤，屁股上一定也会有块更大的疤。"

我只是颤抖着站在原地一动不动。或许是我的态度有些怪异，老先生抬起头来问我：

"怎么了，哪里不舒服吗？"

"我叫金兴南，我的真名叫金兴南。"

我艰难地回答道。我的嗓音颤抖着，话也说不清楚了。或许正是因为如此，老先生没能立刻听明白我的话。

"什么？你说你叫什么？"

"我说我叫金兴南，我真正的名字是金兴南。"

老先生嘴巴张着，呆呆地看了我好长时间。看他那副表情，像是听了一个荒唐的笑话。

"我绝对没有说谎。您看。"

我原地解开皮带，露出整个屁股给老先生看。我当时已经神志不清了。

"看见伤疤了吧？是块疤没错吧？这不是假的，是真的疤，不是我伪造的。从小就在这个位置。我一直不知道这块疤的来历，现在看来是被火烫的啊。是的，没错，就是这样的。如果没有被火烫过，怎么会有这种疤呢？"

我精神恍惚地说个不停，也不知道自己在说些什么。可能我当时太兴奋了。也是，这又不是我的错。这种情况之下，又有多少人能够保持冷静呢？老先生也懵了。他确认过我屁股上的疤，如中风一般，全身开始颤抖。

"那……那什么,我现在完全听不懂你在说什么。所以,请你说得详细点……"

"我就是金兴南。我说我叫金光一是撒谎,其实我并不知道金光一这个名字。我从小就叫金兴南。这不是在孤儿院起的名字,而是我的真名。明白我的意思了吗,老先生?不,父亲?"

"所以,你是……你现在认为你就是我的儿子金兴南?"

"不是我认为,这是事实。您看,这是我的身份证。这里清清楚楚地写着金兴南三个字吧?"

老人接过我的身份证,仔细端详着。他似乎怀疑那是一张假证,正反两面反复看了好几次。过了一会儿,老先生脸上的血色逐渐消失,变得苍白。

"等……等一下……我得坐下休息一下。我心脏不大好……"

老人像是突然陷入了严重的眩晕,摇摇晃晃地一屁股瘫坐在椅子上。他许久没有说话,只是死死地盯着我的脸。奇怪的是,他的双眼并不聚焦。虽然正在看着我,视线却似乎越过我的脸,投向了渺茫的远方。我突然十分慌张,担心老先生是不是突然疯了。

过了好半天之后,老先生的反应真是出乎意料。他像中风了一样,双手颤抖着拉开抽屉,拿出了一块手表。这是一块泛着暗黄的金色旧手表。

老先生用手抚摸着那块表，断断续续地艰难开口说道：

"这块表很特别。三十五年前，我只带着这块表离开了故乡……"

老先生发牢骚一般开始慢慢讲述。我不明白他怎么突然开始说起手表的故事。不赶快认儿子，说什么手表啊？我甚至怀疑，老先生是不是突然糊涂了，完全意识不到自己在说些什么。

"我是我们家的三代独子，却对父亲犯下了难以饶恕的罪行。解放之前，我和住在首尔的一个女人在一起，用现在的话说叫'谈恋爱'，后来'三八线'突然封锁了，两边被禁止往来。家里于是不断吵着让我和别的女人结婚……我不愿意，一心想着直接逃到首尔，但是我哪里有什么钱啊？迫不得已，我只能两眼一闭，偷了父亲的手表。当时手表还不多见，算是一笔昂贵的财产，况且又是父亲的心爱之物。我当时心想，等我来到首尔挣了钱，以后一定回去把这块表还给父亲，恳求他的原谅。后来战争爆发，便再也没有机会了。我已经永远失去了向父亲母亲尽孝的机会……"

老先生脸上毫无血色，呼吸急促。

"刚来到南边时，多亏了这块表。我在生活十分艰难时，曾把它当出去两次。不过，稍微赚了些钱之后，我就再也没让它离开过我的双手。因为，总有一天我要把它还给父亲，向父亲赎罪……"

落满灰尘的脏乎乎的窗户透进些许微弱的夕阳余晖。房间内十分安静,只能听到老先生急促的呼吸。我完全张不开口。我又能说些什么呢?我当时觉得自己经历的这些很不真实,像是做了一场梦。

"我在南边独自生活至今的血泪史,岂是三言两语说得完的?妻子死了,独生子丢了,生活对我来说已经毫无意义。可我又能怎么办呢?活着的人得活下去啊……人们叫我守财奴,说我冷酷无情,他们懂什么?失去了故乡,失去了家人,一个人流浪在外,还有什么可以信赖的呢?金钱就像是我的家人,我的妻儿。然而……年纪大了,到了进棺材的时间,就会逐渐感到空虚……觉得这笔血汗钱毫无用处……"

老人的嗓音不知不觉间湿润起来,故事却未能继续讲下去。门开了,一个女人走了进来。女人看起来有五十岁了,化着与年龄不符的浓妆。我的直觉告诉我,这无疑就是成万所说的吴女士。

"哎呀,这活儿干不下去了。要亲自跑一趟才能拿到钱呢……借钱的时候要死要活,借到手之后根本不想还。"

女人可能是刚去收完利息回来。她走进房间,大声嚷嚷着,似乎意识到房间里的气氛不太正常,狐疑地望着我。

"这是谁?"

"啊,没什么。只是……有点事找他办。"

老人看起来十分慌张，赶快对我说道：

"那什么，不管怎样，这件事还是得我自己再好好考虑一下。明天上午再来一趟可以吗？明天上午……"

我看得出来，老人想向女人隐瞒我们之间的关系。

"行。我明天一定来。"

我在心里忍住了喊一声"父亲"的冲动。看到那个女人面露凶光，我向老人深深鞠了一躬告别，然后走出门口。我的双腿不断地颤抖着。我推开门走出房间之后，老人追出来低声对我说：

"今天的事情不要对任何人讲。我们还需要再次见面确认。如果说错话，反倒坏了事……明白我的意思吧？"

老人眨着小眼睛，目光中闪过一丝不安与怀疑，还有某种难以言表的迫切。我点点头。我完全可以理解他，所以下定决心遵守约定。躲在台阶后面等着我的成万抓着我的胳膊问我情况怎么样，我什么也没说。

"怎么样啊？就这么让你走了，看来不行吧？老头问你什么了？看出来我们在骗他了吗？"

他急切地问道。我什么也没有回答，只说了一句"明天再联系"就把他打发了。走下黑漆漆的台阶，夏日黄昏的斜阳十分刺眼。我长长地舒了一口气，感觉终于逃离了长达三十年的漫长黑暗。

那天晚上，我整夜未眠。明知要赶快入睡，明天才会到来，却怎么也睡不着。真的快疯了。耳边传来熟睡的妻儿的呼吸声。我想立刻叫醒妻子，给她讲讲白天的故事，却只能不断压制着这种冲动。

我在黑暗中努力入睡，却莫名地不断想起童年时代的文艺表演。我极力驱赶着脑海中的不祥预感。因为很显然这不是话剧，而是现实。然而，我完全放不下心来。现实中怎么会发生这种事？而且不是别人，偏偏发生在我身上。我之前经常想，彩票中了头奖会是一种什么样的心情呢？我每次都觉得，如果幸运降临到我头上，我可能会疯掉吧。可眼下这件事，又怎是彩票中奖所能相比的呢？我甚至怀疑，明天早晨太阳会升起来吗？今天晚上会不会突然变成地球末日？

从孤儿院时期至今受苦受累的所有场景不断在眼前闪过。幻想与现实胡乱纠缠在一起，我突然害怕自己这样下去会真的疯掉。

后来，我好像打了个瞌睡。睡梦中，我再次回到了二十多年前的孤儿院时期。正在举行文艺表演，我依然是那只披着丑陋外皮的癞蛤蟆。不过，仔细一瞧，准备亲吻我的公主却是那位老先生，不对，应该说是我的父亲。我心里慌了，十分害怕，担心话剧在父亲亲吻我之前就会结束。和以前不同的是，我不是担心停电，而是担心梦会醒来。我在梦中也知道那只是一场梦，心里非常着急，担心自己变成王子之前梦就醒了。我向父亲大喊，请他快点为我解除魔法。不知道怎么搞的，我的嗓子眼里却怎么也发不出声音。我担心的事情最终还是发生了。父亲艰辛地迈着步子向我走来的瞬间，梦的胶带突然被切断了。

我打了一个激灵，从睡梦中醒来。黑暗中，电话铃声响个不停。我没能立刻去接电话。刺耳的电话铃声与不祥的预感狠狠地击打着我。我看了看表，凌晨两点。

"喂，兴南吗？是我。"

听筒中传来成万的声音。

"怎么了，大半夜的？"

"我正在大学医院的急诊室。老头突然心脏麻痹了。"

我心里似乎有种十分沉重的东西正在坠落，那一瞬间我简直快要窒息了，握着听筒的手开始发抖。

"昨天傍晚，也就是你走了之后，老头不知道怎么了，脸色很不好，呼吸急促，凌晨突然犯病了。拉到医院，医生说已经不行了。虽然人命难料，怎么能这样说没就没呢？我们假扮儿子的骗局，是不是对老头打击太大了？事情搞成这样，我这良心很是过意不去。"

"不会吧，成万，你在撒谎对吗？故意吓唬我对吗？是吧？"

"你说什么呢？我大半夜给你打电话，为什么要撒谎呢？你要不信，自己来医院看看啊。"

我放下电话，像一捆干草似的无力地瘫坐在原地。

"老公,你到底怎么了?"

妻子醒了,吓了一跳,紧紧抓着我。可我又如何向妻子解释这一切呢?我发疯一般起身奔向医院。老人已经变成一具冰冷的尸体,被移送到了太平间。那位老先生,不对,我现在应该称呼他为父亲,父亲已经离开了这个世界。我问成万,老先生临走之前有没有留下什么话。我还心存一线希望,说不定他留了一句话,说我是他的儿子。成万的回答却令我十分绝望。老先生突然犯病,一句话也没能留下便被送往医院,到达医院时已经断气。

我跪倒在太平间冰冷的水泥地上失声痛哭。泪水一旦开始流淌,便像开闸的洪水般停不下来。三十多年来,我和父亲只见了一面,能有什么深厚的感情让我哭成这副样子?我只是因为自己的命运不济,以及父亲的人生太不幸了而哭泣。您想,世界上还有比这更气人的事情吗?

人们很诧异,我为什么会哭得如此伤心。如此一来,我是他唯一亲骨肉的事实就成了只有死者和我二人知晓的秘密。我是他的儿子,现在却已经无处可以证明。灯灭了,话剧突然中断了。和二十多年前的那个夜晚一样,我依然未能解除那个诅咒的魔法,独自留在了黑暗之中。我依然披着那张恶心丑陋的蛤蟆皮。

然而,假如我就此放弃,也未免太冤枉了。所以,我告诉了人们我就是他的儿子。我极力向他们解释,脚背与屁股上的伤疤，还有我的名字"金兴南"三个字都是证据。大家的反应却十分冷淡。就连成万也不相信我的话。大家只把我当成一个骗子，认为我是眼馋老先生的遗产，才编造了这个荒唐的故事。最重要的是，已经登记在老先生户籍上的吴女士暴跳如雷。她报警说我是骗子，甚至雇了一帮地痞流氓狠狠打了我一顿。那个女人的身边突然出现了很多身份不明的人，在我看来，他们都是些流氓和骗子。

我依然为了揭露真相而不断努力。我去找了每一个在老人生前与他有过接触的人，还向政府高层递交了无数次陈情书，又向报社、电视台写信求助。我的努力却屡屡受挫。大家像是彼此约好了一样，谁也不相信我的话。人们一致认为，我只是贪图老先生的遗产。

我这么努力地想要证明自己是父亲的儿子，财产当然是理由之一。从法律上来讲，那笔巨额财产全部属于那个女人，我无法坐视不理。我并不是一定要占有那笔财产，而是无法忍受父亲毕生的积蓄就这样被人一抢而空。如果那笔财产捐赠给某家社会团体，说不定我的心里还多少有点安慰。但现在却被那个不明来历的坏女人全部夺走，这像话吗？

然而，我越是坚称我是父亲的儿子，人们越把我当成一个不要脸的骗子，或者精神病。

"你小子到底怎么了？消停一下吧。我能理解你的心情,可是现在已经全部结束了不是吗?一个人如果太执着于白日梦,就会信以为真。看来你必须得去医院看看了。"

令人气愤的是,成万那小子也完全不相信我的话,反倒认为我不正常。不仅如此,就连妻子也认为我患上了精神病。

"老公,拜托你清醒一下吧!这个家怎么办啊?我现在真的受不了了,实在太丢人了。你就算是得了精神病,也病得太重了吧?"

事到如今,我也怀疑自己的脑子是不是出了问题。我怀疑,那天我和老先生单独相处时发生过的那些事,会不会都不是现实,只不过是我的幻想。这些所见所闻会不会是一种幻觉,而我却信以为真?想到这些,连我自己也分不清哪些是事实,哪些是谎言了。

随着时间的推移,我真的患了病。我对世界上的所有事情失去信心,无欲无求,不想上班,不想见人,甚至连饭也不想吃了。我终于被公寓物业开除了。家里是一副什么鬼样子,我也毫不关心,只感觉活着很没意思。我逐渐说不出话来,整天像一头被关在圈里的牲口,躲在房间里望着半空。

妻子想来想去,最后把我拽去精神科接受治疗。按照医生的说法,我患上了严重的抑郁症,最好住院。可我并不想住院治病,也没有那个条件。自从我闭门不出,妻子为了养家,保姆、餐馆服务员,见什么做什么,我却就连日复一日地活下去也很费劲。妻子每天都要为孩子们赚口粮，我却整天闷在房间里一言不发，像头牲口一样只会吃喝拉撒，真是苦了她。有一天，我躺在房间里发呆，三岁的女儿可能是肚子饿了，哭着摇晃我的双腿。我不由自主地将她一脚踢开。等我清醒过来，只见孩子撞到墙角，脸色发青，尿了一地，快要喘不过气了。那一瞬间，我有种难以抑制的恐惧。

那件事之后，我搬到了远离首尔的一家祷告院。不过，我的心病在那个地方也并不容易康复。季节变换，风吹雨打，花开花落，一切都与我无关。一年之后的某一天，妻子带着孩子来看我。我在祷告院门前的草地上呆呆地吃着妻子亲手做的紫菜包饭。突然，我看到了妻子戴的手表，第一眼感觉十分眼熟。仔细一看，毫无疑问正是父亲之前给我看过的那块泛黄的旧表。

"这块表，这块表怎么回事？这块表怎么到你手上了？"

"你是说这个吗？你那个朋友成万，他给我的啊，就在出国之前。"

我听说，成万不久前去中东沙特还是哪里打工去了。

"听说老先生十分爱惜这块手表。所以，老先生去世之后，成万离开时偷偷带了出来。他本以为，既然老先生如此喜欢，肯定是一块昂贵的金表。可是去了表行一看，说只是一块镀金旧表罢了。他上次出国时，说是老先生的东西，让我转交给你。我心情不好，本想丢掉，刚好我的手表坏了，就戴上了。虽然是块旧表,走得还挺准……"

妻子狡辩一般说道。我从妻子的手腕上摘下那块表,攥在手里。我就这样一动不动地久久坐在原地,脑海中闪过无数想法,不知不觉泪水湿了脸颊。

"老公,你怎么了?"

妻子惊恐地问道。也是,这泪水是我这几个月以来的第一次感情流露。

您看,这就是那件东西。这就是父亲留给我的唯一遗产。不过,十分奇怪的是,这块表到我手上之后,我逐渐忘记了煎熬至今的心病。现在几乎快忘光了。

最近,报纸、电视上天天说个不停,似乎很快就会统一。是否真的能够实现统一,像我这样的人又怎么猜得到呢?不过,如果统一了,我也有个小小的愿望。我想去父亲的故乡兴南,去未曾谋面的祖父的坟前,摘下手表,替父亲磕个头。

不过,就算真的统一了,我也绝对不认为父亲的人生,我这样的人所经历的痛苦,可以得到补偿。虽然这样说可能很无知,不过就算统一了,人的生活又会有多少改变呢?知识分子一直在宣扬着历史什么的,所谓历史又对父亲的这块旧表了解多少呢?

我曾见过一位大学生,他对我说:命运都是人为创造的。按照那位大学生的说法,以前人的命运或许是由神灵创造的，但现在我这种弱者的命运却成了金钱与权力所有者的政治游戏，或者是由依附美苏这些外部势力的人所创造。也对，我觉得这句话并非全无道理。战争把我变成了孤儿，可战争是由谁挑起的呢？不也是人吗？

不过，我总觉得这种说法未免还有些欠缺和不足。如果没有命运之神这回事，父亲留给我的唯一遗产重回我的手中又该如何解释呢？这块旧表失而复得，不就是命中注定吗？我反复思考着，如果这是上天的旨意，又是什么意思呢？先生，您怎么认为呢？

鹿川有许多粪

1

"下一站是鹿川,鹿川站。请从左边车门下车。"

唔,唔,唔……坐在俊植身旁的玟宇,嘴里发出几声呻吟。他挤坐在这酷热拥挤的城铁里打着盹,似是做了什么噩梦。车厢制冷设备不佳,只有四处悬挂着的破旧风扇无力地扑棱着,热得人都快喘不过气来了。玟宇痛苦地把脑袋靠在俊植的肩膀上,半张着嘴睡着了,脸上淌下油亮的汗水。

这小子真是我弟弟吗?俊植在心里问着自己。已被汗水浸透的蓝衬衫或许是几天没洗了,散发出一股酸臭味;被太阳晒得黝黑的脸上胡乱生出了山羊胡。浓密的眉毛,漂亮笔挺的鼻翼,明显保留了过去的相貌。这和现已长眠于地下的父亲面容极其相像,简直一个模子刻出来的。不过,是因为太久没见吗?俊植有种奇怪的感觉,弟弟这张脸越仔细打量越像一个素不相识的陌生人。

"本次到站鹿川,鹿川站。请从左边车门下车。"

列车开始减速。俊植晃了晃玟宇的肩膀。"啊!"玟宇如梦魇般叫出了声,打了个激灵,睁开眼睛。他四下打量了一番,像是确认此刻身在何处,与俊植对视之后,难为情地笑了笑。

"怎么睡得那么沉?这站要下车了。"

"在这下车?这里就是大哥居住的社区?"

玟宇难以置信般望向窗外,眨巴着眼睛。也难怪,窗外没有半点亮光,漆黑一片。刚好这时车门打开了,俊植来不及为他做具体说明。

一阵风呼呼刮过,列车开走了,鹿川站只剩下他们兄弟二人。他们很快被寂寞的黑暗吞没,仿佛被丢弃在了荒凉的平原。

"是这站吗?"

玟宇面带疑惑地打量着四周。

"大哥说住在公寓,我还以为是那种像模像样的中产阶层小区呢。"

"还在施工,所以才是这副样子。这里很快就会变成那种地方的。"

俊植率先向着出口走去。玟宇的疑惑并非没有道理。城铁站周围完全就是一个正在挖地、夯实、盖楼的工地而已，荒凉极了。过了正在搭建的怪异水泥建筑，便是工业废水流淌的黑色沟渠。跨过那条水沟，才是俊植一周前刚搬过来的公寓住宅区。不过，在这里还看不到。

"鹿川，这个名字挺有诗意呀！"

玟宇看着车站顶上的站牌，絮叨着。俊植也抬起头，看着黑暗中灯光明亮的站牌。

鹿川。一周前，也就是搬来这里之后，俊植第一次从这站下车。他当时便无法理解这里为什么会有一个如此高雅的地名，如同出自诗歌中一般，这个疑问至今未能解开。再怎么打量四周，跟这个名字唯一相关的只有城铁站附近流淌的一条小河而已，河里积了不少工业废水与生活污水，已经废弃很久了。在遥远的过去，或许还会有几只野鹿过来悠然地饮水，现在看来，这个地名显然带有一种矛盾的讽刺意味。

"要去哪儿呢？连条路都没有。"

"只管跟我走就行。"

走下城铁的台阶，便是没有半点灯光的黑漆漆的公寓建筑工地。俊植先一步走进黑暗。

"大哥，话说回来，什么气味这么刺鼻啊！"

玟宇抽抽鼻子，环顾着四周。因为走进公寓建筑的工地，闷热的空气中弥漫着一种令人难以忍受的恶臭。像是大量垃圾腐烂的气味，又像是臭水沟或者工业废水的气味，又或者是所有这些气味的混杂。还有一种气味必不可少，那便是粪味。俊植深知，虽然现在黑漆漆的看不到，但其实鹿川站周围全是大便。说得再夸张一点，遍地都是。城铁站附近聚集着用作工地现场办公室的临时建筑与为工人们提供酒菜的食堂，还有简陋的路边摊，不过不知出于何种缘由，显然没有配备解决生理需求的设施。经过工地后方去往城铁站，凡是阴森僻静的地方，必定会看到遍地都是人们的排泄物。因此，这里弥漫着如此刺鼻的气味也不无道理。况且今天又是如此炎热，气味必然会加重。

远处工地一角的照明灯拉长了两人的影子。两人虽为兄弟，却不怎么相像。首先，身高就形成了鲜明的对比。俊植个子很矮，才三十岁过半，腹部已然凸起。弟弟四肢细长，略显瘦弱，整体给人一种摇摇欲坠、不协调的印象。弟弟比俊植高出一个头左右，身形颀长。俊植看着默默行走在黑暗中的玟宇的脸。他至今仍对这家伙不够了解。不对，准确来讲，他几乎一无所知。弟弟时隔十年突然现身，这也似乎说得过去。

今天白天，无论是转接电话的杂工转达"是您弟弟"时，还是听筒里传来"大哥，是我，好久不见"时，俊植都完全不曾料到会是玟宇。几年来，说不定他早已彻底忘记了自己还有个弟弟。

俊植在十五岁那年与弟弟分别，那时他离开家门，毫无计划地来到首尔。此后，他只见过弟弟两次。一次是收到父亲离世的消息，返乡筹备葬礼；另一次是他参军那段时间，弟弟曾经来到位于停战线附近的军营看过他。那时，弟弟胸前别着一枚韩国顶级大学的徽章。彼时至今已经过了近十年，弟弟现在按理说应该已经成为财阀公司的精英人士，或是一名高级公务员。不过，俊植今天第一次接到弟弟的电话，来到茶房时，弟弟出现在面前的样子着实令人意外。弟弟那副模样，像极了刚从哪个建筑工地出来的打工仔。他们一起在茶房喝了茶，又去附近的餐馆吃了烤肉，还一起吃了晚饭，喝了酒。不过，弟弟并未向俊植提起过自己的任何事情。他只是说，前段时间张罗的小本生意出了问题，境况突然变得糟糕。

兄弟二人走出工地的建筑群，终于看到了沟渠对面远处公寓的灯光。沟渠对岸那一片区域已经建成，也入住完毕了。玟宇问道：

"是那里吗？"

他们暂时停下脚步，望向那片灯光。成排成行的建筑在黑暗中亮起无数盏灯，像是某种巨大的舞台装置，给人一种不真实感。万家灯火不夜城，其中之一便是俊植的安身之所。

"啊，终于来到了真正属于自己的家。"

这是一周前，乘坐着载有搬家行李的卡车到达公寓前的空地时，妻子脱口而出的第一句话。他们真的是经历了太多艰难险阻，如今终于来到了"真正属于自己的家"。他们的家位于名为上溪洞新城镇的大型公寓社区的尽头，足有十五层高的公寓楼最底层的一角。众所周知，虽是同一栋楼，同样的面积，最底层角落的房子意味着价格最低。不过，不论房价如何，正如妻子所言，重要的是，这是"真正属于自己的家"。

经历过九次失败之后，俊植终于摇号中签，他在那一瞬间感觉自己突然成了暴发户。俊植出生至今，实在遭遇了太多不幸，完全无法相信幸运的降临。他当年刚来到首尔，在学校做杂工时，还曾睡过学校楼梯口角落的房间。后来，他在距离学校不远的山腰上的贫民区找了一间月租三万韩元的小屋。一到下雨天，屋顶就会吧嗒吧嗒漏水。结婚之后，他们夫妇二人的第一个安乐窝是别人家的地下出租屋。那个房间的天花板极低，妻子结婚时带来的衣柜塞不进去，只好锯掉了柜脚。妻子对此十分伤心，仿佛锯掉的是自己身体的一部分。他们在那里住了两年，又搬到了一处稍好点的房子。这次租的是一个二楼，与这栋房子屋檐紧挨着的相邻建筑的二楼却租给了一家教会，每天都会听到音响里传来的赞歌、牧师宣扬忏悔的说教与"阿门"祷告声。房间地暖也不怎么好，还在吃奶的女儿的感冒从来不曾痊愈过，有一次甚至患上肺炎，脑门挨了一针。不过，所有这些租房的痛苦都已经成了过去。俊植终于拥有了一套属于自己的二十三坪小公寓，三个房间，一个小客厅，水龙头随时有水。就算使用再多的自来水，在家里随意说话，来回走动，也不会有人唠叨什么，且不必看任何人的脸色。当然了，更不必担心房租上涨。

"怎么这么晚？"

门开之前，妻子的声音已经传来。

"今天也空着手回来的呀！又忘了吧？亲爱的你真是的，为什么总是这样糊里糊涂的？你是糊涂呢，还是不够用心呢？早上我都已经那么说了……"

妻子没有给俊植答话的机会，一刻不停的唠叨劈头盖脸地砸过来。俊植忘记的是养金鱼的玻璃缸。搬来新公寓时，俊植的妻子立下了三个目标：在客厅摆上鱼缸，然后分别配置一套VCD和音响设备。似乎只有具备了这三大件，公寓客厅才会看起来不逊色于他人。其实，由于一直辗转寄居于别人家的狭窄出租屋，所以不曾有过装点屋子的念头；现在终于成为体面的公寓住户，也就是时候捯饬一下女性杂志海报上经常出现的那种室内装饰了。以俊植的生活状况，VCD和音响很难立刻置办，不过买个鱼缸并不太难，算是一个可以马上实现的目标。然而，这座公寓社区附近还没有商家入驻，想要购买鱼缸，只能是俊植在单位附近买了带回来。俊植今天没有买成，并非是忘记了妻子的嘱托，而是因为见到了玟宇。

"进来吧。"

俊植没有回答妻子,只招呼着站在身后的玟宇。妻子瞪大了眼睛,嗓音都变了。

"有人来了?"

"大嫂您好,初次见面……"

"天呐,这是谁啊?"

妻子很吃惊,面露慌张。结婚至今,俊植从未带人回家,而且眼前这个陌生男子又喊自己大嫂,她自然会感到惊讶。

"是我弟弟玟宇。"

"什么意思?哪来的弟弟?"

"我以前说过嘛,我有一个分别很久的弟弟。"

"哦……"

妻子似懂非懂地点了点头。不过,她仍是一副茫然的表情,似乎依然搞不清状况。

玟宇刚进家门,妻子便皱起眉头,捂住了鼻子。因为玟宇的脚上散发出一股恶臭。俊植的妻子很讨厌脚臭味。玟宇这家伙的袜子不知道几天没换了,满是黑色的污垢,还露出了大脚趾。不过,玟宇并不理会这种神色,毫不见外地挨个房门推开看了一遍。反倒是俊植夫妻二人无端地感到拘束,一时不知所措。那家伙端详着正在熟睡的俊植的女儿的脸,又亲了一口,还对妻子开玩笑道:

"大嫂比想象中的漂亮多了。看来大哥的手段非同一般啊!"

"哪里哪里。"

妻子有点脸红,却也似乎并没有什么不开心的神色。弟弟举止如此自然,俊植心存感激,唯独对那句"比想象中的"耿耿于怀。

"已经很晚了,快睡吧。我已经把小房间收拾好了。"

妻子说完,进了房间,留下两兄弟坐在原地许久没有说话。玟宇来到自己家,两人这样面对面坐着,俊植怎能不感慨万千?这些年,应该攒了不少的话。奇怪的是,实际又没什么可说的。玟宇那家伙似乎也是如此。他多次环顾四周,终于开口。

"房子真宽敞呀!有多大面积?"

"销售面积是二十三坪,实际上只有十六七坪吧。"

俊植停顿了一下,继续说道:

"尽管如此,这依然是我长久以来的梦想。现在终于算是美梦成真。"

"这一带为了重建,强制驱赶当地居民,闹腾了一番吧?"

"是啊。不过,我不能因此就讨厌这里吧?"

"我只是刚好想起来了,随口一说而已。大哥,恭喜你梦想成真。"

玟宇笑着说道。公寓是一个长久以来的梦想，说不定这家伙会觉得这种想法非常幼稚。不过，不论玟宇怎么想，这对俊植来说都是丝毫不打折扣的。两人再次相对无言，玟宇突然张嘴打了个哈欠。

"睡吧！你应该很累了，快去睡。"

俊植起身，进了里屋，妻子面向墙壁躺着。他可以猜得到，妻子的心情不怎么好。

"怎么也不事先说一声，突然就带客人回家呢？"

俊植在妻子身边躺下，装睡的妻子突然转过身来说道。俊植辩解说，这并不是自己的错，而是玟宇突然找来的缘故。他又补充说，玟宇不是客人，而是弟弟。

"那也得先给我打个电话吧？"

俊植表示当时根本没空打电话，并向妻子道了歉。妻子似乎无言以对，许久的沉默之后，突然开口问道："你弟弟是干什么的？怎么那副模样？"

"我也不知道。我本以为那小子一定会出人头地。他从小就是出了名的聪明。好像是和朋友合伙做生意失败了，才会这般辛苦吧！"

俊植犹豫着要不要告诉妻子，弟弟将在家里住上一阵子。

"既然是你弟弟，为什么之前完全没有来往呢？"

"弟弟和我同父异母。父亲过去做老师时，似乎与同校的一个女老师好上了。当时的那个私生子就是玟宇。刚开始他的母亲养了他一段时间,母亲再婚后就来了我们家。我们一起生活过几年,后来分开了。我母亲去世之后,他就被亲生母亲带走了。所以,我们虽说是兄弟,现在也是异姓。"

"看来你这家庭关系还真是令人伤脑筋啊!"

妻子没有继续说下去。俊植不知道怎么了,根本睡不着,独自在黑暗中翻来覆去。他的脑海中,浮现出一个褪色照片般的场景。当时他上小学二年级,有一天放学回家,感觉家里笼罩着一种前所未有的异常氛围。本该去市场摆摊的母亲,坐在门廊边缘一角,呆呆地望着半空。母亲和俊植对视之后,没有说话,莫名其妙地叹了一口气。紧接着,俊植看到了门廊下方摆放着一双陌生的鞋子。鞋子很小,像六七岁的孩子穿的,是当时并不多见的高级运动鞋。俊植把书包丢在门廊上,推开房门,吓得一激灵。外出几天的父亲已经回来了,身旁坐着一个陌生的孩子,眼睛瞪得滴溜圆。俊植打算赶快关门出去,脑后传来父亲响亮的嗓音。

"浑小子,瞧见父亲得打个招呼吧?往哪儿跑呢?进来。"

俊植小心翼翼地走进房间。

"这是你弟弟。以后你要好好带他玩,知道了吗?"

俊植双唇紧闭,点了点头,瞥了那个孩子一眼。弟弟皮肤很白,脸蛋很漂亮,像个女孩,十分警惕地瞟着自己。

他穿着一条短裤，长筒袜直到膝盖，那是俊植第一次看到男孩这副打扮，像女孩一样穿着一条露小腿的短裤配及膝长袜。而且这个打扮得像富家子弟的漂亮孩子居然是自己的弟弟，简直难以置信。

"房间里的那个孩子，真是我弟弟吗？"

俊植走出房间，跑向坐在门廊边上的母亲。母亲默默地点了点头。

"为什么弟弟不是母亲生的，而是父亲领回来的呢？在大桥底下捡的吗？"

母亲只是唉声叹气，没再说话。俊植通过母亲的表情推测，这其中必定有什么非同寻常的隐情，却没有再追问下去。这时，门廊角落的一个书包进入视线。那是一个皮质书包，似乎是新买的。俊植打开一看，里面装满了崭新的学习用品，笔袋、本子、垫板等。

"那是我的，不许动！"

这时，那个孩子突然大喊着冲了出来。他夺走书包，突然开始大哭，像是早已等待着这个机会似的。父亲猛地推开房门跑出来，狠狠地敲了俊植的脑壳。

"你小子，让你好好带着弟弟玩，怎么把他弄哭了呢？你这浑小子！"

俊植在黑暗中抽着烟，胸口像被人打了一拳，又闷又痛。父亲虽已入土，他却仍有许多话想对父亲说。他恨父亲，没有给他机会说出心里话就离开了这个世界。

"哎，把烟灭掉！"

本以为已经睡去的妻子，愤愤地说道。

2

俊植推开卫生间的门，看到校长站在里面撒尿，下意识地转身准备出去。在他出门之前，身后传来了校长的声音。

"哎，洪老师。"

俊植这才像刚看到校长般吓了一跳，慌忙躬身问好。俊植已经正式受聘当上教师三年了，但每当校长称呼自己"洪老师"时，依然感觉十分惶恐。俊植当上教师之前，边上夜校边在这所学校做了五年文职，以前还做过杂工。当时，校长叫他"小洪"。

"洪老师现在忙吗？"

"不忙……没什么忙的。"

"那和我谈一谈吧。"

实际上，俊植要制作期末成绩单，出勤表也得在今天之内完成。比成绩单和出勤表更重要的是，他现在要立刻去卫生间方便一下，却又不能让校长等着自己。校长头也不回地走向过道。

去往校长室，必须路过教务室门口。俊植跟在校长身后,隐隐担心同事们通过敞开的窗子看到他和校长走在一起。他们会不会觉得很奇怪呢?还好,似乎没有老师看向这边。

"听说洪老师这次搬进了公寓。给你道一句迟来的祝贺!"

"谢谢。"

"请坐。"

他们面对面坐在沙发上。校长室开了空调,屋内如初秋般凉爽。墙角立着一个巨大的橱柜,里面陈列着各种奖杯、奖牌等。学校运动部在过去十几年间夺得的奖杯依然闪亮如新。俊植知道,校长一有时间就会用毛巾擦拭抛光,并以此为乐。窗户全部紧闭。透过宽敞的窗户,操场一览无余,孩子们正在夏日炎热的阳光下上体育课。不过在这里什么也听不到,像是关了静音的电影画面。校长室太安静了,似乎咽口唾沫都会听得一清二楚。

"多少坪啊?"

"很小,只有二十三坪。"

"你还年轻,住这种面积可以了。好好干,以后房子会慢慢变大的。"

俊植双膝并拢,等待着校长的下一句话。校长把自己叫来,很显然不只是为了谈公寓的事情。俊植从刚才就一直心跳不止,莫名感到一种紧张与恐慌,而且肚子又不舒服。

他最近染上了过敏性肠炎,情绪紧张时尤为严重。

"洪老师,最近教务室的气氛如何?"

校长突然压低了嗓音。

"在我看来……挺好的。"

"哪有这种不清不楚的答案?有没有什么特别显眼的人?抱怨对学校不满什么的……"

"没有。"

俊植不断把手往屁股底下塞。他在紧张不安时,本来就有不知不觉隐藏双手的习惯。穿着西装时,手会缩进袖子里;可现在穿着短袖衬衫,两只手只能不断往屁股底下藏。而且,压迫小肚子的不适感越来越严重,他在无意之中也想用双手堵住那个部位。

"金东浩老师怎么样了?"

"最近不怎么说话,不过对学校的工作尽职尽责。"

"近来不在全国教职工会做事了吗?"

"在我看来……上次退会之后,完全没有参与了。"

"关于今年暑假补课的事情,上头指示说一切遵循自愿的原则,有意向的学生必须过半数才能实施。不过,这也取决于班主任怎么做。有意向才做,假期里哪会有学生想在学校学习呢?而且我也知道,不少老师讨厌假期补课。不过,在家闲着干什么呢?在学校哪怕教一个字也是教师的价值所在啊。洪老师,你加把劲,把今年暑假的补课计划顺利实施下去。"

校长透过眼镜直直地盯着俊植。俊植很想躲开校长的目光，却又不知该看向哪里。

"洪老师，我觉得你和其他老师不同。我最相信你，洪老师。只有洪老师才是真正以学校为家的人。你明白我的意思吧？"

俊植完全明白了校长的话。严格来讲，他能成为这个学校的教师，也完全是校长的功劳。十五年前，他来这个学校做杂工，也是校长的委任，校长当时还只是教导主任。俊植后来做了文职，校长又安排他去上夜大。当然，俊植这些年来工作十分认真，所以也不算是白捡。总之，如果没有这个校长，也就没有今天的自己，这是无可否认的事实。因此，用一句话概括校长的意思就是，别忘恩负义。

"知道了，校长。"

"乔迁新居，夫人也很开心吧？请转告我的祝贺。"

俊植退出校长室时，校长笑着说道。这种语气像是在强调自己与俊植一家的关系格外亲密。校长没有像以前那样称呼妻子为"郑小姐"，而是"夫人"，让他觉得非常别扭。他知道校长是一个伪善的人。然而，他也知道，校长并没有比其他人更加伪善。

俊植走出校长室，刚好梁九晚老师在总务室和财务人员谈话，两人视线相触。梁九晚是一个十分懂得察言观色的人。他看到俊植，似乎心领神会，冲俊植笑了笑。俊植立刻脸红起来。

俊植走出校长室，赶快去了趟卫生间，回到自己的座位坐下。坐在对面的金东浩独自低着头看书。不知道从什么时候开始，金东浩在教务室里总是满脸忧郁，很少开口说话。此刻他也在心不在焉地看书，似乎陷入了某种痛苦的念头，眉毛如松毛虫般蠕动着。金东浩的眉毛很浓，令俊植想到了弟弟玟宇。

早晨出门之前，俊植未能告诉妻子，弟弟今后将暂住在家里。他很担心，以妻子的脾气，得知这个消息时会做出什么反应。不过，在他开口之前，妻子似乎已经看出来了。他匆忙准备上班，正要出门，妻子给他递了一个眼色，先一步去了女儿的房间。这是让他跟进去的意思。他走进房间，妻子把门反锁，气势汹汹地问道：

"那人到底是谁？"

"还能是谁？我不是说过了吗，是我弟弟。"

"那他为什么来我们家？"

"真是，弟弟来哥哥家还非得需要一个理由吗？"

"好，算是这样。总之，他不会赖在咱们家不走吧？"

"什么赖着不走，你什么意思？"

"这都第二天了，怎么还不打算走呢？"

"嘘，外面会听到的。你那么大声干什么？"

"就是说给他听的。"

"他有事,住几天就走了。他昨天拜托我,我才让他来的。"

"也不问问我?"

"哪有时间问呀?"

"至少打个电话回来啊。你是只带了个人回来,给他做饭、操心这个那个的,还不都是我?再说了,你去上班之后,只有我自己在家,太不方便了。天气又这么热。"

"已经这样了,叫我怎么办呢?你就忍几天,好好对他。他可是我唯一的弟弟啊。"

"唉,我不管。你自己看着办吧!"

俊植站了起来。不管怎样,还是给家里打个电话比较好。奇怪的是,电话打通了却无人接听。俊植上了一个小时的课,再打还是如此。妻子出去买东西了吗?就算是去买东西,时间也太久了吧,况且弟弟应该在家的啊。都去哪儿了呢?家里连个人也没有,真是搞不明白。

俊植下班回家,门锁着。他按了几次门铃,没有任何反应。那天恰好口袋里又没带钥匙,他尴尬地站在原地,有种莫名的不知所措。

俊植走出公寓,来到保卫室门口,茫然地等待着。公寓楼前有一条宽敞的大路,对面是一片荒凉的空地。空地上空,夏日黄昏晚霞满天。俊植看到,有一家人在晚霞中穿过空地走了过来。那是一对三十岁左右的年轻夫妇，一左一右牵着一个小女孩的手，他们走过来的样子像极了一幅画。一家三口看起来实在是太温馨和睦了，俊植十分羡慕地望着他们。这一瞬间虽然十分短暂，却不知为何会产生这种错觉。走来的正是俊植的家人。只不过，玟宇取代了本该属于俊植的位置而已。玟宇十分干净整洁，和昨晚相比完全像是换了一个人。而且他穿的那件藏青色衬衫，仔细一看，正是俊植的衣服。二人不知在谈论着什么有意思的话题，妻子仰面大笑。俊植意外地发现，妻子的脸庞被霞光染红，异常漂亮。

"爸爸，我们看到鸭子了，鸭子。"

女儿最先看到了俊植，一口气跑了过来，兴奋地说道。

"尚美缠着要去散步，所以一直走到了鹿川站那边，那里简直就是乡下。尚美别提有多喜欢了……"

妻子尴尬地辩解道。

"我在学校打了好几次电话，一直没人接，真叫人担心。所以，鱼缸也没买成……"

"真稀奇，有什么好担心的？"

妻子像是突然对俊植发起脾气，猛地转身离去。俊植虽然搞不懂妻子为何突然发火，却又因妻子和弟弟关系变好而备感庆幸。短短一天的时间，妻子对玟宇的态度明显逆转。吃过晚饭之后，俊植和玟宇坐在客厅里看电视，妻子又拿出两瓶啤酒，配了些简单的下酒菜，张罗了一个小酒桌端了过来。比起早上的态度，这个变化着实令人吃惊。

"嫂子也喝一杯吧!"

弟弟客套了一句，妻子立刻端起酒杯。"哎呀，我不太会喝酒。那我就只喝一杯哦!"妻子今天的态度格外害羞，而且和气。这和平时在俊植面前展现出来的样子大为不同。酒桌上一片和睦。窗外阵阵凉风袭来，对面公寓的灯光也别样祥和。

"天呐，小叔的手怎么这么漂亮?"

妻子给玟宇倒酒，看着玟宇端起酒杯的手，轻声感叹道。玟宇轻轻把手藏在桌下，难为情地笑了笑。

"这双手看起来一辈子没干过什么活儿吧? 一双手长成这样，走到哪里都觉得丢脸。"

"哎哟，那双手怎么了? 我就喜欢小叔这种手指细长的男人。"

俊植低头看了看自己的双手，手指又粗又短，根本无须特意确认。因此，妻子的意思是说，至少从手指上来看，她讨厌俊植这样的男人。喜欢什么讨厌什么完全是个人的审美取向，所以俊植也不好在旁多加评论。可是妻子偏要在此刻说出来，是想怎么样呢?

"继续刚才那个话题吧，所以那个女学生是什么反应呢?"

妻子盘腿坐着，看向玟宇。如此看来，两人刚才的谈话还有后续。

"当然被吓到啦。大半夜的，突然站在那里挡住去路，还让她听我念诗，她会觉得我是个疯子吧！"

玟宇突然开始讲述起高中往事。有一天，他在学校图书馆复习升学考试到很晚，突然憋闷难忍，感觉快要喘不过气来了。我此刻为什么在这里？学习是什么？生活是什么？然后，突然疯狂地想要写诗，莫名其妙地胸中灵感迸发，一口气在笔记本上写满了一整页。写完之后，却又无人聆听。所以，他撕下写诗的那页，出了校门。他站在黑漆漆的胡同里，远处有一个女生走了过来。他不由分说地挡住了女生的去路。"那……打扰一下，我刚才写了一首诗，想找个人听一下，却没找到人。你现在可以听一下我写的诗吗？"

"所以，那个女生听了吗？"

俊植看到妻子的眼睛闪烁着微妙的光芒，专心地注视着玟宇。这还是他第一次看到妻子如此双眼发亮地认真听别人说话。

"没有。她的嗓音里充满了恐惧，问我说，明天再听可以吗？"

"所以呢？"

"我说知道了，明天就不必了，再见。于是她像得救了一般，拼命逃走了。我走回了家。最终，谁也没有听过那首诗。"

"天呐,这怎么行。如果是我,一定会听一下的……"

妻子叹了一口气。

"你现在还记得那首诗吗?"

"早忘了。时间拖曳着虚无的影子……只能隐约记起其中好像有这样的词句。"

"很想继续听完,不过我太困了,要进去睡觉了。最近赶上期末,乱七八糟事情特别多……"

俊植起身,故作掩饰地辩解着。

"时间拖曳着虚无的影子……真不错。"

妻子也只好无奈地随之起身,瞥了俊植一眼。虽然只是无意的一瞥,那一瞬间的眼神却深深地印在了俊植的脑海中。妻子的那双眼睛里,似乎盛满了一种难以忍受的厌倦与冷漠。

妻子回到房间,坐在梳妆台旁。她看着镜中的自己,陷入了沉思。那个梳妆台是妻子结婚时带来的嫁妆之一,也是她最钟爱的物件。与其他家具不同,只有这件镶了螺钿,价格不菲,而且又大又闪,与他们至今辗转居住过的狭窄单间出租屋很不般配。或许是出于这个原因,夫妻二人很少直视对方的面庞,而是习惯了通过梳妆台看向彼此。俊植现在也能感觉到,妻子从刚才开始一直通过梳妆台的镜子仔细观察着自己。

"奇怪。虽说是同父异母,可毕竟是亲兄弟,你和小叔怎么一点也不像呢?"

镜中的妻子与俊植视线相触,叹了一口气,如此说道。

"他像父亲。"

俊植压制着胸中暗自翻涌的不悦,回答道。

"我像我妈。"

"你和小叔差几岁来着?"

"他比我小两岁。"

"他怎么看起来还像是个大学生呢?相比之下,你简直是个糟老头子。"

"说什么呢?我正当年!"

妻子关灯后,在俊植身边躺了下来。俊植把手放在妻子的胳膊上。然而,妻子神经质地甩开了他的手。

"哎呀,热死了,别烦我!"

妻子嗖地背过身去。俊植默默地看着妻子裸露在睡衣外的后背,心中升腾起一股无以言表的愤怒情绪。自己和弟弟不像,俊植很明白妻子这句话的意思。

从过去便是如此,俊植没有一处比得过玟宇。俊植的母亲像个男人一样,高颧骨,宽脸盘,鼻子又粗又短,而且是严重的内八字脚(母亲把这些身体特征全部原封不动地遗传给了他)。简而言之,母亲与女性的纤细或者美丽毫不沾边。相比之下,即便现在想来,父亲的确是一个十足的美男子,那张脸可以让任何人对他心生好感。而且,母亲一字不识，小学都没有毕业，父亲则是一名全职教师，无人不晓的知识分子。总之，他的父母距离"天作之合"这个词实在是太遥远了。像父亲这种有学识、高尚而且帅气之人，却与母亲这样的人结婚，就算是封建时代的遗俗，也未免太不幸了。不对，应该说这反倒是一种十足的幸运吗？

父亲在大邱市区的一所小学当老师，某天却突然辞职，离开了学校。俊植后来才知道，父亲因为与同校的女教师有染，不能继续待在学校了。那位女教师便是玟宇的生母。总之，父亲一夜之间沦为失业者，养家糊口的担子全部落在了母亲的肩上。当时和现在都是如此，穿着西装打着领带的人如果突然丢了工作，便没有其他路子养活家人。他们这种人十分博学，比任何人都深谙世界的运转原理，对当时的政治情况或者韩国社会的结构性矛盾了如指掌，三天三夜也说不完，实际上却连解决一天一顿饭的能力都没有。

因此，全家人的一日三餐、房租、煤炭费、父亲的零花钱，甚至父亲夏天躺着读书时穿的一件上好苎麻单褂，都是仅靠母亲一己之力解决的。去市场捡一些菜贩子丢掉的白菜叶子煮粥，是母亲最基本的技能之一。就算早晨饿着肚子，如果中午有客人来，母亲也会像一个变戏法的魔术师一般，总能摆出一桌像模像样的饭菜。而且，客人怎么那么多！

家里来的客人们大多和父亲一样西装革履，俊植每次都会和弟弟一起进房间行礼。奇怪的是，客人们总是对弟弟更加感兴趣，夸赞弟弟可爱。相比之下，俊植总是坐冷板凳。现在想来，说不定因为玟宇诞生于一场爱情悲剧，是一个迫不得已与生母分离的不幸孩子，父亲的朋友们才对其表现出更多怜悯。总之，相比之下，俊植从小到大从来没有得到过他人的认可，一直缺乏自信。

俊植十七岁独自来到首尔这所学校做杂工糊口，同时上高中夜校，后来又在庶务科做文职。他从夜大毕业之后，终于考取了教师资格证。人们常说他是一个奋斗型的人物，然而，俊植知道，人们每次这样说他，与其说是尊敬，不如说是一种接近于轻蔑或者冷笑的态度。简言之，他们都觉得他是个阴险小人。妻子也是这样。俊植在学校做庶务科职员时，妻子是同部门的职员。妻子从女子商业高中毕业之后，当上了正式的庶务科职员，她总是看不起杂工出身的俊植。后来，两个人不知怎么就结了婚。俊植从夜大毕业，成为技术科目的教师[i]之后，妻子对他的第一印象也丝毫没有改变。

第二天早晨，俊植发现了妻子身上的重要变化。妻子脸上化了妆，涂了粉红色的唇彩，还抹了淡淡的眼影。在俊植的记忆中，从未看到妻子不外出时在家化妆。

---

[i] 技术教师：在工科高中负责技术相关科目的教师，主要包括机械、电子、电脑等工科技术入门课程。

3

"大哥已经有小肚腩了啊!"

俊植第二天下班回家,换下湿透的运动背心时,玟宇笑着说道。才两天的时间,这小子已经像在自己家一样,悠闲自在地坐在那里。玟宇的话可能只是一个没有任何恶意的玩笑而已,俊植却涨红了脸,像是遭受了什么侮辱。

"年纪大了,肚子能不大吗?运动不足啊。"

俊植意识到妻子的存在,如此辩解道。妻子却上下打量了他一番,眼中闪过一丝轻蔑。

"你可能本来就是易胖体质。"

"没错。大哥小时候肚子也很大,像只小蝌蚪。"

他妈的,俩人还挺配合。俊植极力挤出笑容。

"唉,我那是因为吃不好,胀肚!"

"小叔脱了上衣比穿着时更帅气。"

妻子笑着看向玟宇。俊植突然从妻子的视线中感觉到一股奇妙的热气。不过,他迅速极力克制住自己的这种感觉。他认为,可能是自己过于敏感了。正如妻子所说,玟宇裸露在运动背心外的身体,展示了一种有模有样的肉体美。小时候只觉得他身体弱得不成样子,现在看来,他的骨架意外结实,没有一丝赘肉,肌肉线条显露无遗。

"尚美,和叔叔一起唱歌好吗?"

玟宇招呼着俊植的女儿，女儿迫不及待地坐到了他的膝盖上。不知不觉间，女儿和叔叔变得亲密起来。也是，玟宇的确有这种奇特的能力，不论大人小孩都会很快对他产生好感。

"扑通扑通丢石子，谁在偷偷丢石子……"

孩子和玟宇开始合唱，妻子也跟着哼唱起来。俊植听着三人的合唱，坐在那里有些不知所措。如果自己也加入合唱会很自然，可他做不到。怎么说呢，这种氛围对俊植来说很是陌生，他终究难以融入。俊植静静地支起膝盖，看着玟宇和女儿，看着小声唱歌的妻子。令人惊讶的是，妻子的脸上泛起了晚霞般的红晕。

"爸爸，爸爸你怎么不唱啊？爸爸你不会唱这首歌吗？"

"怎么不会？爸爸累了，要去睡觉。"

俊植起身，进了里屋。他没有开灯，躺在黑暗里。客厅依然传来妻子与尚美以及玟宇唱歌的声音。"扑通扑通丢石子，谁在偷偷丢石子。溪水飞溅呀，远远飞溅呀……"

他们的歌声听起来十分明快祥和。不过，俊植无法坐在客厅里配合他们。他独自在昏暗恐怖的房间里辗转反侧，内心备受折磨。这种感情比起嫉妒，更接近于一种自虐，就好像小时候全家人和谐地围坐在餐桌前，自己却被孤立在旁的那种悲伤与痛苦的背叛感。

我为什么无法加入他们呢？为什么要独自在这昏暗的房间里咬牙切齿地苦恼呢？俊植想不通。

"小叔，给你唱一首我小时候很喜欢的歌吧？"

妻子说道。俊植越想睡觉，神经反倒越是紧绷，向着客厅竖起耳朵。妻子开始唱了。

"黄昏榉树枝头，一抹星光美丽闪烁，想起老朋友……"

夏夜的昏暗中，妻子的歌声轻轻传开。她的嗓音十分柔美，透出一种梦境般的无法知晓的悲伤。

"哇，这首歌太美好了。我第一次听……"

"我小时候只要唱起这首歌就会掉眼泪。真的很奇怪吧？长大以后，只要心里郁闷，也会默默地吟唱这首歌。就像歌词里说的那样，想到已经记不起长相与名字的老朋友在某个地方等着我，就会略感一丝安慰。"

俊植没有听过这段往事。妻子至今为止一次也不曾对他提起过，现在却讲给了玟宇。而且，他也从未听过妻子那梦幻般的嗓音。这个事实令人难以忍受。妻子为什么要对弟弟讲起这些呢？是什么让妻子陷入了之前未曾有过的感伤之中呢？

以前一起在学校办公室工作时，妻子对俊植毫无兴趣。妻子长得很漂亮，所以俊植暗自对她动心，她却好像正在与其他男人交往，而且她本来就对俊植非常冷淡，所以俊植从来没敢和她说过一句话。有一天，俊植下班后回到办公室，看到她独自坐在那里哭泣。俊植十分慌张，不知道该怎么办。她哭得十分伤心，俊植无法装作视而不见，却又不方便问她发生了什么事。她尽情哭了一阵子之后，抬起头说："今天可以请我喝杯酒吗？"就这样，俊植在那天晚上第一次和她一起喝酒，两个月之后俩人结了婚。不过，她当时为什么哭，俊植至今不得而知。

俊植认为，说不定自己对妻子一无所知。结婚已经六年，自己却从未踏入妻子关闭的内心深处半步。不过，她怎么会如此轻易对玟宇敞开自己紧锁的心门呢？

这一次，俊植对妻子的愤怒转移到了弟弟身上。那小子到底是干什么的？来我家之前，他在什么地方做了什么？如此想来，俊植对玟宇也有太多不了解的地方。他至今做着什么工作，为什么要寄居在俊植家，也从来没有好好解释过。

客厅里的歌声消失了，只能听到两个人的谈话声。俊植忍无可忍，去了客厅。他假装口渴，拉开冰箱门找水喝。不过，妻子好像完全无视丈夫的存在，全神贯注地和弟弟谈话。俊植走进弟弟暂住的那个房间，翻找着弟弟挂在衣架上的衣服。衣兜里有一个钱包。

俊植像是犯了什么大罪，打开钱包的双手颤抖着，心脏狂跳个不停。不过，钱包里没有什么特别的东西，只有一张身份证和几张其他人的名片，还有几张一万韩元的现金而已。除此之外，没有任何东西能够提供玟宇的职业信息。俊植打算把钱包重新放回去，却感觉到什么东西硬邦邦的。钱包背面夹了一张照片。照片中是一个年轻的女孩，看起来二十二三岁，虽然说不上十分漂亮，脸蛋还算可爱。照片后面用圆珠笔写着几行字：

——玟宇兄要走的那条遥远危险的路，我想一直与你同行。美惠。

俊植担心弟弟突然进屋，赶快把钱包塞回了衣兜。他重新回到里屋，躺在了黑暗中。过了许久，妻子抱着熟睡的女儿进来了。

"什么事那么有意思？"

"天呐，亲爱的，你还没睡？我以为你睡了。"

妻子无意中说道。俊植在黑暗中独自咬牙切齿地痛苦万分，却只换来这么一句。他十分泄气。

"原来小叔是一个这么纯真的人。"

妻子坐在梳妆台边，自言自语般说道。

"纯真？"

俊植通过梳妆台的镜子，看着妻子涂了厚厚一层白色乳霜的脸。

"真的，我很久没有见过这么纯真的人了，这让我回想起了过去。总之，我们都已经被浸染得太厉害了。唉，我也曾有过纯真的年月。"

听完妻子一番话,俊植突然怒火中烧。纯真可以当饭吃吗?有谁是因为不懂纯真,才如此生活的吗?不过,俊植并没有把这些话说出口。他能说的,只有冷嘲热讽而已。

"他当然纯真啦。如果不纯真,就不会如此毫无计划地寄居在咱们家啦。"

"亲爱的,你这是什么话?小叔是你弟弟啊。而且,我们现在对他很好,小叔别提有多感恩了。"

"我说的不就是这个意思吗?别人对你好,就毫不怀疑地相信、感激,这不就是一种盲目的纯真吗?"

妻子在梳妆台边转过身来,直视着俊植。

"唉,亲爱的你怎么这么小心眼?"

4

"洪老师,有客人到访,你没看到吗?"

俊植下课回来,邻座的梁九晚对他说道。

"看起来不像是学生家长……我觉得可能是售书商。你看,来了。"

一个陌生男人走进教务室。他看起来四十五六岁,穿着一件条纹白色短袖衬衫,稍微歪着一边肩膀,径直走向俊植的座位。

"是洪俊植老师吗?"

他的嗓音出奇地低。俊植回答说是,男人更加压低了嗓音。

"可以和我谈一谈吗?"

"如果您是来卖书的,请下次再来吧。"

"书?我是警察署的。"

俊植大吃一惊,看着男人。男人肤色黝黑,毛孔粗大,两只眼睛可能因睡眠不足而布满血丝。

"我们找一个安静的地方谈一谈吧……"

他们走出教务室。正午的阳光火辣辣地晒着操场。他们穿过操场,走出校门,去了校门口的一家地下茶房。

"哎呀,真热。喂,给我拿一条凉爽的湿毛巾。"

刑警用茶房服务员拿来的湿毛巾不断擦拭着脸。女人也递给俊植一条毛巾,他却只放在了桌子上。

"请问,您来找我有什么事呢?"

"洪老师,你有个弟弟吧?"

"弟弟?"

"我们都已经知道了。弟弟和你同父异母,名叫姜玟宇,从首尔大学退了学……"

弟弟从大学退学了,这还是头一次听说。刑警注视着俊植,观察他的反应。刑警的肤色出奇的黑。这种黑和日晒的黑略有不同,是从皮肤内部透出一种黑色的光,不免令人怀疑他是不是肝功能有什么问题。

"你什么时候见过弟弟?"

"这个嘛,过了太久,我也记不起来什么时候见过他了。我们说是兄弟,您也知道,姓氏都不同,小时候在一起住过几年而已,至今彼此没有联系。"

俊植很担心刑警识破自己此刻正在说谎。他为了掩饰自己的脸红,开始用服务员拿来的湿毛巾擦脸。

"不过,为什么要问我弟弟的事情呢?"

"他现在正在被通缉。虽然这么说很抱歉,但是他在运动圈是出了名的恶劣。光是假名就用了几个,背后操纵着大学生和劳动者。"

俊植呆呆地张着嘴巴,盯着刑警的脸。刑警关于玫宇问东问西,俊植其实什么也答不上来。

"我们也被他搞得焦头烂额。上边让协助搜查,没有消息也要制造出点儿消息报告上去。所以,请谅解一下。您在学校当老师,我相信您会理解我们的苦衷。"

刑警露出一副疲倦厌烦的表情,诉苦般望着俊植。他递给俊植一张名片,上面印着"××警察署情报科刑警郭淳九"。

"如果弟弟联系你,或者有什么其他问题,请给我打电话。"

刑警似乎并不期待俊植真的会给自己打电话,而好像只是出于某种义务必须说一句这样的话。出了茶房，与俊植分开之后，刑警迈着疲惫的步伐走进火辣辣的阳光下。他歪着一边肩膀，步履维艰，俊植有种冲动，想要对他说点什么，让他打起精神。

刑警的话对俊植确实是一种冲击。不过，比起惊讶，他首先感觉到了一种背叛与不快。因为关于这些事情，玟宇从未向他提起过只言片语。

俊植下班回到家，看到玟宇蹲在家门口的过道里干活。他在为每扇窗户制作防虫网，正满头大汗地把铁网镶在铝制窗框上。妻子自豪地对俊植说：

"现在看来，小叔的手艺可不一般啊。这要是花钱请人做，还不得个几万块……"

"至少得干点儿活，抵一下伙食费吧！学学就会，这也并不是什么难事。"

玟宇抬起大汗淋漓的脸，笑着说道。俊植挥手示意妻子跟着进屋。

"其实，他好像有什么问题。"

"问题？什么意思？"

俊植把刑警白天说过的话转告给了妻子。妻子听完之后的反应，却和俊植的预料截然相反。

"天呐，小叔这么厉害？怪不得看他不像个普通人……"

"厉害什么？犯了法，逃命呢……"

"他是做了好事才这样,怎么啦?一般人能做出那种事吗?"

妻子似乎在说,你这样的人有胆量去做那种事吗?俊植很无奈。妻子平时在电视上看到大学生游行示威,时常会生气地说他们不懂事的啊。

"他应该吃了不少苦吧?这么居无定所……不过,就算过着这种逃亡生活,怎么一点儿也不阴郁呢?"

俊植这才意识到妻子穿着一条裸露着肩膀的无袖长裙,脸上的妆容也稍微浓了一些。妻子的这副打扮,有种前所未有的性感。俊植却很疑惑,妻子这种非同寻常的改变是为了谁?

"真是辛苦你了。怎么能做得这么好,像个行家!"

玫宇把每扇窗户都安上了防虫网,妻子大声感叹道。他做的防虫网确实非常结实,和专业人士相比也毫不逊色。

"哎哟,看看这汗流的。这怎么行,小叔把上衣脱了吧,我帮你淋水。"

"不要紧。我洗把脸就行了。"

"别,得把汗洗了啊。快把上衣脱了吧。"

妻子先一步走进狭窄的浴室,拿起水瓢督促道。玫宇难为情地看着俊植。

"怎么啦?在嫂子面前脱个衣服还不好意思啊?"

听俊植这样说,玫宇无奈地脱去衬衫,走进了浴室。

俊植刻意回避，进了房间，却依然可以听到二人的声音。玟宇喊着水凉，间或还夹杂着妻子调皮的笑声。如果追究起来，嫂子给小叔洗个后背，也未必就是一件坏事，看起来反倒是美好深情的一副景象。俊植努力这样想着，心中却升腾起一股莫名其妙的情绪，妻子白嫩的双手在弟弟后背上滑来滑去的情景在眼前挥之不去。

那天晚上，俊植用胳膊搂住了妻子的肩膀。妻子像往常一样，冷漠地甩掉了他的手。

"哎呀，干什么啊？热死了。"

俊植终究没有退缩。他强行把妻子的身体转向自己，爬了上去。妻子顽强地推开他。他们在黑暗中无声地对抗了很久，妻子终于无奈地放弃了。不过，当他开始触摸妻子的身体，令人惊讶的事情出现了。妻子那天特别火热。近期从来没有过这种情况。到了最后关头，妻子还不由自主地发出了窒息般的呻吟声。他担心声音传出去被弟弟听到，不得不慌忙用手捂住了妻子的嘴。不过，妻子好像根本没有意识到这一点。狂乱的波浪退潮之后，俊植仿佛一条吞下了体型比自己更大的猎物的蛇，慵懒地看着赤身裸体躺着的妻子，怀疑妻子今天为何前所未有地兴奋。会不会是因为白天看到过玟宇裸露的上半身呢？他这该死的想象，怎么也停不下来。说不定，妻子刚才脑子里想的是和玟宇的性事吧？俊植在自己的这种想象中，起了一身鸡皮疙瘩。

5

第二天，俊植从学校回来时，玟宇首先道了歉。"大哥，对不起。我没有提前告诉你。"

看来妻子告诉了弟弟俊植见过刑警的事情。俊植坦言，自己确实心里不痛快。"你不告诉我那些事情，不就是不相信我吗？"玟宇却对此表示否认。他说是因为不想给大哥增加负担，让大哥为自己担心。

"可我是你名义上的大哥，出了那种事，你向我坦白不是理所当然的吗？"

"对不起。我只想默默地住一段时间就走，认为这样会给大哥大嫂少带来点儿负担。"

"那你以后打算怎么办？"

"我会尽快离开这里。我想了想，说不定会给大哥带来什么麻烦……"

"小叔，你这是什么话？什么麻烦不麻烦的，我们没关系，你想在这里住多久就住多久。"

妻子在一旁插话道。

"大哥是教师，以后搞不好会被问责。而且，刑警都已经找到大哥了，这里也不是什么安全的地方了。"

"要是知道你在我们家，早就来抓你了。这里很安全，再住几天吧。"

妻子望着玟宇,脸有些发烫。俊植想,说不定妻子很担心玟宇会离开。不,肯定是这样的。他的声音略显冷淡。

"你打算逃到什么时候?你现在也三十多了,不再是大学生了。你又不可能一直逃到世道改变……你该不是相信世道会发生改变吧?"

"大哥,世道是否改变并不重要。我只是做了自己认为正确的事情。"

"认为正确就一定要做吗?"

"如果一件事是正确的,世界上总要有人讲出来吧?"

"就像以前我妈带我们去坐公交车,隐瞒年龄那次?"

玟宇看着俊植,不明白他在说些什么。他早已把那件事忘得一干二净。不过,俊植却怎么也无法忘记。

有一次,俊植的母亲带兄弟俩乘坐公交车。当时,俊植上小学三年级,也就是十岁,玟宇八岁。不过,当乘务员准备收取车费,母亲却谎称俊植七岁,玟宇六岁。到了学龄,就要缴纳车费,母亲心疼钱。不过,一下减了三岁,乘务员并不相信。

"大婶,别撒谎了,快交钱吧。"

"撒什么谎?你说什么呢?崽子们只是长得比较大个儿,一个七岁,另一个六岁。"

"大婶,撒谎也要有个度啊。这么个大小子,你说只有七岁，谁信啊？要在以前，都该讨老婆了！"

俊植装模作样地想要帮助母亲说谎。他使出浑身解数，假扮出一副身体发育过早、智力略显不足的表情。然而，事情发展却出乎意料。此前一直在旁静静看着的玟宇，突然开口说话了。

"我不是六岁，我八岁了。"

俊植母子自不必说，乘务员也吃了一惊。尤其是母亲那副表情，简直就像当头挨了一棒，俊植至今仍然记忆犹新。乘务员弯下腰，问玟宇：

"你刚才说什么？你说你几岁了？"

玟宇抬起头，直视着俊植母子。母亲表情十分复杂，没有对弟弟说什么，只是一副苦苦哀求的样子。

"是的，我八岁了。大邱明德小学，一年级三班。"

玟宇一字一句地回答，像极了模范学生朗读课文，仿佛此刻正在参演儿童广播节目《谁最棒》。

"是吗？果然是这么回事。孩子，你真乖。"

乘务员摸了摸弟弟的头，呵斥母亲道：

"大婶，你在儿子面前不觉得丢脸吗？"

事情败露，母亲无言以对，只能乖乖交钱。乘务员接过车费，最后对母亲说了一句：

"大婶，至少你还养了一个好儿子。"

然而，世界上正确的真正标准是什么呢？就算有正确的事情，谁又知道说出正确的事情是正确的，就一定是一种正确的做法呢？当时那么优秀的弟弟，现在竟沦为一个通缉犯。俊植看着弟弟，如此想道。

"正如大哥所说，我总有一天会进去的。不过，暂时还不能被抓。这不是我一个人的问题，我还要保护其他朋友。"

"如果被抓，要关多久呢？"

妻子问玟宇，语气中透着些许难过。

"难讲，可能要个几年吧。"

妻子低声叹息着，似乎很快就要流下泪水。俊植心中再次升腾起一股难以忍受的情绪。

"你也应该赶紧结婚安定下来了，听说你有女朋友？"

俊植一边说，一边偷偷观察着妻子的反应。或许是情绪使然，他发现这句话似乎给妻子带来了一点冲击。妻子虽然故意面无表情地转过头去，却无法掩饰那一瞬间的脸红。慌张的玟宇也是如此。

"大哥怎么知道的？"

"我听刑警说的。是叫美惠吗？"

这当然是说谎。俊植曾经偷看过玟宇的钱包，所以谈起了这位女子。玟宇满脸通红，难以置信地看着俊植。

"他们连这个也知道了？"

俊植看到妻子默默起身，走进里屋，关上了房门。片刻之后,他进屋时,妻子低着头坐在梳妆台前。他不知道妻子在想什么,是不是在哭。她当然不会哭。到底有什么可哭的呢?

"你在想什么呢?"

俊植问道,妻子却依然低着头。这样不知过了多久,妻子突然转过身,看着俊植。

"我们的婚姻,看来是个错误。"

6

如彩纸折叠一般的黄色热带鱼快速地游来游去。体型更大的蓝色斑点鱼躲在细长的海草之间,长长的鱼鳍晃来晃去。水车转个不停,水面上不断冒出白色泡沫。

"您要买鱼缸吗?"

小小的海洋世界对面,突然出现一张脱发老男人的脸。

"可以亲自上门安装吗?"

"您要放在哪儿啊?家里呢,还是餐馆大堂?"

"家里,上溪洞公寓。"

"哎哟,那可去不了。能赚几个子儿啊。"

"这种鱼叫什么名字?"

"那个吗?叫什么来的……我也不知道,反正就叫热带鱼。"

"可以家养吗?"

"倒也不是不能养……公寓多大呢?"

"很小,二十三坪。"

"那您还是来这边选条金鱼吧。大的五百,小的两百。鱼缸从三万到六万都有,您要哪种呢?"

俊植选了一个三万韩元的鱼缸,又买了三条三百韩元的红色金鱼和两条两百韩元的黑色金鱼。等到把方形的鱼缸扛在肩上走出店门,俊植才发现要把这些东西拿回家并非易事。他满头大汗地站在路边挥手,却怎么也拦不到出租车。就算有车过来,看到俊植肩上扛着一个巨大的玻璃鱼缸,也很快溜走了。最终,俊植只好去坐城铁。

城铁总是人满为患,没有下脚之地。俊植扛着一个玻璃箱,挤进拥挤的缝隙,人们不耐烦地瞪着他。而且,他手里还提着一个装金鱼的塑料袋。车顶上挂着的风扇缓慢地摇着脑袋,扇着热风,乘客们酸臭炙热的体味屡屡灌进鼻孔。如果挤到窗边,说不定可以把这沉重的玻璃箱放在搁板上,但是根本一丝一毫也挤不动。而且,俊植担心塑料袋被挤破,不得不举着胳膊。肩头像是压着一块铁,胳膊肘阵阵酸痛。

俊植的小腹发出咕噜噜的声音,说不定过敏性肠炎又犯了。如果继续强忍着这种痛苦,全身上下都会垮掉。俊植看着塑料袋里的金鱼。五只小金鱼在那么一丁点水里艰难地呼吸着。金鱼那双凸起的眼睛看着俊植。俊植莫名感觉到金鱼的眼中透着一种怜悯。从鱼的眼睛里感觉到怜悯，俊植哑然失笑。

到底为什么一定要辛辛苦苦地买个鱼缸回来呢？俊植反问着自己。就连妻子现在也似乎已经对鱼缸没了兴趣。这个鱼缸到底可以解决什么问题呢？

"我们的婚姻是个错误。"

昨天晚上，妻子突然说了这么一句。俊植听到这句话时，心里瞬间猛地一沉，却又极力不表露出来。

"那到底是什么意思？"

"这真的能叫生活吗？"

"那应该怎么生活呢？"

"总之，这不是真正的生活，这种生活不够真实。"

"真实的生活？人活着，还能有什么真实的活法？活着都是一样的呗。人生和小说不同。只能满足于现实，凑合活着，人生不就是如此吗？"

"总之，我感觉我的人生误入歧途，不知怎么就系错了扣子。"

"所以，你现在想怎么办？"

"不知道，我再想想。"

俊植无法理解，怎么会变成这样。仅在几天前，妻子关心的还是把之前辗转于出租屋时已经坏掉、锯了腿的旧柜子换成新的,再安置个鱼缸,买一套音响设备,怎么把公寓好好装点一下而已。可是,妻子的口中怎么会突然说出这种话呢?

"每个人都想讲讲自己的故事。"

妻子还说了这样一句话。

"自己的故事?什么故事?"

"不论什么故事。童年的故事也好,其他故事也罢,聆听并理解自己故事的那个人很重要。可是,我从来没有对你讲过那些故事吧?你也根本不打算听……"

"你也没有对我说过啊!我什么时候说过我不想听吗?"

"和你说了也没有什么用,所以没说啊。"

俊植意识到,他们的夫妻关系,过去六年间平安无事的家庭,开始摇摇欲坠。这到底是因为谁呢?

终于,城铁到了鹿川站。门开了,俊植被推了出来。他想要往肺里猛吸几口凉爽的外部空气,却只有一股热气穿过喉咙。肚子依然咕噜咕噜叫,这一次还伴随着令人不快的疼痛。俊植很想放下肩上扛着的鱼缸,立刻去一趟卫生间。可他也知道,附近似乎没有卫生间。他忍受着小腹的疼痛,肩上扛着玻璃箱,一手提着塑料袋,重新开始行走。现在,鱼缸成了一个负担,扛着走也不是,丢了也不是。

垃圾车不断扬起尘土,横穿工地。工地一角地面下陷,正在用垃圾填充。这里是一片寸草不生的荒地。众多垃圾中，塑料尤其多。塑料这东西，不论过多久，都不会腐烂，过了几千几万年，也会一直留在地下。在这片所有生命消亡的土地上，现在将会垒起一座座钢筋水泥建筑。虽然不能确定是不是因为这里的地势比其他地区低得多，所以才会有卡车运送垃圾过来掩埋，但每次看到那些无尽的垃圾，俊植就仿佛看到了城市可耻的一面。这种感觉就像是，发现华丽的话剧舞台装置其实只不过是一种骗术，都是用肮脏的粗布和木头制成，让人扫兴得很。支撑这无数威风凛凛的高层公寓的地基，其实是一片巨大的垃圾堆积层，这个事实令人无比吃惊。现在，人们将会在上面种树、铺草坪、美化环境并在此居住。在客厅里摆上鱼缸，搞搞室内装修，在阳台放上天竺葵盆栽。自己此刻不正是因此才大汗淋漓地扛着这个玩意儿吗？

　　然而，妻子却说这不是生活。是啊，到底什么是生活呢？俊植肩上扛着玻璃箱，拼命忍受着小腹的疼痛，如此反问着自己。以后我要以什么样子继续生活，直到死去呢？虽然之前并非完全没有考虑过这些，像今天这样深刻思考却是第一次。仔细考虑过之后，自己的未来显而易见。在未来的二十年间，他只能继续在现在的学校当老师。一成不变地上班，一成不变地上课，每个班数十次重复着同样的话，听着校长同样的唠叨，对孩子们重复着同样的唠叨，不会有任何改变。说不定会当上主任，开上私家车，或者搬到稍微宽敞一点的公寓。然而，如此一来到底会有什么改变呢？如此这般老去，等待死亡的人生，又有什么意义呢？

其实，俊植之前曾经梦想过这种生活。生活稳定，不必担心无处睡觉和失业——不多也不少，他所期待的正是这种生活。可是，真正实现之后，妻子却荒唐地质问这样活着有什么意义。妻子相当于在说，这种生活是建立在肮脏发臭的垃圾堆上的谎言。二十三坪的公寓，有热水的浴室，客厅里养着金鱼的鱼缸——这些东西都只不过是垃圾堆上的障眼骗术。

那要我怎么办呢？现在要我怎么办呢？俊植很想大喊。

肚子又开始咕噜咕噜叫了起来。小腹像是有人在用针乱扎，痛得难以忍受，似乎下面很快要有什么东西流出来了。不过，距离太阳下山还有很久，不能随地解决。鱼缸开始逐渐压迫着肩膀，俊植很想立刻把它摔在地上。他不断打量着四周是否有卫生间。这时，他在工地一角发现了一座胶合板搭建的破旧建筑，门板上写着"卫生间"三个字，上面却又加了一句"严禁使用"。不过，情况特殊，俊植顾不得警告语，推门走了进去。眼前的景象令他大吃一惊。卫生间的地上意外地堆满了粪便，连个下脚的地方都没有。可能是因为刚开始污水处理设施尚不完备，别说马桶了，连隔断空间都已经被填满，溢到了外面。有的粪便已经变成硬邦邦的化石，仿佛已经在此停留了几十年，还有热气尚未消退的最新产物。各种各样的粪便塞得满满当当,这副景象真是令人惊讶。俊植走进去,找了个最小的空间,解开裤子,露出屁股蹲了下去。起初觉得恶心难忍,奇怪的是,逐渐就没了感觉。他反而产生了一种错觉,那些东西似乎不是令人不快的肮脏物质,而是赤裸裸又厚颜无耻地呐喊着自己主张的无数生命体。

突然,俊植的眼前浮现出母亲的脸。母亲为了养家糊口,有什么做什么,做过针线活,还在市场摆过摊。母亲卖的是紫菜包饭和鱼糕。她一整天在市场拍着手,声嘶力竭地叫喊。

"来来来,快来买好吃又新鲜的鱼糕和紫菜包饭!新鲜的鱼糕和紫菜包饭!"

到了午后时分,市场开始拥挤起来,连个下脚之地也没有。市场的人们称之为"开集了",只要开集,母亲就更是来了兴致,更加声嘶力竭。

"来来来,好吃又新鲜的鱼糕和紫菜包饭!快来买好吃又新鲜的鱼糕和紫菜包饭!"

在俊植的记忆中,市场里没有比母亲更大声的叫卖。不论是否有人经过,母亲都会拍着手叫卖,于是经常饿肚子或者没有空闲去厕所。其实,母亲当时做生意的那个市场里,上厕所的确是一个大问题。市场后面只有一个公共厕所,全市场的人都只能去那个独一无二的厕所。因此,公共厕所前总是排着长长的队伍。

俊植的母亲不论怎么着急上厕所,都无法安心地在厕所前排队。母亲心里惦记着多卖一个紫菜包饭,无法一动不动地站在那里。一天,母亲终于丢了丑。那天,母亲几次着急上厕所,跑到了厕所前,看到排队的人群,立即快速回到摊位,然后又重新跑去厕所,这样反复了几次,终于再也憋不住了。

"天呐,怎么办,怎么办?"

公共厕所前依然排着长队,母亲在人群中跺着脚扭来扭去,却无可奈何。俊植在旁边看着这一切,与母亲一样焦急不安。母亲等不及了,重新回到了摊位。不知道母亲怎么想的,泰然自若地在摊位前蹲了下来。俊植闻到一股刺鼻的怪味。他凭直觉明白了母亲此刻正在做什么。

"天呐,这是一股什么味儿?"

这时,坐在母亲右边卖青花鱼的大婶捏着鼻子说道。

"可能是有人放屁了吧!"

这一次,坐在母亲左边卖豆芽的大婶接过话茬。

"屁味儿能有这么臭吗?看来是有人拉屎了。"

"谁在市场里拉屎啊?"

两位大婶隔着母亲说个不停,母亲却像个没事人一样面无表情。面临绝境,反而变得泰然自若,变得勇敢无畏,这是母亲的绝技之一。紧急关头已经过去,母亲此刻恢复了悠然自若的表情。不论卖青花鱼的大婶怎么怀疑地瞟着母亲,母亲都毫不理睬。母亲当时那种淡定到厚颜无耻的脸,俊植至今依然难以忘怀。

俊植从卫生间出来,重新把鱼缸扛在了肩上。已经扛到这里了,只能扛到最后。与母亲一样,对俊植来说,所谓生活,华丽、宏伟、高尚永远遥不可及,卑鄙、肮脏、疲倦却总是持续不断。就像是一场没有尽头的跨栏比赛,自始至终无法逃避。虽然偶尔会走运,品尝到一点轻松与成就感,仔细想来却也只是水湾里漂来漂去、终究会破碎的泡沫罢了。

终于到家了。妻子接过鱼缸,几乎面无表情。

"你怎么提了几条死金鱼回来?"

妻子如此说道。金鱼果然已经死了。塑料袋不知道什么时候破了,水渗掉多半。金鱼翻着白肚皮,却依然呆呆地瞪着眼睛仰望着俊植,依然是那怜悯的眼神。

7

"洪老师,坐我的车走吧。"

俊植走出玄关门,梁九晚打开车门,向俊植挥手。一年级主任坐在驾驶席,后窗可以看到金东浩老师粗粗的后脖颈。俊植坐在了金东浩的邻座,汽车启动。

"其他老师也出发了吧?"

主任开口问道。

"那当然。其他活动可以缺席,聚餐可不行。主任,据可靠消息,今天聚餐时会发点儿过节费,您知道吧?"

"老师哪有过节费?放假不上班,工资照发不误……"

"哎哟,您又装糊涂。放假才放几天啊?大热天的,还得来学校补课。"

"在家闲着干什么?来学校哪怕多教给学生一个字也好!"

从刚才开始一言不发的金东浩突然吐出这么一句。其他人嘿嘿地笑了起来。这是校长的口头语。

"那什么,这次多亏各位老师的协助,大部分学生都会参加暑期补课。"

聚餐场所是一家日式餐厅,吃过饭之后,主任开口说道。一年级的十个班主任全员围坐在此,一个不缺。

"不是因为我是主任才说这些,其实我觉得补课这件事,即便强制也得执行。虽说这大热天的,揪着大家也未必能学进去,可是放了试试?一定会惹出乱子来的。误入歧途都是在假期嘛。班主任该多头痛啊!"

啧啧,金东浩咂巴着嘴。他很想反驳主任的话,却只能强忍着,反正事情已成定局。主任却立刻看在了眼里。

"总之,这次的事情多亏了各位老师的积极协助,非常感谢大家,其余的我就不再多说了。还有这个……"

主任从裤兜里掏出了一沓硬邦邦的纸,每人发了一张。原来是十万韩元面值的支票。

"那什么,这次补课,我和出版社商量了一下,决定以教材选用费的形式给各位老师一点慰问。没能准备个信封装一下,很抱歉啊。"

主任拖长了尾音,给每个人手里塞了一张支票。俊植很好奇金东浩会如何处理这张支票。金东浩的脸有点发红,手里捏着支票,不断地摩挲着。片刻之后,支票不见了,不知道被他偷偷放进了身上的什么地方。

"洪老师,我们去第二轮吧!"

出了日式餐厅,梁九晚来到俊植身边拉住他的胳膊,低声说道。

"主任和金东浩也去。我在这附近有个熟悉的店。"

俊植在日式餐厅已经喝得微醺,却依然追随他们而去。他想干脆喝个烂醉。尚是黄昏时分,他们已经走进了华灯闪烁的酒馆街。梁九晚在成排的酒馆中,去了一家挂着"黄金莲池"牌子的地下酒馆。

走下洞窟般昏暗潮湿的楼梯,耳边立刻传来聒噪的流行歌的声音。一行人塞满了六七坪出头的狭窄空间。梁九晚大喊起来。

"不做生意吗?"

"天呐天呐，亲爱的来啦！"

厨房方向的小门开了，一个女人兴冲冲地跑出来，挽住了梁九晚的胳膊。随后，一位稍微上了年纪的胖女人出现了。

"天啦，梁老师，真是好久不见。"

女人说话嗲声嗲气，和她的体型完全不相符。

"这段时间怎么一点儿消息也没有？我可想你了。亲爱的，你是不是背着我有了其他相好的？"

进入隔间坐下之后，女人紧贴着梁九晚说道。

"你这婆娘，我今天带了高雅的朋友过来，你先乖乖地问个好。"

"初次见面，我是密斯张。"

"老板娘，拿点啤酒来。再叫一位姑娘。"

片刻之后，一个看起来比密斯张瘦许多，也年轻许多的女人端着酒进来了。女人坐在了主任和俊植之间。主任举起酒杯。

"来，干杯。"

俊植一口喝干。酒穿过嗓子眼，和之前喝过的酒混在一起，醉意即刻袭来。女人赶紧把空杯填满，俊植再次喝干了，却依然不解渴。

"呵，洪老师今天怎么喝得那么急？"

梁九晚的手伸到了密斯张的胸衣里。主任正在认真地和金东浩说着什么。"仅靠一颗年轻的心,是搞不好教育的。教育热情很重要,经验也不容小觑。孩子们呢……"金东浩半低着头,默默地听着。俊植看着金东浩的浓眉,一种难以忍受的压抑感翻涌着。他的脑海中突然划过一个念头:妻子和弟弟此刻正在干什么呢?

"得再点些下酒菜。点什么好呢?"

密斯张对梁九晚说道。梁的手依然在女人的胸脯上游走,女人咯咯笑着,扭动着身体。

"我喜欢鲍鱼。"

"哎哟,真够阴险的。那好,我最喜欢的食物是紫菜包饭。"

两个女人同时嘎嘎笑起来。坐在俊植身旁的女人看着他。

"我最喜欢鱼糕。"

醉意把俊植的意识带到了一个超越时空的世界,分不清现在与过去。此刻,他正在和母亲一起坐公交车。公交车经过了某个市场。车窗外的市场街道上,喧闹的人群、各种手推车、嘈杂叫卖的小贩陆续经过,母亲无意中看向窗外,吃了一惊,大喊起来。

"天呐,这怎么办?怎么开集了。"

很显然,母亲误以为自己此刻正在市场街道上。母亲突然从座位上起身,开始拍手跺脚。

"来来来，快来买好吃又新鲜的鱼糕和紫菜包饭！新鲜的鱼糕和紫菜包饭！"

事发突然，俊植根本来不及阻拦。受惊的不止俊植一人。车上的乘客们不明所以地看着，很快嘿嘿笑起来，开始指指点点，窃窃私语。

"快来买好吃又新鲜的鱼糕和紫菜包饭！美味绝伦的鱼糕和紫菜包饭……"

刚才一直兴奋地拍着手跺着脚的母亲突然闭上了嘴。她这才意识到自己不是在市场街道，而是在公交车上。母亲涨红了脸，闭上嘴，默默地瘫坐在座位上。

"天呐，表面看起来好端端的，脑子不大好呢。"

坐在俊植身后的两个女人交谈着。她们的声音很大，公交车里的大部分人都可以听到，所以母亲肯定也听到了。看来她们认为，反正是个疯女人，听到也没关系。

"可能是因为老公才疯的。"

"你怎么知道啊？"

"紫菜包饭、鱼糕是什么形状？不像男人的那玩意儿吗？"

"对哦，是那样的。老公跟其他女人好上了，或者被老公虐待才疯的吧。"

"如果不是那样，一个好端端的女人，怎么突然在公交车上开始叫卖鱼糕和紫菜包饭呢？"

"哎哟，真可怜啊。"

俊植独自喝空了酒杯。坐在身边的女人用脸蹭着他的肩膀。

"唉，老板怎么这么忧郁啊？遇到了什么不好的事情吗？"

"喂，我不是老板。"

"不是老板，那就是部长啰？"

"喂，他可比老板职位还高呢。因为他是杂长。"

身旁的梁九晚说道。虽然不知道是谁从什么时候开始叫的"杂长"，俊植的这个外号在学生和老师之间却流传很广。意思是说，俊植可以从杂工做到校长。俊植如果再不扯着嗓子喊点儿什么，感觉自己快要窒息而死了。就算是为了冲洗掉这种憋闷，俊植也必须不断给自己灌酒。

"洪老师，洪老师的生活乐趣是什么呢？"

金东浩醉得满脸通红，问完俊植，还不等他回话，又自己回答起来。

"我啊，不知道怎么回事，生活变得没有意思了。不论怎么想，生活都太没意思了。"

"生活没意思？呵，这问题可不一般呐。"

坐在对面的梁九晚插了一句。

"年纪轻轻的就觉得生活没意思了，算是完啦。明白吗？完蛋了！"

俊植看到，金东浩望着梁九晚的那一瞬间双眼冒着火花。金东浩以那种眼神默默地盯着梁九晚看了五六秒钟，他手里握着酒杯，好像要用尽全身力气猛扇梁九晚两巴掌。扇他，俊植在心里说道。这小子，怎么就那么直直地看着？扇啊，你都没脾气的吗？

"怎么了？金老师，我说错什么了吗？"

梁九晚歪着头，咧嘴笑道。这时，金东浩握着酒杯的手突然完全泄力。

"哦，没什么。您说得对。其实，我也是这样想的。"

金东浩再次把脸转向俊植。

"所以啊，我最近喜欢上了室内垂钓。您知道室内垂钓吧？不是在空气清新、阳光明媚的室外，而是在建筑物的地下垂钓场里钓鱼。这玩意儿真的很适合我这种讨厌晒太阳的人啊。"

"讨厌晒太阳？这可了不得啊，了不得。"

梁九晚又插话进来。这一次，金东浩什么也没有回答。

"哪怕是这种也要消遣消遣啊，不然生活有什么意思呢？不过，这还真比想象中的有意思。如果钓到鳍上刷了红漆的家伙，就给一台电视机呢！追着那家伙跑，时间不知不觉就过去了。您什么时候和我一起去玩玩？"

"喂，连个见面礼也没有，喝酒没气氛啊！谁来个见面礼？"

"今天就算了吧,可以吗? 一定要行见面礼才有意思吗?"

密斯张紧紧靠在梁身上,说道。

"说什么呢? 见面礼是这家'黄金莲池'的传统啊,你说算了就算了啊? 密斯张,你先做个示范。"

"我的之前都看腻了吧? 再看有什么意思啊?"

"今天带了两位客人来啊,你得正式问个好啊。"

梁九晚掏出钱包,在桌上放了两张一万韩元的纸币。女人没怎么犹豫,从座位上起身,脱掉鞋子,站到了椅子上。她面无表情地站着,开始脱上衣。她的上衣如一片卫生纸般掉落脚下。紧接着,她又开始脱裙子。女人弯下腰时,俊植看到了她那只有一小块黑色布片遮挡的晃动的大屁股。她面无表情,如蜕皮般一件件地脱着,像是在做着一件令人厌烦而又无聊的工作。女人注意到八只眼睛正注视着自己的一举一动时,也只是扑哧笑了一声。主任有点脸红。女人身上起了无数的鸡皮疙瘩,在红色照明灯的照射下看得一清二楚。女人骨骼粗壮,身上赘肉很多,小肚子凸起,胸部很大,不协调地挂在那里。俊植看到那两块大大隆起的肉团上嵌着两颗黑黑的乳头。它们像女人一样泰然无耻地彰显着自己。终于,女人除掉了自己身上剩下的最后一块布。

女人保持那个姿势,开始唱歌。"春风中的粉红裙……"俊植口渴难耐,一口喝空了眼前的酒杯。从刚才开始一直压抑着的不知因谁而起的愤怒与羞辱感,此刻再也无法继续忍耐了。俊植突然站起身来。

"来来来,好吃又新鲜的鱼糕和紫菜包饭!好吃又新鲜的鱼糕!紫菜包饭!"

同事们呆呆地望着俊植,看不懂他在搞什么名堂。其实,俊植也不知道自己在做什么。现在,他像母亲过去做过的那样,兴奋地拍手跺脚打着拍子。

"天呐,他疯了吧?"

女人光着身子站在椅子上,扫兴地俯视着俊植。"我说,洪老师这是怎么了?坐下!"主任喊了一句。然而,俊植愈发兴奋,开始围着桌子转圈。

"好吃又新鲜的鱼糕!紫菜包饭!美味绝伦的鱼糕和紫菜包饭!鱼糕……"

有人突然从身后抱住了俊植的上半身。是金东浩。

"洪老师,喝得挺开心的,怎么要砸场子?跟个疯子一样……"

俊植摇摇晃晃地推开了金东浩。金东浩失去平衡,跌倒在地,桌上的酒瓶全都掉在地上摔碎了,女人们尖叫起来。

"没错,我疯了。你们又算什么东西?这能叫生活吗?活成这副样子,还能叫活着吗?唉,你们这群烂坯子!"

俊植说完,转身出了隔间,却又很快推门回来了。

"这个,你们拿去分了吧!"

一张支票如落叶般掉在眼前，同事们依然不明所以地看着他。

8

俊植只要喝醉了酒，就有驼背的习惯。虽然他自己意识不到，但其实从六七年前开始就养成了这个习惯。六七年前，也就是白天去学校办公室工作，晚上去夜校的那段时间，他还租住在某个地下室单间。那间屋子的天花板实在太低，抬起头来会碰到脑袋，不得不一直低着头。从此之后，俊植只要喝醉，自我意识就会回到那时的那间台阶下的出租屋。现在，他也不知不觉地低着头走路。不过，回到公寓门前，他突然气势高涨，握起拳头砸门高喊。

"开门开门！"

门开了，妻子面色惊讶。

"搞什么鬼？喝醉了就乖乖回来呗……"

俊植虽然醉眼蒙眬，却依然发现妻子化了妆。看到妻子化过妆的脸，俊植突然感觉到一种莫名的怜悯。那一瞬间，他感觉妻子的妆容只是一种徒劳。妻子像是一个浓妆艳抹却又无人问津的老陪酒女，十分可怜。俊植虽然内心这样想，真正说出口的却是另一番话。

"哎，郑美淑，我问你个事。你最近在家为什么要化妆？"

"我化什么妆?只不过涂了点儿唇膏……就算是居家女人,化个淡妆也是理所当然的吧?怎么了?"

"是理所当然啊。可是,你之前怎么一次也没有做过这个理所当然的事情呢?最近又怎么每天都打扮你那张脸?为什么啊?"

在他的攻击之下,妻子一下红了脸。

"真是,你到底要干什么啊?管别人化不化妆呢……"

"你为什么化妆,要我说出来吗?是因为玟宇吧?"

"天呐天呐,你看你这人,脑子坏掉了吧?"

就算是喝醉了,俊植也知道自己此刻的话不该说。可是不知道怎么了,他就是闭不上嘴,一直嚷嚷个不停,而且嗓音越来越高。

"我说错了吗?你想在玟宇面前打扮得好看点儿。"

"大哥,就算你喝醉了,这么说也太过分了吧?"

玟宇插了一句。他脸色铁青。

"你小子滚开!这是我们夫妻之间的问题。"

"就算是夫妻之间的问题,不过既然提到了我,我也不能袖手旁观吧?因为也有我的责任。"

"小叔,你大哥就是这样的人。我居然在和这种人过日子,真丢人。"

"什么?丢人?你觉得和我在一起生活很丢人?"

"是的,丢人。我说得不对吗?我现在也要说说心里话了。"

妻子没能说完。俊植向着妻子跑去,却又很快被玟宇抓住胳膊,身体失去了平衡。俊植跌倒在地,腿刚好踢到了梳妆台,同时传来一阵嘈杂声。俊植看到屋内所有东西,包括妻子和玟宇在内,全部出现了裂缝。下一个瞬间,他明白那是镜子碎了。

我做了什么?俊植躺在原地,反问着自己。家里异常安静,地板上还散着破碎的镜片。妻子推门进来。

"洪俊植先生,我走了。"

"走?去哪儿?"

俊植突然起身。妻子叫醒尚美,给她穿好了衣服,领在身旁,不知道什么时候把行李也收拾好了。

"别管我去哪儿。"

可笑的是,妻子现在一板一眼地说起尊敬语。她对俊植的称呼也已经不再是"亲爱的",而是毕恭毕敬的"洪俊植先生"。

"大半夜的,你要离家出走?"

"是的。我在这个家里过不下去了。"

俊植无言以对。比起愤怒,更多的是无奈。他艰难地开口问道:

"把尚美也带走吗?"

"当然要带走啊。洪俊植先生要去学校上班,很显然不能独自抚养孩子啊。"

"你到底怎么了？至今为止，我们一直过得挺好啊。"

"过得挺好？表面看起来过得挺好而已。我终于明白了，我一直都在欺骗自己。说实话，我和洪俊植先生结婚至今，从来没有真正幸福过。"

"幸福？什么是幸福？"

俊植快要哭出来了。他之所以这样问，是因为他真的不知道这句话的意思。

"活得像个人样儿。"

"所以，你至今活得不像人？"

"那当然。虽然这么说很抱歉，我至今只是硬撑着活下来的，从来没有体会过任何价值和快乐。这能叫生活吗？"

这能叫生活吗？俊植刚才在酒馆里也说过这句话，这算是成了今天晚上的主题。不过，不论怎么争吵，去哪里可以找得到这个问题的答案呢？俊植只觉得心里憋闷，气愤不已，快要疯了。

"那应该怎么活呢？"

"这怎么说得清呢？"

俊植忍无可忍，踹门而去。玟宇站在门外，脸色煞白。俊植抓住了弟弟的胳膊。

"你小子，你给我过来。都怪你。你小子来了之后，把这个家搞成了这副样子。"

"你别那么无耻,拜托。小叔有什么错呢?"

"为什么没错?你小子算个什么东西?是你把这个女人搞成了这副样子!"

"你在小叔面前不觉得羞耻吗?"

妻子挡在前面。

"羞耻?我怎么了?"

"小叔为了正确的事情牺牲自己,那么辛苦。可是你呢?你只顾着自己,一辈子也没有大喊过一次。你有梦想吗?有理想吗?"

俊植无言以对,只觉得和妻子之间隔阂很深。同床共枕了六年,却发现彼此之间竟有一堵如此密不透风的墙。俊植几乎快要哭了。

"大哥,如果大嫂是因为我才变成这样,我很抱歉。不过,你再怎么生气也不能解决问题啊。你尽量理解一下大嫂。"

"理解?那你们怎么不理解理解我呢?是,我不懂什么是人生,没有梦想也没有理想,活得像只虫子。我只能自甘堕落、卑鄙地活着。不过,你怎么能如此道德高尚呢?为什么只有你还这么道德高尚地活着呢?"

玟宇依然面色苍白、默不作声地听着俊植无休止的质问。用俊植的话说,他也对自己说出口的话感到震惊。除了课堂时间,不,就算在课堂上,他也从来没有如此激烈地辩论过。不过，真正发泄过后，却也有种畅快的感觉。

"我早就看你不顺眼了。你凭什么那么理直气壮？你怎么到了这个年纪还在为正义和道德而战？你为什么不像我这样为了养家糊口，为了职场奋斗而四处看人脸色？你有什么资格高高在上，超越一切？"

"大哥，对不起。"

玟宇终于低声说了一句。

"大哥有大哥的生活方式，这是我的生活方式。"

"好，说得很好。你有你的生活方式，我有我的生活方式。所以，咱们什么也别说了。人，最终还是要以自己的方式活着。"

"大哥，我不知道自己的到来会引发这么严重的问题。对不起。我现在就走。所以，大嫂也冷静一下，再考虑考虑吧。"

"不行，我要走。无论如何，我也不能这样过下去了。"

妻子提着包，如此说道。好，走吧。都走吧。我自己过。不过，俊植却没能忍心把这些话说出口。孩子不明所以地开始大哭。妻子如此固执，玟宇也面色难堪。

"大哥，我和大嫂单独谈谈，你先出去一下。"

俊植被玟宇推出了公寓门外，有种被人从家里赶出来的心情。俊植站在公寓停车场，独自抽着闷烟。多年以来深埋在心中的懊悔升腾起来。从过去开始，如果说弟弟是善，他就是恶。他虽然不愿意，终究没能调换角色。现在依然如此，以后必然也会这样。

俊植一家以前住过的社区里有一个面包工厂。说是"工厂"，其实只是在民居里用机器制作面包的地方，那里总是散发出一种令人肠胃蠢蠢欲动的烤面包的香甜味。社区的孩子们只要走近那家店，总会抽动着鼻子，把味道深深吸进饥肠辘辘的肚子里。俊植的母亲每周日的早晨都会去那家做事。大概就是做些厨房杂活，或者清洗一下积攒的衣物，挣几个子儿。不过，等到那家人全部穿戴整齐，腋下夹着《圣经》出门，俊植就会去那家屋后的围墙底下。那里是死胡同的尽头，很少有人来，僻静且幽深。

俊植独自在那里等上一阵子，就会听到敲木板墙的声音和母亲的呼唤，"俊植，俊植"。俊植走上前去，只见木板墙上的一个破洞里递出来一个包着面包的白色纸袋。俊植赶快接过来，藏在衣服里，跑回家。母亲每次以这种方式拿走几个面包，第二天再拿到市场上去卖。

奇怪的是，俊植并不觉得这是一种多么不好的行为。母亲必然也是如此。对母亲来说，没有什么道德比家人不挨饿、可以存活下来这件事价值更高。总之，他无法不赞同母亲的偷盗行为。那像是一种战斗（为了在生活的战场上存活下来的战斗），只要下达命令，必须二话不说，无条件服从。

不过，不论情况多么危急，弟弟都会怀疑和反抗命令的不合理性。与弟弟这种人一起做事，尤其是偷盗这种事，是相当危险的。最终，他们的偷盗行为露出马脚，也是因为弟弟。总之，得益于这种偷盗行为，母亲的篮子里除了鱼糕和紫菜包饭，又多了新的品种。这使得母亲那浸满油污的钱袋稍微鼓囊了一段时间。

母亲把偷来的面包拿去市场卖掉之前，会放在厨房顶棚上挂着的篮子里保管。母亲，不对，应该说母子俩一起偷来的面包种类很多，红豆面包、奶油面包、果酱面包、酥皮面包等，各式各样。面包看起来很好吃，令人直咽口水，不过母亲却绝对不会疏忽对赃物的管理，俊植一个也没有吃过。因此，他会偶尔背着母亲偷偷拿出面包，只舔一舔表面。当然，这需要一定的技术，不能破坏了面包的形状。或许当时在市场上向母亲买过面包的人，没有哪个没吃过混杂着俊植口水的面包。俊植至今再也没有体验过当时所品尝到的那种美味。

有一天，那天也是去那家围墙边从母亲手里接面包的日子，俊植却犯了一个无法挽回的错误。他只顾着和孩子们玩，把那件事交给了弟弟去做。这是一个致命的失误。玟宇从那家围墙的破洞里接过面包，傻乎乎地被那家女主人发现了。女主人似乎从很久以前已经开始怀疑面包略有减少，立刻揪着弟弟的脖颈找到家里来。据说那家的年轻女主人是从首尔逃难过来的。她把弟弟拽到厨房前,开始追究责任。

"偷盗行为很恶劣,你在学校学过的吧?"

弟弟面色苍白,默默点点头。

"说谎也很恶劣,这个也学过吧?"

弟弟再次点点头。

"那你快说话啊。老实回答,你妈把面包藏哪儿了?"

弟弟恐惧的视线轮流投向俊植和母亲。

"正直的人上天堂,说谎的人下地狱。你要下地狱吗?"

那一瞬间,俊植很想闭上眼睛。弟弟的手不偏不倚地指向了厨房顶棚上挂着的篮子。一切都在那一瞬间暴露了。面包工厂的女主人飞一般地拽下了那个篮子。那天偷来的面包尤其多,篮子里装得满满当当。

"天呐,天呐,这偷得也太多了吧?我现在才知道,这里简直就是个贼窝啊!"

出乎意料的是,母亲在那一刻像个傻瓜一样只是咧着嘴大笑。说不定那个笑声激怒了女人。女人突然跑向母亲,薅起头发。

"你这个贱女人,居然敢偷东西?这么大年纪了,本来挺可怜你,却在背后偷东西?表面看起来倒是挺蠢。"

两人的混战结束,是因为俊植的父亲。父亲脸色煞白地看着这一切,突然大吼一声,光着脚跑向了厨房。父亲拾起厨房地上的炭火棍,冲着母亲一顿狂抽。或许是父亲的气势太过恐怖，面包工厂的女人吓破了胆，直往后退。母亲对父亲没有任何反抗，只是一动不动地任由炭火棍抽打着全身。父亲像是发疯了一般。也是，这种反应并不过分。父亲一辈子为名声和体面而活，面对这种耻辱的处境，怎么可能忍得住呢？这时，弟弟突然开始大哭。弟弟扯着父亲的胳膊，边哭边喊："爸，别打了。别打了，好吗？"然而，俊植在那一刻恨死了弟弟。俊植甚至怀疑，玟宇是不是一直在假装默许他们母子的偷盗行为，其实只是等待时机抓个现行并告发他们。

那件事发生在俊植十三岁的时候。十三岁变成了二十三岁，现在他已经三十五岁，二十二年的岁月过去了。不过，这二十多年来，他过得有多辛苦，又有谁知晓呢？校长、同事们还有玟宇自不必说，就连妻子也不知道。任何人也无法理解他的痛苦，他的孤单与悲伤。世界的大门从未向他敞开。就算看见一道可以勉强容身的缝隙，他也永远只能如钻狗洞般，以无耻卑鄙的姿态通过。如果俊植现在拥有什么，也只不过是以他经历过的所有痛苦换来的罢了。然而，玟宇现在却又像过去揭发他们母子的偷盗行为那般，要揭穿俊植千辛万苦组建的名为家庭的小城堡的真面目，它其实只不过是建立在那根本不值一提的自我满足与虚伪之上的寒酸伪造品。只有这一点，俊植坚决无法忍受。这是不是玟宇有意为之并不重要。因为正是玟宇的出现，才造成了这样的后果。

公寓停车场的一角有一座公用电话亭。黑暗中，那里依然灯光明亮。俊植的脚步不知不觉走向那边。他越走近，越感到紧张与恐惧，呼吸也变得困难。终于，到了公用电话亭，俊植停下脚步，呆呆地望着电话机。最后，他像被一股难以违抗的什么力量牵引着，走进去拿起电话机，投了一枚硬币。拨着号码盘的手抖动着。不一会儿，电话机里传来一个慢条斯理的声音。

"喂，这里是情报科。"

"请转一下郭刑警。"

"稍等。"

等待途中，电话机里传来一阵急促的呼吸声。俊植很快意识到，这其实是自己的呼吸声。握着电话机的手备感沉重。就此收手吧，洪俊植。他听到自己内心某处传来的声音。现在也不迟。立刻挂断电话，到此为止。

"电话已转接。"

片刻之后，耳朵里传来熟悉的嗓音时，俊植或许是过于紧张，嗓子眼里像是被什么东西堵住了，说不出话来。挂掉电话之后，他甚至想不起来自己刚才说了什么。

"别担心。大嫂会在家的。"

玟宇站在公寓玄关门前等他。俊植什么话也说不出来，无法直视玟宇的脸。他们看着公寓前宽阔的道路上咆哮着飞驰而过的车辆。

"我现在准备走了。"

玟宇手里提着刚来俊植家时带着的那个小塑料包。你要去哪儿？俊植把这句话咽了回去。这个提问没有任何意义。

"我送你去鹿川站。"

"不用，没那个必要。大哥还是回去看看大嫂吧。"

俊植却率先向着鹿川站走去。他走了几步，又停下脚步。

"虽然不知道你要去哪里，打个车走吧？"

"算了，城铁更方便。"

玟宇看了看手表。

"现在还有城铁吧？"

这个时间，城铁当然通行。不过，俊植却不能带玟宇去那里。哪怕是现在，只要给他叫一辆出租车就可以了，就可以当作什么事也没有发生过。可是，俊植却无法这么做。他们开始走向鹿川站。他们重新踏上了几天前俊植第一次带玟宇来的那条路。

"你和嫂子说了什么？"

玟宇沉默了片刻，开口回答。

"关于爱情。"

"爱情？"

"聊了聊大哥有多爱大嫂。"

"我多爱嫂子，你能懂吗？"

"当然懂。只要看看大哥你那如火般的嫉妒心就行。"

玟宇在黑暗中露出洁白的牙齿,恶作剧般地笑了起来。俊植语塞了。闷热的夏风中似乎夹杂着一股腐臭的味道。鹿川站越来越近了。

"我们什么时候还能再见面呢?"

玟宇没有回答。他突然停下脚步,看着俊植。

"大哥,对不起。请原谅我。"

"你为什么要请求我的原谅?"

"因为必须要这么做。不论以什么方式,如果大哥因为我而承受过痛苦,请一定原谅我。"

俊植什么话也没有说。哪怕是现在,他也想和玟宇停下去往鹿川站的脚步,原路返回。不过,已经太迟了。不知不觉间,鹿川站已经近在眼前。俊植小心翼翼地转动着眼珠,查看着城铁站周边。他的心脏逐渐开始剧烈跳动。

俊植远远看到城铁站检票口前站着两个男人。他们体格健壮,却不像是公寓工地上的务工人员。俊植留心观察着他们,慢慢地走上台阶。男人们也看到了俊植和玟宇,不过外表完全看不出任何异常的迹象。玟宇似乎并没有意识到他们的存在。不过,俊植十分紧张,双腿瑟瑟发抖。从远处依然可以发现,其中一个人一侧肩膀微驼的样子十分眼熟。俊植一边走上台阶,一边在心里仔细估算着和他们之间的距离。

"等一下。"

终于快要上完台阶,俊植抓住了弟弟的胳膊。弟弟可能是感觉到俊植的声音不寻常,面色惊讶地问道:

"怎么了?"

"你不觉得那些人有点儿奇怪吗?像是刑警……"

"不会吧?"

话虽这么说,弟弟似乎已经全身紧张起来。男人们可能也感觉到了这边的举止异常,他们开始慢慢朝这边走过来。

"快跑!"

俊植拽了一下弟弟的手,转身就跑。弟弟停顿了一下,开始跟着他跑起来,同时身后传来追赶的凌乱脚步声。

他们跑下台阶,漫无方向地冲进黑暗。身后的脚步声越来越近。俊植急促的呼吸声和弟弟的呼吸声混杂在一起。他们拼命奔跑,工地上堆满了建筑材料,身后突然传来弟弟摔倒的声音。弟弟可能是在黑暗中被什么东西绊倒了。俊植回头一看,男人们已经跑向了摔倒在地的弟弟。

"大哥,大哥!"

弟弟焦急地呼唤着他。可是,俊植没有停下脚步,只是继续跑着。我为什么要跑?我完全没有理由躲避警察,通缉犯不是我而是弟弟。俊植拼命地跑着,这些想法不断在脑海中划过,脚步却怎么也停不下来。片刻之后,他意识到脚步声不再追来。他躲在地上的水泥管后面,回头看去。黑暗中,依稀可以看到他们的样子。玟宇反抗了几下,不过很快就顺从地被拖走了。俊植屏住呼吸,注视着这一切。

等到他们完全从视野中消失,俊植却依然无法起身。不知从哪里传来一股恶臭。俊植的手按在地上,摸到了什么热乎乎的东西。他这才意识到,自己一屁股坐在了粪堆上。不过,他没能立刻站起来身来。奇怪的是,他浑身乏力,一动也动不了。

俊植瘫坐在地上,回想着自己在鹿川站看到两个男人时为什么突然开始逃跑。最后一瞬间,他心里的一丝良心起了作用吗?或者,是因为不想让弟弟怀疑自己给警察打了电话的狡猾心理?

俊植抬头望向天空。他虽然瘫坐在粪堆上,夜空中的星星依然美丽地闪烁着。突然,俊植的眼中不知缘由地开始流下泪水。说实话,他并没有感觉到任何负罪感。就算不是现在,弟弟也总有一天要承受这些。而且,如果弟弟真如妻子所说,是一个纯真的人,他只不过是为自己的纯真付出代价罢了。

可是,可是,俊植扪心自问,我为什么如此悲伤?我的眼中为什么流下了不合时宜的泪水?胸口有种被刺穿般的丧失感,感觉自己无比悲惨,这种绝望的心情到底是因为什么呢?

俊植开始哭泣。他的眼中不断流泪,泪水使他更加悲伤。他不是因为后悔而哭,也不是因为自责而哭。让他哭泣的,只是那种心脏撕裂般的凄惨感觉,以及任何人也无法理解的,对任何人也无法说明的,只属于自己的悲伤。他坐在粪堆上不想起身,像个孩子般大声哭了很久。他哭得不成样子,仿佛内心积攒的所有悲伤同时迸发了出来。他放任自己在体内日积月累的悲伤与不知所措的空虚中尽情地哭泣着。

或许是城铁刚好在不久前到站了,距离俊植几步远的地方,有几个行人经过。

"那人为什么在那哭?"

"可能喝醉了吧?"

"喝醉了就哭得那么伤心吗?是不是出什么事了?"

"走吧,说不定他是个疯子。"

行人们走远了。黑暗中,又只剩下俊植一人。过了一段时间之后,他慢慢起身,全身沾满了肮脏的粪便,像是一个满身疮痍的负伤老兵,或是肋下被踹了一脚的傻狗,一瘸一拐地开始走向黑暗。他的哭声依然未能停止,嘴里传出打嗝一样的余音。

妻子此刻在干什么呢?果真如玟宇所说,放弃了离家出走的念头,在家等着我吗?她以后会怎么对待我呢?会当作一切没有发生过,一如既往地生活下去吗?还有,玟宇怎么样了呢?

当然,玟宇现在会与社会隔绝很长一段时间。不过,人生被查封，却要继续活下去的，又何止玟宇一个呢？这个肮脏的大千世界，已经失去了所有的纯洁与体面，我却要在这里继续生活下去。走吧，他看向黑暗，劝说着自己。在这片巨大的垃圾堆积层上，把所有的脏污、憎恶，还有那些已被抛弃的梦想，全部踩在脚底下，走向我那在渺茫半空中摇摇欲坠的二十三坪的安乐窝。

天灯

1

我八岁那年的某个深冬之日，积雪尚未开始融化。那天，我在某私立小学的入学考场里跺着冰冷的双脚等待面试。那是市区首屈一指的贵族学校，以难进而闻名。我现在依然记得，过道的地板打了蜡，光溜溜的，凉得像冰块一样。我之所以报考那所学校，完全是因为母亲的欲念。我们当时租住的房屋隔壁就有一所小学，母亲却拽着我去了需要步行三十分钟的那所。将要进入学校时，我很快意识到这不是我该来的地方。我第一眼便发现，聚集在那里的孩子和我根本不是同一类人。最重要的是，在幼小的我看来，母亲挤在一群学生家长之间显得格格不入。简单来说，一个在简陋小酒馆里卖酒的女人，不配成为那所学校的学生家长。

终于轮到我了，我被母亲拉着手拽进面试的教室。"请学生家长在那里等一下。"五六位老师背对窗口而坐,其中有人对母亲说道。母亲站在门旁,我独自走到老师们面前。他们先问了我的名字、年龄。我按照之前的反复练习,努力做出回答。

"你父亲叫什么名字?"

老师们全部穿着笔挺的西服,打着领带,有的还戴着眼镜。这么多大人盯着我,对我来说是有生以来第一次。

"父亲的名字,你不知道父亲的名字吗?"

他们又问了一遍,我依旧答不上来。到那时为止,我真的不知道父亲的名字。从来没有人问过,也没有人教过我。

"她没有父亲。"站在门旁的母亲慌忙替我回答。"去世了吗?""不是,那个……我们母女的经历该怎么说呢……"

"行了,学生家长请保持安静。"一位上了年纪、看上去颇有涵养的老师打断母亲的话,转而问我:

"盐是苦的,还是甜的?"

我看着眼前窗户透进来的和煦阳光,非常慌张。

"赶快回答,小朋友。盐是苦的,还是甜的?"

督促的嗓音依然温柔而优雅。我的脚麻了,他们身后的玻璃窗透进来的阳光十分刺眼,我感觉自己快要瞎了。

"苦……苦的。"

过了片刻,我才勉强答道。这句话说出口的瞬间,我便知道自己答错了。

"哎呀，你这丫头！盐怎么会是苦的呢，是咸的啊！"

母亲站在门旁喊了起来。

"你快点再说一遍，盐是咸的，快点！"

然而，不知道为什么，我就是张不开口。母亲的脸绝望地皱在一起。

"你干什么呢？赶快说呀！老师，盐不是苦的，是咸的。你倒是照着说呀！"

"可以了。面试已经结束了，请带着孩子出去吧。"

阳光下，年轻优雅的嗓音如此说道。母亲却没有放弃。

"老师们，请再提问一次吧！现在一定会好好回答的。我家闺女从小没有爸爸，实在是太可怜了，再给一次机会吧！"

"结束了，大婶。请带着孩子出去吧。"

"你这个傻丫头！赶紧回答啊！盐是什么味的？"

然而，我什么话也说不出来。不知道怎么了，就是开不了口，全身像块石头一样一动不动。刺眼的阳光中的陌生面孔，令人窒息的沉默，母亲皱巴巴的脸——过了许久之后，那时的恐怖记忆依然如化石般坚固，怎么也抹不去。从那一刻起，至今已经过了近二十年的时间，我知道自己依然无法摆脱那个提问。此刻，我也面临着一个绝对无法回答的问题。

你们现在正在问我：你是谁？很不幸，我不知道这个问题的答案。不过，一个显而易见的事实是，你们此刻正在强迫我变成不是我的某种东西。

"喂，你怎么了？做梦了吗？"

信惠突然打了个激灵，从睡梦中醒来。支署长紧凑到鼻子跟前盯着她，脸上稀稀拉拉冒出来胡子茬，有点显老。信惠这才意识到，自己蜷缩在支署墙角的小沙发上睡了一觉。信惠迷迷糊糊地处于噩梦与现实之间，心脏依然剧烈地跳个不停。她全身颤抖，看着对面的窗户。支署门前可能刚刚来了一辆车，灯光照亮了窗户，有点刺眼，还传来了轰隆隆的引擎声。

"准备一下，署里来接你了。"

支署长说道。信惠看了看墙上的挂钟，不知不觉已是凌晨六点。冰冷的寒气包裹着她，牙齿咯咯直打架，全身颤抖不停。信惠认为自己又被关进了另一个噩梦之中——一个绝不会醒来的现实之梦。这令她十分绝望。

"我提前奉劝你一句，去了总署，要乖乖地全盘交代。只有这样，你才会少受苦，明白了吗？"

"总是让我全盘交代，交代什么？我已经没有什么可交代的了。"

"你非要这样吗？你这孩子，这可全是为了你好啊！"

支署长的话结束之前，门被猛然推开，冷风袭来，一位身穿灰色夹克、看似三十五六岁的男人走了进来。他先是漫不经心地朝支署长抬手敬了个礼，然后像打冷战似的抖动着身体径直跑向火炉旁。

"一大早赶过来，辛苦啦！南刑警，今天是你当差吗？"

"别提了。我已经连续四天没能好好睡个觉了。那台破烂老爷车的暖气还坏了，简直变成了一台冷冻车！唉，真该早点结束这种该死的生活。找个地方当和尚最舒服了吧……"

南刑警说着话，视线突然停留在信惠的身上。

"就是你吗？"

南刑警的视线快速地从头到脚打量着信惠。信惠稀里糊涂地点了点头。南刑警向信惠招了招手，示意她靠近一点。信惠犹豫着挪到南刑警的身旁。

"你多大了？"

"……二十四。"

"看起来没有这么大啊。毕业于哪个大学？"

"警察先生，我什么罪也没有。我只是到茶房打工的，除了卖咖啡，什么也没有做过。"

这个男人脸色白净，几近苍白，太阳穴上青筋突起，看起来有点神经质。乍一看，那张脸不像警官，更像是一名乡村初中教师。他一言不发，只是盯着信惠的脸看了一会儿。他的视线十分顽固，像是粘在了信惠的身上。信惠十分慌张，不知如何是好。

"你在龙宫茶房上班是吧？以前没见过我吗？"

"想不起来了。"

"我记得见过你啊！女人的脸，我只要见过一次就不会忘。"

南刑警的脸上突然掠过一丝含意不明的模糊笑容。

"好，时间不多了，快走吧！"

"不行，我不能去。"

南刑警抓起信惠的胳膊时，她紧紧地抓住沙发的把手，不愿起身。突然，一种孩子般的盲目恐惧笼罩了她。

"我什么罪也没有。为什么要把我带到警察署接受调查？我不去。"

南刑警表情戏谑，突然开玩笑似的伸出双臂抱住了信惠。信惠在南刑警强壮有力的怀抱中拼命挣扎。可她越是这样，南刑警的胳膊就越是紧紧地搂住她的腰，她只好咬了南刑警的胳膊。南刑警惨叫着松开，胳膊上的牙印十分明显。不过，南刑警并没有生气，反倒饶有兴致地看着信惠。

"这孩子挺可爱。"

南刑警从腰间掏出了什么东西，伴随着一阵锐利的金属声，冰凉的金属套在了信惠的手腕上。奇怪的是，那冰冷刺骨的金属物的触感沿着手腕传递的同时，信惠突然失去了反抗的力量。她从未想象过手铐套住手腕的那种骇人的寒气。与当前难以置信的状况相比，这种感觉现实而又具体。

"放开，我自己上车。"

出了支署的门，信惠甩开南刑警紧抓着自己胳膊的手。支署门前的冰冷晨雾中，停着一辆积满黑色尘土的吉普车。南刑警把信惠推进副驾驶席，自己坐进驾驶室，立刻发动了引擎。

"生气了？你要是早这么听话，就不用戴手铐了。老实点，一会儿给你打开。"

南刑警笑嘻嘻地看着信惠。车里很冷，车窗上结了白色的霜花。支署长来到车旁。

"南刑警，我一会儿要回家，先得睡一觉。昨天晚上为了审她，熬了个通宵。"

"总之，支署长这次辛苦了。不知道能不能钓一条久违的大鱼。"

"是不是大鱼，拭目以待吧！"

支署长与信惠的视线短暂相触。他貌似有什么话想对信惠说，汽车却在那一瞬间出发了。信惠把戴着手铐的双手夹在膝盖之间，出神地看着车窗外摇摇晃晃后退的清晨街道。

吉普车从信惠工作的那间茶房门前经过。道路依然一片漆黑。"电子产品代理店""报纸供应站""故乡澡堂""蚂蚁小超市"等牌匾之间，熟悉的丙烯牌匾"茶房龙宫"在黑暗中显现。茶房对面的"万户庄"旅馆中，刚好有一个年轻女人小心翼翼地走出门来。信惠把脸凑在车窗上，想看一下是不是自己认识的人。结束了与年轻矿工们一夜共枕的那个女人，或许和信惠一样是茶房服务员，或许是酒馆服务员。南刑警故意驱车经过女人身旁，鸣了鸣笛。女人吓了一跳，转过头来。女人的脸已脱妆，浮肿而疲惫，在那一瞬间被车灯照得惨白。银行支行建筑的墙角下散布着酒鬼们的呕吐物，已经冻住了。有个男人还没有醒酒，在路中央如鬼影般踉踉跄跄，突然停住脚步，冲这边挥手。"狗东西！"南刑警自顾自骂了一句，继续驱车前行。

铛铛铛铛……

路口响起警钟声，伴随着一阵嘈杂的轰鸣，火车奔驰而过，照亮了每扇车窗。信惠意识到那是去往首尔的统一号列车，内心深处涌起沉重的痛楚。她离开首尔还不足一个月，却感觉已经横跨过一段十分漫长的岁月。信惠突然怀念起首尔，内心有种撕裂的感觉。

一个月以前，信惠提着一个小塑料包，收拾了几件衣服、几本书，还有几样简单的洗漱用品，第一次踏上这片土地。她走下火车时，冬季黄昏尚且残留着些许清冷的微光，沿着峡谷绵延的陌生矿山村却完全笼罩在复写纸般浓郁的黑暗之中。视野中的万物，全部覆盖着煤炭粉末的光泽。站内储煤场里聚积的煤堆、混杂着煤炭粉末与融化后的残雪的黑泥地、高大贫瘠的山麓上如疮疤般紧紧相连的破旧小屋，全部淹没在像被黑色蜡笔涂抹过似的暗黑光泽之中。与之不协调的是，在这黑暗的底部，茶房、酒馆、旅馆的灯光与霓虹灯争相显耀着华丽炫目的姿态。

信惠倚靠在从车站一路沿斜坡而下的锈迹斑斑的铁栏杆上，久久注视着眼前的所有风景。和她一起下车的人们步履匆匆，在黑暗中散去。然而，信惠没有勇气紧随其后。她从首尔清凉里站启程，坐了近四个小时的火车。一路上不断折磨着她的不安与怀疑，此刻紧紧地困住了她。我为什么要来这里，我在这里能做什么，会不会犯下难以挽回的过错……

这时，信惠身后突然传来嘈杂的鸣笛声，一辆卡车以可怕的速度从车站方向奔驰而来。她刚转头看过去的那一瞬间，一团冰冷的东西啪地飞到了脸上。伴随着年轻男人们的笑声与高喊声，货车飞驰而去。

"喂，今天晚上去找你，洗干净小穴等着我啊！"

信惠打开包，取出在火车上从流动小贩那里买来的便携装卫生纸，在脸上擦了又擦。说来也怪，她在那一瞬间陷入了一种异常的战栗，心里并非只有不悦。陌生男子的黏稠唾液啐在脸上，她突然感觉自己成了这片陌生土地上的一员。好吧，拼一回。她颤抖着身体告诉自己。不要就此退缩。这片陌生险恶的土地正以它最本色的方式迎接我呢。

"需要多久呢?"

信惠问抓着方向盘的南刑警。离开邑内道路之后就是土路,未融化的积雪冻住了,道路很滑,碎石遍布。

"只有二十公里左右,不过路不好走,需要三十分钟吧。"

"我是说,调查需要多久呢?我来到这里,真的没有做过任何一件有问题的事,所以很快就会放了我吧?"

南刑警没有回答。信惠看了看手表。然而,手表已经停摆了。可能是电池没电了,信惠摇晃了几下手表,指针还是一动不动。

"我来这里,真的是为了挣钱。大学生来到这种地方做茶房服务员,您可能觉得很奇怪吧,可我没有其他目的。我只是需要钱,又找不到其他工作。"

南刑警依然没有回应。天还没有亮。破旧的吉普车如马车般颠簸在穿破黑暗的雪白道路上。笼罩在黑暗之中的蜿蜒道路、低处的水洼、冻住的路面,在汽车前灯的照耀下折射出阴森的亮光,山麓上的树木在灯光中颤抖着显现,然后又重新拉长身影,被掩埋在黑暗之中。这副光景就像是老旧银幕上瞬间闪现的黑白电影画面一般,令人感觉很不真实。

"喜欢音乐吗?"

南刑警播放起卡带里的音乐,是一首优美的流行歌。

梅兰妮·萨夫卡（Melanie Safka）演唱的《世上最悲伤的事》（The Saddest Thing），这是信惠在读女子高中时十分喜欢的歌曲。然而，她是否曾经料到自己会戴着手铐聆听这首歌呢？男人的嘴唇微微动着，像是在配合着歌曲的节拍。他是一个什么样的人呢？信惠在心里琢磨着。这个人可能与到访茶房的那些开着黄色玩笑、只要一有机会就会抓起自己手腕的男人没有什么不同吧。信惠想到这里，莫名感到一丝安心。

"可以问一个问题吗？"

南刑警依然用嘴唇打着节拍，瞥了信惠一眼。他的嘴唇又红又亮，略显怪异。

"你们是怎么知道我的情况的？"

"为什么问这个？"

"是有人向警察举报我了吗？是谁？"

南刑警没有回答。也是，信惠觉得这个问题本身就很愚蠢。就算他知道，也不会告诉自己。信惠突然想起了一起在龙宫茶房工作的小雪的圆脸。她今天晚上也外宿了吗？她知道我被警察抓走了吗？

小雪已经在茶房工作三年多了，年龄却比信惠小三岁，才二十岁出头。不过，论起她的人生历程，简直就是信惠的老前辈。她的老家在全罗南道顺天，本名为金福顺，自己取了个新名字"雪英儿"。"我姓雪，雪花的雪。"她咯咯地笑着说道。

"姐姐是怎么来到这里的？再怎么看，姐姐也不像是来这种地方的人呀。"

某天夜里，小雪如此问信惠。她们结束茶房的工作，一起挤在与厨房相连的狭窄里屋里睡觉，小雪经常会向信惠讲述自己的整个人生历程。

"有什么人是该来这种地方的吗？"

"有啊。话虽这么说，不过我看人很准。在我看来，姐姐肯定是那种很有学问的人。你一开口，我就知道了。"

信惠心里一紧，像被戳中了痛处。之前和她一起生活过的工人们也是这样说的。无论信惠多么努力趋同，却终究未能得到他们的认可。和他们住在同样的出租屋，穿着同样的衣服，一起煮泡面吃，他们却始终认为信惠与自己不是同一类人。

"所以啊，姐姐是那个什么，运动圈大学生对吧？"

信惠大致讲了一下自己的过去，小雪立刻满脸的仰慕与憧憬。

"我就知道。我从刚开始就觉得姐姐你哪里有点特别。"

"我不是运动圈，什么也不是。你毫无隐瞒地对我说了你的一切，我觉得自己闭口不谈非常抱歉，所以给你讲了讲自己的故事而已。不过，我不是你想的那种人。"

"我知道你是什么意思，姐姐。别担心，我不会对任何人讲的。我也懂得这一点，现在这世道多可怕呀，乱说话可是要出大事的。"

信惠终究无法相信会是小雪向支署举报了自己。信惠在心里怀疑，如果真有人告发了自己，那说不定就是龙宫茶房的老板娘。再过四天，是她和老板娘签约满一个月的日子，她可以领取四十万韩元的月薪。如果她被警察抓走，老板娘就不用付这个钱了。信惠对自己的怀疑感到自责，却又无法打消这个念头。

老板娘总是穿着一身优雅华丽的韩服，守着茶房入口旁的收银台。她厚实圆润的嘴唇上涂着深红色的唇膏，为来到茶房的每一个男人投去性感的微笑与娇滴滴的鼻音。男人们很难抵御她的这种眉目传情与嗲声嗲气。因此，信惠经常会由此联想到吸引无数沾满花粉的雄蜂的女王蜂。实际上，老板娘是一个强势的女人，对金钱和男人有着一种病态的执着。根据小雪的说法，老板娘本来是某个有钱矿主的情妇，作为回报得到了如今的这间茶房。现在凡是镇上有权有势的男人，没有哪个和老板娘没有点关系。

昨天晚上支署来电话时，已经将近十二点了。营业时间已过，茶房里一个客人也没有，信惠和小雪正在打扫室内卫生。另外两个营业员都出去送咖啡了，还没有回来。

接电话的是老板娘。如果有外卖电话打进来，通常没必要啰唆立即会挂断,那通电话却意外地长。电话那头说了很久,老板娘只是回答"是是""知道了"之类。

"小韩,你现在得出去送个咖啡。支署说今天晚上加夜班,点了三杯咖啡。"

老板娘放下听筒,对信惠说道。信惠和在这里工作的其他女孩一样,使用了化名。

"现在已经十二点了啊!您不是说过了夜里十一点,就不接单了吗?"

"你这孩子,那你说怎么办呢?我要想继续把这门生意做下去,可不能倒了那伙人的胃口啊!"

"姐姐,我去吧。"

小雪正在拖地,不知道为什么,她不安地看着信惠。

"不行,不要你,只要小韩。"

"我?为什么偏偏要我去呢?"

"我怎么知道?看来是有人喜欢你吧。"

信惠当时第一次感觉到有些异常。她在支署不认识任何人。支署位于街道另一头的三岔路口拐角,如果没有什么特别的事情,支署的人很少来茶房。支署距离茶房很近,步行只需要五分钟不到,沿途却有十多间茶房。

"你就穿这个去吗?"

信惠把保温瓶用包袱包好,走出茶房时,老板娘双臂交叉看着她问道。信惠当时穿着一条牛仔裤配白色薄毛衣。

外出有点冷,再套一件又嫌麻烦,出去送外卖时基本就是茶房里的装束。

"这件衣服怎么了?我总是这身打扮啊。"

"唉,没什么,算了。就这么去吧。"

不知道为什么,老板娘的脸色略显慌张。不过,信惠没起什么疑心,单手提着包袱,推门走出了茶房。

已是深夜,支署里包括支署长在内的三位警官仍在坚守岗位。信惠为他们倒了咖啡之后,站在那里等他们喝咖啡,却莫名感觉他们的态度有些怪异。他们没有端起咖啡杯,只是僵坐在那里,偶尔还会瞟信惠几眼。

"请趁热喝吧。"

"催什么?"

一位肩上两片叶子的警官说道。

"我得赶快回去,茶房要关门了。"

"你今天可以不用回去。"

"天呐,为什么啊?"

"和我们聊一聊。"

"聊什么?"

"我们对你很感兴趣。"

"天呐,真吓人。警察先生说对我感兴趣,我又没犯罪,为啥这样无缘无故地吓我呀!"

信惠对答如流,只把他们的一番话当作送外卖时经常会听到的男人们的花言巧语，却又无法掩饰嗓音的颤抖。

"没犯罪？喂，你装糊涂也没用。我们都已经知道了。"

"都知道……什么了？"

"郑信惠，别再演戏了。"

之前一直沉默不语的支署长第一次开口说道。

"装什么大惊小怪？你打算抵赖你不是郑信惠吗？"

信惠不知不觉地用双手捧住火热的脸颊，极力表现得镇定自若。

"是的，我的本名是叫郑信惠。不过，我做错什么了吗？到茶房工作，隐瞒自己的真实姓名也是犯罪吗？"

"你打算一直演到底吗？郑信惠，你在大学煽动示威被开除的事，以为我们不知道吗？你来这里干什么？是受谁的指使，来矿山村耍什么花样？"

信惠无言以对。奇怪的是，她当时陷入了一种绝望与乏力，仿佛早已料到了这一刻，"该来的终于来了"。

车突然停了下来。"我出去办点事。"南刑警下了车。过了一会儿，他重新上车，头发和肩膀湿漉漉的。不知道从什么时候开始下雪了。

南刑警上车之后，没有继续开车，而是抽起了烟。他没抽几口，咳嗽了几声，摁灭了烟头。"操，这该死的感冒，连根烟都没法抽！"卡带里的带子转完了，车内短暂萦绕着一阵微妙的寂静。

"为什么不走了?"

"休息一下再走。下雪了……气氛也挺好,不是吗?"

信惠不知道该如何作答。南刑警突然压低声音。

"我很喜欢下雪。每次下雪,我都会想起在首尔读大学时的初恋。"

"您在首尔上的大学吗?"

信惠之所以这么问,是因为觉得他好像希望自己这么问。

"我读的工科,大二去了军队,回来休假时才发现被那女的甩了。她已经和富豪家的独生子结婚了。我退伍之后,退了学,立刻着手准备公务员考试,落榜七次,才当上警察。"

南刑警压低嗓音,断断续续地说着。信惠想不通他为什么要对自己谈起这种事。南刑警停顿了一会儿,转过身来,轻轻地抓住信惠的手。

"您干什么?"

信惠吓了一个激灵,南刑警笑着说道:

"别害怕。我给你解开手铐。我不是说了吗,你老实点,我就给你解开。"

南刑警为信惠解开手铐,脱掉了夹克。

"来,穿上这个。"

"不用了。"

"穿上吧,瞧你冻得发抖。这可是鸭绒的,穿上很快就会暖和过来了。"

南刑警亲自把夹克披在了信惠的肩上。信惠不知道应该如何解读他的这番好意,却也因为夹克的温暖,冻僵的身体逐渐缓了过来。

"奇怪。"

"什么?"

"再怎么看,你也不像运动圈的学生。"

"怎么,难道您以为运动圈的人头上长着角吗?"

"那倒不是。就那种嘛,像男人一样莽撞自大、令人很倒胃口的那种女孩。"

"不是的。她们和其他女生一样柔弱而善良,而且我也算不上运动圈。真正的运动圈,不会做我这种事。"

南刑警没有说话。看他那副表情,说不定根本没有在听信惠说话。信惠感觉南刑警看着自己的眼神中蒸腾着一股奇怪的热气。他的视线久久没有移开信惠的脸颊。

"你有过很多男人,对吧?"

他的嗓音很低,而且很柔和。

"我……不是很明白……"

雪花撞到车窗上,四散开来。雨刷不停地左右摇摆,推开雪花。然而,雪花被推开之后,立刻又被推了回来。南刑警突然伸手抚摸信惠的脸。

"在我看来,你性欲很旺盛吧……你欺骗不了我的双眼。"

"你干什么?快走吧!"

信惠甩开他的手。

"你在茶房工作的这段时间,应该和男人睡过很多次吧?虽然我现在得调查你为什么来到这种地方隐姓埋名……接下来你可能会吃点苦头,不过,我可以照顾你。我也不是那种没有人情味的人。如果我们在其他地方相遇,说不定可以稍微美好一点,是吧?你明白我的话什么意思吧?我喜欢你才这么说的。"

信惠明白了他此刻想要什么,后腰掠过一阵冰冷的战栗。信惠脱掉了身上披着的南刑警的夹克。

"您看错人了。我没有犯过什么错,要调查什么,随你的便。赶快带我去警察署吧。"

南刑警的表情瞬间僵住了,像是受了什么侮辱。

"你讨厌我吗?"

"谈不上什么讨厌喜欢。我根本不认识你……"

南刑警一言不发地盯着信惠的脸看了一会儿。这时,前方响起了鸣笛声。一辆卡车迎着大雪奔驰而来。

"你挺能耐啊,嗯?现在看来,你这娘们挺能耐的。"

信惠的脊梁骨一阵发冷。南刑警瞪着信惠,眼神中瞬间迸发出可怕的怒火。他突然重新发动了汽车。

2

我大学刚入学时，加入了文学社团，后来又转到读书社团。您问是不是地下社团？虽然不是在地下室，却也没有在学校登记。我们每周在前辈位于药水洞的那间出租屋里组织一次活动。那位前辈叫车光姬，老家在光州，比我们大四岁，中途退学，在家休息。我没有撒谎。关于那位前辈，我可以毫不隐瞒地交代一切。

我们当时读的书是《西洋经济史》《分断时代的历史认识》《罗莎·卢森堡》《被压迫者教育学》之类。都不是些什么了不起的意识启蒙类的书籍，只是一些基础读物而已。我却像是被人当头浇了一盆冷水一般为之一振。这种感觉就好像我突然发现至今为止总是蒙着一片灰色雾气的混沌生活中有了一种井然的秩序。

光姬兄——我们称这位前辈为"光姬兄"——的出租屋里真的笼罩着一种独特的氛围。说不定，我正是被房间里的那种氛围所吸引。我从小和母亲同住在单间出租屋，所以从来没有过自己的房间。光姬兄的房间里，不但有黑色的厚窗帘、干花束和河回面具，书桌边还用图钉固定着两张照片。一张是一个非洲小孩，肋骨清晰可见，肚子却鼓了出来；还有一张是特蕾莎修女。怎么说呢，这个房间可以说是美好与丑恶、安宁与痛苦两个极端的交汇。光姬兄的书桌边贴着一句话:"飞吧,放弃一切,奋力高飞。"我曾经问过她这句话是什么意思。

"嗯,就是字面意思。我想成为一只鸟。"

光姬兄带着隐约的笑意答道。总之,我喜欢光姬兄。我沉迷于她细长的手指夹着烟的样子,感觉自己也想抽烟了。

一到雨天,光姬兄就会腰痛得厉害。有一次,甚至严重到站不起身。我们之间流传着一个出处不明的故事,光姬兄曾在八零年事件[i]中遭到了戒严部队的拷问。而且,她所爱的男人于1980年5月身亡。不过,光姬兄从来没有开口谈起过那个人。只有一次,她无意中流露出了那种眼神。

她的书桌一角有一个倒扣的相框。有一次,我偶然翻开那个相框,发现是一个年轻男人的照片。我问她为什么要把照片倒扣,她回答说:"因为看到那张脸会十分痛苦。"她虽然面带笑意,眼眶里却很快噙满了泪水。我猜,那个男人可能是她的爱人。

光姬兄绝对不是斗士,反倒是一个心肠比任何人都柔软的浪漫女人。她有时会给我们朗诵金洙暎或者申东晔的诗,有时会在读书讨论上突然激动地大喊:

"鸟要挣脱出壳。蛋就是世界。人要诞生于世上,就得

---

[i] 1980年5月18日,韩国发生了"民主化运动",又称"光州事件"。

摧毁这世界。鸟飞向神。神的名字叫阿布拉克萨斯。"[i]

我也很喜欢这一段文字。这是赫尔曼·黑塞的《德米安》中的著名段落。不过,当时有一位名叫秀任的朋友严肃地说:

"光姬兄,你依然沉浸在那种幼稚感性的世界观里吗?"

光姬兄像是被击中了弱点,慌张地红了脸,傻呵呵地笑着反问道:"是吧?我依然很感性吧?"秀任面不改色地继续说道:

"我们需要飞向的地方不是阿布拉克萨斯,而是民众身旁。"

我当时真的非常讨厌秀任。

您问我光姬兄现在在哪里?第二年秋天,她自杀了。我也不知道她为什么自杀。认识光姬兄的人当中,没有人知道她自杀的确切原因。总之,光姬兄没有变成飞翔的鸟,也没有去过阿布拉克萨斯,当然也没有去民众身旁,就已经坠落了。

与郡政府周边的寒酸街景相比,警察署的混凝土建筑高大又方正,显得有模有样。南刑警下了吉普车,抓起信惠的胳膊直接去了二层。台阶尽头,便是挂着"情报科"黑色

---

[i] 本段译文引自上海人民出版社 2014 年版《德米安:彷徨少年时》(丁君君、谢莹莹译)。

牌子的房间。

一大清早，火炉旁就已经聚拢了四五个人。信惠跟着南刑警走进房间，他们满脸好奇地走过来，左右打量着信惠。

"正纳闷这娘们长什么样，终于来了啊。"

"如此一看，还真长得挺不错啊！"

"来这种地方勾搭矿工，脸蛋当然得俊俏点啊。"

信惠提醒自己，一定要鼓起勇气。她紧闭双唇，瞪大双眼，在他们的注视中毫不退缩。可能是用力过猛，她的双眼火辣辣的，似乎快要流泪了。

"喂，你以为这是什么地方，肆无忌惮地就这么潜伏进来了？"

坐在房间正中央桌旁的男人瞪着信惠，大声呵斥道。他身穿正装，戴着一副斯文的眼镜，看起来五十多岁。南刑警刚进房间即向他敬了个礼，由此可见他可能在这个房间里级别最高。

"我只是来挣钱的。这里也是韩国的地界，我有居住迁移的自由。"

信惠直视着男人，反驳道。因为她觉得，不能刚开始就像犯了罪一样怯懦畏缩，而是应该理直气壮地有什么说什么。不过，她完全失算了。

"你过来。"

倚靠在桌边的一个男人动了动手指，示意信惠上前。不过，他的视线很微妙。他显然是在对信惠说话，视线却看向了其他地方。信惠犹豫着走到他的面前，他突然扇了信惠一个耳光。

"以后不能这样回答问题，明白了吗？"

男人的语气低沉而单调，似乎什么事也没有发生过。信惠虽然脸上火辣辣地疼，却因为事发突然，没能叫出声。

"你是共产主义者，还是社会主义者？"

男人又问道。他看似盯着距离信惠的脸颊一拃左右的某个地方，信惠却明白他其实正在看着自己。

"什……什么意思？"

"贱娘们，回答问题！你是共产主义者，还是社会主义者？"

信惠的脸依然火辣辣的，男人斜视的目光令她思绪混乱。

"我们都知道了才问的。如实回答。"

坐在桌边的那个穿西装的男人说道。他嗓音沉稳，像是一种劝解，和刚才那个男人截然不同。"如果已经都知道了，为什么还要问呢？"信惠把这句反问咽了回去。她害怕他们不知何时又会挥起拳头，同时认为说不定他们真的知道些什么。信惠这才明白，自己连共产主义和社会主义的准确区别都不知道。然而，她也因此产生了一个荒唐的疑虑：说不定自己会成为其中之一。

"我既不是社会主义者,也不是共产主义者。"

过了片刻,信惠如此答道,嗓音中却没有半点自信。

"哼,你当然会那么说啦。我还从来没有见过哪个赤色分子承认自己就是赤色分子呢。"

斜眼男人冷笑道。

"不过,现在很快会让你说实话的。做好心理准备。"

信惠的身体发冷一般开始剧烈颤抖。她无奈地意识到,自己是一个多么弱小的存在。她明白自己应该沉着,身体却难以掩饰恐惧。她多么希望可以停止颤抖,可以鼓起勇气战胜这种恐惧。

"我们如何对待你,取决于你所表现出来的态度。所以,乖乖配合,明白了吗?"

坐在桌边的西装男斯文地说道。

"金刑警先负责调查一下。如果不听话,就教训一下她。"

一个看起来三十五六岁的高个子男人站了起来,说:"跟我来。"他长得不怎么凶狠,信惠稍微放下心来。

金刑警带信惠去了隔壁房间。那个房间不大,只有两三坪,放着四五张铁桌和一个生了锈的炉子,看不到其他的物件或者装饰。墙上贴着"左倾容共连根拔起 守护民主秩序"的标语,一盏日光灯孤零零地亮着。金刑警拿起一把铁椅放在桌前,让信惠坐下,自己也拉了一把椅子坐好,又拉开抽屉，拿出一盒未拆封的松树牌香烟。他拆开烟盒，叼起一根烟，又突然递给信惠一根。

"我不会抽烟。"

"别装了，让你抽你就抽，没事。"

"我真的不会抽。"

"不是说最近的首尔女大学生没有不会抽烟的吗？而且你既然下定决心来这里伪装成茶房服务员，应该学过抽烟吧？"

"女大学生并不是人人抽烟。还有，我不是伪装成茶房服务员，我真是服务员。"

"真是服务员？"

金刑警冷笑着反问道。他拉开抽屉，取出纸和圆珠笔，推到信惠面前。

"先在这里详细写下个人信息，不要有所隐瞒。"

"我昨天晚上已经在支署写过了。"

"话真多，让你写你就写。"

信惠从姓名开始，依次写下了家庭状况、学历、职业、朋友关系、动产、不动产、月收入、兴趣、特长等。她犹豫着要不要在职业栏里写"学生"，最终写下了"茶房服务员"。刑警接过信惠写好的材料，仔细地查看着，开始提问。

"为什么没有不动产？"

"因为我没有房子。"

"传贳保证金[i]总该有吧?"

"没有,我住月租房。"

"没有父亲,母亲从商,做什么生意?"

"卖鱼。没有店面,借用别人店门口的空地,是那种凌晨去水产市场取货卖的小摊贩。"

"喂,你妈妈这么辛苦供你上大学,你不好好学习,却做这种事?"

信惠无言以对。只要提起母亲,不论如何指责,她也无从辩解。

"你已经被通缉了,该不会扯谎吧?等会儿让首尔那边用电脑查一下就知道了,你瞒着也没用。"

"没有。就是写的那些,我在学校受过处分,除此之外一干二净。"

"在学校因为什么受的处分?"

"……组织非法集会。"

"煽动学生们搞游行是吧?具体是什么时候?"

"前年秋天,也就是1984年10月。我们并不是搞游行,只是聚集同学们一起针对校内问题开了一个讨论会而已。"

那年秋天,校园里忙着准备一年一度的秋季庆典。金黄色的银杏树之间挂满了横幅和海报,同学们在地铁入口接

---

[i] 传贳保证金指的是租户付给房东较大的一笔保证金,房东拿这笔钱进行投资,利息或收益就是房租,租房者不再每月交房租。

受战警的开包检查,却还要像温驯的小学生一样老老实实地去上课,或者忙于寻找一起参加庆典的搭档。表面看来,一切没有任何异常。庆典结束后就是期末考试,考试完毕,提交论文,信惠就毕业了。几个月之后,信惠即将年满二十三岁,会被任命为一名小学教师。

当然,比任何人都盼着信惠毕业的人是她的母亲。母亲的一举一动,仿佛女儿已经成为半个老师。她相信自己现在已经不是在露天市场卖鱼的小摊贩,而是正儿八经的小学教师的母亲。母亲的这种态度并不过分。一辈子只把希望寄托在女儿一个人身上,历尽千辛万苦、翘首企盼的事情如今终于近在眼前。

然而,信惠不知道怎么了,并不愿意接受这一切。她陷入一种莫名的焦躁,像是正在被推向一个她不愿意去的地方。不,说不定她在心里像母亲一样,甚至比母亲更加强烈地想要这个结果。可她未曾想到,当这一切近在眼前,即将实现的时候,自己内心反而感到不安,并且想要逃离。

"这样结束大学生活也太乏味了吧?大家现在似乎都已经忘记了如何愤怒。以这种状态结束校园生活,接受分配去一线做个老师,这怎么行?只会成为专制教育的忠实奴仆罢了。"

秀任率先说道。在读书社团里一起学习的朋友们都在场。

"没错,不能这样继续下去。为了在同学们冷漠的心里埋下微小的火种,必须有人挺身而出。如果没有人站出来,那就由我们出面。"

"信惠为什么突然如此亢奋?"

朋友们听了秀任的话,都笑了起来。其实,信惠即便在朋友们面前也总是对每件事心存质疑,态度消极。有人小心翼翼地提出疑问:

"但是,我们到底有什么能做的呢?"

"怎么没有?可以集会要求校内民主化啊!"

"不过,只是搞个校内民主化集会,对于现在这种情况有什么意义吗?"

"现在就算扔块小石子也很重要。不过,现在给大家讲反抗法西斯体制或者民众的生存权之类,他们也听不进去。首先要从最皮毛的开始,重要的是在大家的可行范围内开拓空间。我们学校的学生们现在最不满的是什么?校长的非民主化管理,对吧?我们都是大学生了,却被当作高中生对待。因此,将这种不满凝聚为校内民主化的要求,是最有效的方法。"

所有人都对秀任的话表示赞同。在当时的氛围之下,校内组织集会,要求民主化,是一种难以想象的冒险。不过,想到自己现在要去做一件尚无人做成的事情,信惠兴奋得全身颤抖,感觉像是在谋划一场革命。此后过了很长时间,她依然无法理解当时自己心中涌起的那股莫名的感动,那种几乎是自我破坏的冲动与兴奋。

他们立刻就地开始讨论开展集会的方法。首先,得到校方许可是一个重要问题。如果未经允许举行集会,很显然在开始之前就会泡汤。获得许可的事情由信惠负责。学生科科长宋教授是一位骨干诗人,他平时对在校报上发表过几首诗歌的信惠尤为关注和青睐。

信惠去找宋教授,申请集会许可。她谎称有必要针对秋季庆典收集学生们的意见。

"非得集会讨论吗?"

总是斜戴着一顶扁圆贝雷帽、嘴里叼着烟斗的风度翩翩的诗人,满眼疑惑地盯着信惠。

"因为同学们的意见很杂乱。我们只讨论一个小时,老师。"

信惠脸上挂着微笑,俨然一个热爱诗歌、尊敬诗人的文学少女,心里却有一种愧疚感。

"好,就一个小时啊。绝对不能谈论其他话题,明白了吗?"

集会暂且成功举行。三百多个学生聚集在学生会馆食堂,展开了激烈的讨论。校内的非民主性问题、校长的独断独行、毕业分配问题等,累积至今的不满与声讨如开闸的洪水般倾泻而出,宋教授面色苍白地跑向正在主持集会的信惠。

"哎,你怎么能这样欺骗我?我居然相信了你……"

然而,他很快在学生们的嘲讽中涨红了脸,无奈地退了回去。宋教授在学生们的身后惴惴不安地踱来踱去,在集会时间接近三小时,学生们提出驱逐校长的主张时,他终于哭丧着脸跑上了讲台。

"信惠,求求你考虑一下我的立场吧!你一定要看到我提交辞职信才满意吗?"

宋教授的手哆哆嗦嗦地扶着眼镜。这是信惠第一次看到有人如此恐惧。由于五十多岁的诗人兼教授的这种过于赤裸裸的恐惧,信惠的内心动摇了,整理了几个要求事项之后,匆匆结束了讨论。然而,集会结束之后,她不得不接受秀任的严厉指责。

"你为什么那么死脑筋?考虑教授的立场,所以搞砸这次得之不易的机会吗?在战斗中,同情敌人是大忌!"

"宋教授并不是我们的敌人啊。"

"你至今仍然分不清敌我啊!他们都是一路货色,绑在同一根法西斯体制绳子上的傀儡。如果抱有怜悯之心,从人性的角度理解他们,必将一事无成。"

集会虽然结束了,学校却对讨论会上的要求事项没有任何反应,只对主导集会的五个学生下了无限期休学的处分。其中一人通过写检讨得以幸免,拒绝写检讨的其余四人必须全部受罚。其中当然包括信惠和秀任。

"如果主导了示威,就应该处理得干净点,为什么偏偏是无限期休学呢?"

金刑警冲着信惠的脸吐了一口烟。

"实际上无限期休学也是不合理的。我们又没有呼喊政治口号,而且事先得到了允许,只是讨论校内问题而已。"

"被学校开除两年了,这期间都做什么了?"

"就是……在家自学。"

"一直在家?"

金刑警的目光变得凶狠,步步紧逼。信惠迟疑了。如果说错一句话,说不定什么时候就会落入圈套。不过,又不能一味地隐瞒、矢口否认。

"离家工作了一年左右。"

"在哪里,做了什么工作?在工厂伪装就业?"

"没就业……去夜校了。几个月,确切来讲,六个月左右。"

"在哪儿?"

"刚开始在九老工业园区,监管太严重了,后来去了城南。"

金刑警突然站了起来。门开了,有两个人走进房间。其中一人是信惠早晨在隔壁见过的五十岁左右的男子,另一个男人身穿米黄色工作服,体型纤瘦,斑白的头发梳得纹丝不乱。金刑警慌忙向着身穿工作服的男人敬了个礼。

"是叫郑信惠吗?"

那个男人问信惠。男人隔着眼镜眨巴着一对小眼睛,莫名给人一种压迫感,信惠怯生生地做出了回答。男人没再问信惠任何问题,转向身边穿西装的男人:"给她吃饭了没有? 就算是做调查,也得先吃饭啊!"男人说完,离开了房间。

"怎么样,捞出点什么没?"

西装男跟着穿工作服的男人出去之后,很快又返了回来,对金刑警说道。

"好像不会轻易开口。这娘们不怎么听话。"

"是不是因为你太斯文了? 总之,先给她吃饭,带出来。"

信惠试着站立,身子摇晃了几下。几个小时一动不动地坐着,膝盖关节像石头一样僵硬。总之,上午的审问算是比想象中结束得轻松。信惠不知不觉地舒了一口气。然而,她无法确定往后的调查是否也将以这种形式进行。而且,很难预测到底还要接受多少调查,是否能够被平安释放。

"我不想吃。"

"别废话,吃吧。给你叫一碗牛骨汤呢,还是大酱汤?"

信惠选了牛骨汤。她呆呆地站在原地,有人啪地拍了一下她的肩膀。是把她从支署带到这里来的南刑警。

"喝一口,宽宽心。"

南刑警递过去一个盛着咖啡的纸杯。

"南刑警果然对女人很亲切啊!"

金刑警看着这边说道。信惠坐在办公室一角的椅子上喝着咖啡,手抖个不停,似乎连一个纸杯的重量也无法承受。她知道,南刑警的视线从刚才开始一直在盯着自己。她转过头去一看,南刑警露出牙齿无声地笑着。信惠的手抖动着,准备送到嘴里的咖啡猛地洒了一身。

3

"你这败家娘们!"

我被学校赶出来时,母亲对我如此吼道。面对母亲绝望的表情,我怎会不明白自己给母亲带来了多么致命的打击。

我无法说服母亲理解我的所作所为。不,说老实话,我自己也无法理解自己的行为。我是否真的有那种打头阵的信念?就算是有,我是否值得为此残忍击碎母亲终生的希望与梦想?

奇怪的是,我对自己的所作所为没有丝毫自豪感,也感觉不到任何悔意。是啊,就算后悔也无济于事。因为这是已经泼出去的水。

母亲却认为,即便是泼出去的水,也要收回来。总有一天我会复学,总有一天我会顺利从学校毕业,成为一名体面的小学教师——就算天塌下来,母亲也绝对无法放弃这个梦想。

有一天,母亲硬拽着我的手去了学校。母亲说,如果我去学校向教授认错,就会得到原谅。我说这是没有用的,母亲却十分固执。

我被学校赶出来几个月之后,在母亲的拉扯之下第一次回到学校,您可以想象一下我的那副狼狈之相。我担心被同学们认出来,只能低着头跟在母亲后头,任由拖拽。母亲似乎担心我会跑掉,紧紧拽着我的手,带我去了学生科科长宋教授的研究室。

"进去。进去亲口说你错了,你犯了死罪,祈求原谅。"

母亲压低了嗓音,那副表情令我不忍拒绝。

"妈,求你了……"

"赶快敲门。我帮你敲?"

我终于敲门进入了研究室。宋教授依然戴着贝雷帽,手里的烟斗冒出淡淡的紫烟。

"我不想再见到你……"

宋教授没有招呼我坐下。

"那件事之后,我患上了失眠。夜里只要想起那件事,我就睡不着。作为诗人,作为教育者,我觉得自己算是白活了。"

我无言以对。

"我活了五十年,始终怀有一个珍贵的信念。在这个世界上,最重要的就是对人的信任,这是万万不可丢掉的。可是,那件事之后,这个信念坍塌了。"

"老师,对不起。请原谅我。"

"你真的想复学吗?"

"是的。"

"有两个条件。如果你可以接受这两个条件,学校可以重新接受你。"

"什么条件?"

"一个是运动圈的朋友们,在我们学校都有谁,在做什么事,你把这些全部告诉我们。没有别的意思,只是提前预防同样的不幸。还有一个是……"

我默默地看着教授的脸。

"你清清楚楚地写下已经转向的事实,并把文章发表在学报上。你的写作本来就不错嘛。我觉得,以给校长写信的形式更有说服力,学生和老师们也会受感动。"

他又补充道:

"学校以这种条件为前提允许你复学,其实也是看在你母亲的面子上。除了我,你母亲甚至还去了校长家里为女儿苦苦求情,多亏了你的母亲。你真的不能忘记母亲的恩惠。"

我走出教授的研究室,躲在过道角落的母亲立刻跑上前来抓住我的手。

"怎么样?教授原谅你了吗?下学期可以复学了吗?"

我对母亲说,我得先去趟卫生间。卫生间的窗外可以看到盛开的深黄色迎春花。一种无以形容的愤怒与悲伤涌上心头。我看到了茫然站在不远处拐角等我出来的母亲。那一瞬间,我下定决心要迅速逃离这里,要离开母亲的身边。我立即从另一扇门逃离卫生间,独自离开了学校。那是我有生以来第一次离开母亲身边,离家出走。

您问我离家出走去了哪里?我到了街上之后,没有任何地方可去。毫无准备地逃离,口袋里一分钱也没有。我想来想去,去找了秀任。秀任已经去一线工作了。我想和秀任一起下工厂,却因为当局对伪装就业者的监视愈发严苛而难以成行。秀任劝我说,如果不是非要去一线工作,可以去夜校。

刚开始,我去了九老工业园区的某所夜校,后来夜校由于警察的盘查而倒闭,我便转移到城南近郊的某个教会地下室,在一所为工厂劳动者开办的夜校里授课。

秀任告诉我说,一定要努力像他们一样去思考,像他们一样去感受。不是我们教他们,而是我们应该向他们学习。不是学习模仿，而是与他们合体重生。

我打算按照秀任所说的去做。

问题是，我过着那样的生活，内心却不断产生怀疑与矛盾。我竭力对他们的痛苦、他们的想法与愤怒感同身受。然而，不论我再怎么努力，我依旧是我，终究无法变成他们。不，我越是努力变得与他们相像，越是感觉自己不够诚实，变得不像自己，感觉自己就像是话剧中的小丑一样做着拙劣的表演。我无法成为他们，这不是我本该有的样子，不论我多么想要否认，也无法否认这一点。因此，我无法摆脱负罪感。

其实，论起成长环境，我当然丝毫不输给他们。过去是，现在也是。如果谈到其他方面，我只是比他们多上过几天学，而我这双只握过圆珠笔的手也只不过比他们白嫩柔弱一些而已。可我为什么无法成为他们，无法像他们一样思考和感受呢？是因为我的脑子已经变得自私、完全被腐朽的小资产阶级意识和感受污染了吗？已经无可救药了吗？

我真的很羡慕秀任这样的朋友，可以融入他们当中，没有任何矛盾，信念坚定，工作出色。我很清楚，支撑她的绝对不是伪善或者英雄心理。不过，如果说他们的信念是真实的，那么我的怀疑与矛盾也同样是不可否认的，这一事实不断地折磨着我。

我渴望按照以往的生活方式，按照自己的意愿生活。

偶尔看看电影，听听音乐，吃一次美食。可是如果和他们在一起，我就不能这样做。我想做的事情永远是不道德的，会埋下负罪感的种子。

我努力相信自己的所作所为是正确的。我所做的事情是对所有人有益的，如果我做的这种事可以让这片土地上的民众生活稍微有所改善，这就足够了。

然而，只靠这种信念来坚持，我的精神和意志还是太薄弱了。不，我的心里住着另一个自己，根本无法坚持，一直想要逃跑。

我离家六个月左右的某一天，秀任意外地来到了我的出租屋。她在工厂主导了罢工，正在被警察通缉，寻找藏身之处期间暂时寄住在我这里。

凑巧的是，那天夜校的几个学生来玩。秀任和学生们又展开了一场关于劳动现实的讨论。可是，不知道为什么，我无法融入讨论。组织、劳动者阶级、阶级矛盾、劳动解放……他们所说的话我当然偶尔也会说，不知道为什么，那天却感觉那些话像外语一样生疏。我想，说不定此刻我不该在这里，我是不是待错了地方。

我像是一个和他们毫无关系的局外人，独自坐在他们身后，突然很想吃比萨。我自己也觉得很荒唐。他们正在谈论恶劣的非人化劳动现实的血泪故事，我居然想起了比萨？可是，一旦想起了比萨，我就再也无法忍受了。现在想来，当时我的脑子，不对，我的肠胃，到底出了什么问题？

我背着他们，悄悄出了房间。我来到大路，开始寻找比萨店。然而，可能因为那里是工业园区周边，我找来找去也没有看到任何一家比萨店。时间越久，我越是想吃比萨，这种饥渴难耐简直令我快要窒息了。热气腾腾的烙饼上覆盖的比萨奶酪，洒在上面的洋葱与火腿粒等清晰可见，似乎就在眼前。

我走来走去，依然找不到比萨店，最终坐上了开往首尔的大巴。偏巧那天道路格外拥堵，几乎过了一个小时之后，我才终于来到位于钟路的某家比萨店。当我独自点了一盘比萨吃完，走出店门的那一刻，是一种什么感受呢？没有大快朵颐的饱腹感，而是对自己感到绝望的一种侮辱感与负罪感。

那种惩罚来得太快了。我回到出租屋时，立刻明白发生了什么事。房间里乱糟糟的，室友顺玉独自失魂落魄地坐在那里。

"秀任姐被抓走了。三十分钟之前，警察突然闯了进来……根本无处可逃。"

顺玉全身哆哆嗦嗦地说道。我像遭到雷击一般，久久站在原地一动不动。我正在吃比萨时，发生了那种事，除此之外，我没有任何其他想法。顺玉问我：

"姐姐你到底去哪儿了？"

我无法回答。我索性说我去杀了个人，或者去向警察举报了秀任，说不定会减少一点罪恶感，回答起来也更容易。"我自己偷偷吃比萨去了"，就算撕烂我的嘴，我也说不出口呀！

第二天，我给母亲打了一个电话。母亲来到夜校，把我领回了家。

每次房门被推开，信惠都会回头看一眼。真是一件怪事，从刚才开始，她便感觉很快会有一个认识自己的人进来带自己离开这里。她明知道这种想法愚蠢而荒诞，视线却不知为什么无法离开那扇门。

信惠勉强凑合了一顿午饭，餐馆送来的一碗牛骨汤剩了大半。此后，不知出于什么原因，调查并未立刻开始。金刑警很快离开了座位，信惠只能在办公室一角独自等待着。

"唉，这破差事太恶心了，真干不下去了！"

下午晚些时间，金刑警终于出现了。不知道为什么，他愤怒地涨红了脸。他把厚厚的黑色封皮文件夹丢在桌子上，瞪着信惠。

"你和谁一起来这里的？"

"什么和谁来的？"

"喂，你这娘们再怎么胆大包天，也不会自己来江原道矿山村吧？快说，和你一起来的同党都有谁？"

"不是，您真的看错人了。我和其他女人一样，只是来挣钱的。"

"来挣钱？你这娘们看我好欺负是吧？"

金刑警拿起文件夹砸向信惠的头，烟灰缸里的烟灰和烟头四散。信惠赶快重新盛起，似乎这一切都是自己的错。

"真的。我需要一大笔钱，我要准备下个学期的学费。"

"学费？已经被学校无限期休学了，准备哪门子学费？"

"虽然被休学了，但是必须继续交学费。按照校规，如果不交学费，就会自动注销学籍。"

休学之后，信惠没有停止交学费。或许这是一种很愚蠢的做法。一起被休学的朋友中，秀任立刻放弃交学费，自主选择了注销学籍；其他的朋友刚开始还存有一线复学的希望，交了一两个学期的学费之后，最终都放弃了。

"无限期休学其实和注销学籍是一样的。所以，认为他们会允许你复学，这种想法很愚蠢。只要这法西斯政权没有全面投降，或者我们没有跪在他们面前发誓成为他们的走狗，复学就是不可能的。凭什么要不停地把血汗钱交给他们呢？"

"可是，如果放弃交学费，就会自动注销学籍，这正是校方的图谋。如果不想主动跳进他们挖好的陷阱，就算是为了主张我们受到了不正当的处分，也要把学费交下去不是吗？"

"那只是一种语言游戏罢了。我们的正当性与他们是否让我们复学无关。"

信惠当然明白，秀任说得没错。然而，她不能放弃交学费。不是她不想放弃这毫无意义的复学希望，而是因为母亲。母亲从未放弃希望，坚信她总有一天会复学。她没有权利打碎为自己付出一辈子的母亲的梦想。

"就按你说的，你需要学费，那么你为什么偏偏来矿山村做一个茶房服务员呢？"

"那个……因为我听说一个月就可以轻松挣一笔大钱。而且……"

"而且什么？"

"我其实对矿山村有点兴趣。不过，只是一种好奇心罢了。"

"什么？好奇心？因为好奇心来到这里？你在搞笑吗？"

金刑警凶狠地瞪着信惠，似乎立刻就会挥起拳头。信惠看着他轻微充血的双眼，意识到自己可能短暂陷入了一种错觉：就算是负责这种工作的刑警，也只是一个会聆听和理解他人故事的普通人。

"看什么看，臭娘们，别嚣张。小心挖掉你的眼珠子！"

金刑警弯起手指，做成钩子的形状，逼近信惠的眼睛。

"对不起，不过我来这里的目的真的很单纯。"

信惠说完之后，这句话在她自己想来也有点好笑。

"单纯？你这娘们真是搞笑得很。那么按照你说的，单纯的娘们怎么会找不到工作，来矿山村卖屄呢？"

"我刚才不是说过了吗？我来赚学费的。而且，我没有做您所说的那种事。您去问一下龙宫茶房里的其他姐姐就知道了。"

"你当我是草包啊？像你这种被彻底意识化的运动圈，会来这种地方做茶房服务员赚学费？我会信你这种鬼话？"

"其实我也曾经极度怀疑过自己，除此之外，真的没有其他办法了吗？您说我是彻底的运动圈，恰恰相反，我可能正是因为不够彻底，才会是这副样子。"

金刑警表情茫然地看着信惠，似乎不明白她在说些什么，突然神经质地摁灭了烟头。

"现在看来，你还真是不一般呐。绕来绕去，想要蒙混过关是吧？你看不起我这个乡村刑警是吧？不行，得收拾收拾你才能清醒。站起来！"

金刑警从座位上起身，走近信惠。信惠不知不觉地双腿开始颤抖。

"我不明白警察们为什么要这样对我。我真的什么也没做……"

金刑警不知什么时候拿起了一根已经用得发黑的棍子。他要用那个打我吗？信惠一脸哀求地看着他。

"哎，金刑警，住手。"

这时,早晨见过的那个穿西装的男人走进房间。

"送去对共科,从现在开始由那边负责。"

信惠在心里缓了一口气。首先,可以逃过眼前的这根棍子,算是万幸。同时,她又在揣测着为什么要把自己带去对共科。

"他妈的,要干点什么总是被打断。从大清早开始就在白费工夫!"

金刑警一直絮叨着,带信惠出了门。对共科在三层。他们进门时,不算宽敞的办公室里,一个男人坐在正中央的桌边,身旁站着一个吊儿郎当、身穿黑色皮夹克的壮汉打量着他们。信惠的心脏又开始砰砰跳动起来。每次在这里见到新面孔,她就会感觉到新的不安与恐惧。

"坐下。"

坐在桌边的刑警指着自己身旁的椅子。信惠感觉他对自己的态度比想象中的和蔼。信惠看到桌上摆着一个镶了螺钿的硕大铭牌:对共科长申某某。

"很辛苦吧?"

"没有。"

信惠低下头。是因为他的嗓音很柔和吗?信惠的嗓子眼里一阵温暖,眼泪差点奔涌而出。

"你可能认为来到这里也可以一直挺下去,那种想法是错误的。拖延时间,吃亏的只能是你自己。"

信惠重新抬起头。然而，科长依然态度平和地继续往下说。

"近来，运动圈的孩子们为了给煤矿的劳动者进行意识化渗透，潜入了本地区。我们收到情报，一直在暗中调查。我们一直以为只有男人，没想到会有像你这样以茶房服务员身份混进来的女孩。总之，现在既然露出了马脚，就全招了吧，对你也有好处。"

信惠不知道他的话哪些是谎话，哪些是真话。她无法分辨科长所说的一切是真有其事，还是只是诱供。

"就算那是事实，我也不是。我真的什么也不知道。"

科长的脸上突然闪过一丝厌烦。他沉默地盯着信惠的脸看了一会儿，那副表情像是在犹豫是否要发怒。然而，他很快又恢复了宽宏大度的表情，指了指站在身旁的壮汉。

"从现在开始，由他来调查你。他哪里都好，就是性子有点急。所以，你要好好配合调查，明白了吗？"

信惠下意识地回答了一句"好的"。科长像学校老师一样摸了摸信惠的头，从座位上起身。

"千刑警，这娘们比外表恶毒多了，先收拾一下她再审问比较好。可不是一般的倔啊！"

金刑警离开房间之前，留下了这么一句话。不过，千刑警没有任何回应。房间里只剩下他们两个人，千刑警先叼起一根烟。

现在几点了呢？信惠习惯性地看了一眼手表。手表的指针停在了某天的某个时间点。她看到对面墙上挂着的黑框圆形挂钟，五点半。来到警察署已经快十个小时了。

信惠的眼前突然浮现出母亲的面容。如果母亲知道我来到了江原道的陌生矿山村，而且现在被警察抓了，会是怎样一种心情呢？想到这里，信惠的心里如刀割般刺痛。

信惠在夜校工作了一段时间，和母亲一起回家之后，几个月以来一直被关在城北洞坡顶的小屋子里。

被关在家里的那几个月，真的很难熬。黏糊糊的湿气沿着单间出租屋的墙壁渗出，浓烈的煤烟味总是引发头疼，平铺在窗外的低矮房屋多到令人窒息，周围总是盘旋着众多杂音，有时还会瞬间一齐涌来。信惠身处其中，什么也做不了，消磨了一天又一天。在这段彻底无所事事的时间里，她的思考能力仿佛已经停滞，一页书也读不进去。一整天下来，她能做的最有价值的事情可能就是每天加两次煤。

信惠经常整天一言不发。她没有人可以交谈，也变得害怕说话。她有时还会担心自己是不是真的患上了失语症，于是发出声音自问自答。

"郑信惠，你现在在做什么？我现在什么也没做。那以后你打算做什么呢？我也不知道。我能做什么呢？"

信惠回家之后，母亲担心她再次逃跑，总是观察她的脸色，她却连这也难以忍受。不知道从什么时候开始，她渐渐考虑再次离家出走。延续那种生活状态实在令人窒息，面对母亲的那张脸也成为巨大的痛苦。母亲做完生意，每天晚上累到快要晕倒才会回家，信惠看到母亲，内心愧疚不已。

母亲每天晚上因为膝盖和肩膀的关节神经痛而呻吟不已，到了凌晨却又要毫不犹豫地起身去水产市场取货。信惠目睹着这种没有尽头的疲惫人生，却只想着离家。她也会自责，难道自己是一个丧失了最起码的良心与同情心的恶毒女人？然而，她越是体会着母亲的痛苦，越能感受到自己实际帮不上一点忙的无力感，以及难以忍受的煎熬。

信惠下定决心，任何事情都要去尝试一下。就算再次背叛母亲，也必须这样做。如果非要找一个说辞，她有一个现实的理由，那就是必须离家挣钱。两个月以后，就要交学费。她的借口是，母亲这一次说不定也会像之前那样，宁可借款也要为自己筹钱，可她不愿再给母亲增加负担。圣诞节前的某一天，她终于去了市区，偶然看到了钟路某条街上挂着的职业介绍所的招牌，便走了进去。在那里，信惠遇见了来招女服务员的龙宫茶房的老板娘。

"到这边来。"

过了片刻，千刑警开口说道。信惠遵从指示，坐到了他的桌前。

对面粉刷过的墙壁上并排挂着两个玻璃相框，分别是太极旗和总统的肖像。信惠还看到了"实现正义社会""建设先进祖国""创造民主福祉社会"等标语。在信惠眼里,这些都像是矛盾而残忍的笑话。

"喂,我性子急,你别惹我。就因为你,我都下不了班。"

千刑警面部皮肤暗黑粗糙,嘴唇很厚,两只眼睛略微向前突出。简言之,他的面相朴实而粗野,如果在其他地方看到,只会觉得是一个固执的农民。千刑警拉开书桌的抽屉,拿出调查材料。

"从现在开始,讲一下你所属的组织。"

"什么组织?没有啊。我什么组织也不知道,而且从来没有听说过。"

"那你是接受谁的指示来到这里的?"

"没有接受过任何指示。哪有人给我下什么指示?"

"是吗?"

千刑警的脸上突然掠过一丝令人难以捉摸的笑意。他的表情十分放松,似乎他已经知晓一切,所以并不着急。

"那应该有一起讨论的人吧?矿山村的生活怎么样,和朋友们像这样一起聊过吧?"

"我是来这里挣钱的。为了挣钱做茶房服务员已经够丢脸了,还会跟人聊吗?"

"我可提前警告你,好好说话的时候你听点人话。你刚才听见科长怎么说的了吧?我性子相当急躁。"

千刑警绷起脸，两只眼睛略微向外突出。为了胁迫信惠，他的眼睛瞪得更大，突出得更加厉害了。信惠突然想起一个非常适合这张脸的外号，还在嘴里念了出来。非常短暂地，信惠尝到了向千刑警报仇的快感。

"怎么，我说错了吗？"

金鱼眼更加用力地瞪起了眼睛。信惠突然觉得这一切只是一场恶作剧。刑警也好，信惠也罢，似乎所做的这些都与自身完全无关，毫无任何意义。然而，千刑警做出一副仿佛要吃人似的愤怒得几近恐怖的表情，不断督促着，信惠莫名感觉他的这副模样十分可笑。

"你这娘们，耍我？"

说不定信惠的脸上真的闪过了一丝笑意。千刑警把眼睛瞪得更大，站起身来。他的宽脸剧烈颤抖着，像是受到了严重的侮辱。硕大的手掌朝着信惠的脸部飞了过来，紧接着，他开始不断地把信惠的脑袋往铁桌上按。信惠感觉脑袋似乎旋转了起来，眼前不断冒火星。她虽然想要求饶，却根本没有机会。

千刑警再次提起信惠的脑袋，准确无误地扇中了她的脸。

"啊，妈呀！"

信惠倒在地上，喊了起来。她的耳朵里嗡嗡乱响，被拉起身的时候声音振幅更高，甚至听不到自己的抽泣声。

千刑警这次把手掌像刀子一般竖起，砸向信惠的后脖颈。信惠耳朵里的声音逐渐变大，她感觉自己的耳朵变成了一口会响的钟。她的全身像虫子一样瘫软，只能任由对方拖来拽去。每挨一次打，对下一次被打的恐惧就会盖过当下被打的痛苦。信惠每次都会拼命呼喊。钟声越来越大，这一次，她的整颗脑袋成了一口大钟，像是有人在不断地任意敲打。每次钟声响起，信惠的身体就会遭到推搡，引发一阵剧烈的震动。

突然间，安静了下来。像是钟的绳子断了，所有的骚乱结束了。信惠不知不觉慢吞吞地拖动着膝盖爬到了桌子底下，蜷缩起来。她像是一只受惊的动物，两条腿贴在肚子上，双手抱头，全身肌肉紧缩。钟声拖着长长的尾音，在耳朵里盘旋。信惠依然没有回过神来。她看起来很可怜，表情凄惨地抽泣着，令人十分同情。

"出来。"

千刑警弯下腰，向她比画着。信惠再次服从命令，从桌子底下爬了出来。千刑警的声音平静了许多，指示信惠再次坐回桌边。信惠的双腿抖个不停，太阳穴像被击打般疯狂地跳动。

千刑警慢慢点上烟，吐出烟雾，再次开口问道：

"你认识金光培吧？"

4

　小学五年级，我的胸部已经开始隆起。可能我比其他孩子发育更早吧。不过，我当时却把胸部的异常当作一种极大的罪过。体育课上，运动衬衫外面显露出胸部隆起的痕迹，这让我觉得非常丢脸，有体育课的日子就不想去上学，还会装病独自留在教室。

　我如此害怕自己的身体变化，是受到了已经闭经的母亲的影响。母亲坚信，女人的胸部过大，男人就会认为这是一个下贱的偷情女。因此，母亲坚决不允许我穿凸显胸部的汗衫，我在夏天也要穿那种纽扣系到脖子的衣服，而且只能是暗色。漂亮得引人注目，和男孩一起玩耍，打扮得像个女人样，这些全部被当作一种罪恶。如果我坐姿稍微不端正，露出膝盖以上的大腿部分，母亲就会满脸憎恶与恐惧地大喊：

　"你这个败家娘们！"

　只要惹怒了母亲，她便会以这句口头禅对我破口大骂。母亲年轻时做过酒馆的陪酒女，独自生下并抚养了我这个没有父亲的私生女。母亲担心我走上她那条别无选择的老路，对此有种病态的恐慌。

　我来到这个矿山村做茶房服务员，偶尔会想起母亲的那句话。我会自问，我是否主动走上了母亲担心的那条路，那条被诅咒的命运之路。

我第一次决定来这里时,曾认为茶房服务员就是一种向客人适当卖笑撒娇的职业,这种想法太单纯了。我来到这里之后才发现,矿山村的茶房服务员,担当的角色是酒馆陪酒女兼妓女。

这里的人们常说,维护治安,一个女人顶十个警察。因为女人是矿工们排解劳苦与性压抑的唯一出口。整个邑总共有二十家茶房,如果一家茶房雇佣五个女人,光是茶房女人就有一百个。酒馆或者旅馆这样的地方也有一百来个女人,总共有两百多个女人用于解决本地男人欲求不满的问题。包括我在内,我们龙宫茶房的五个女服务员全部都是来这里做那种事的。

您听过"票"这个说法吗?比起在茶房里为客人端咖啡,这里送外卖居多。办公室当然要送,餐馆或者酒馆,甚至旅馆客房,只要有电话订单,我们就要外出。我们不仅送咖啡,还要陪在客人身边,这种情况通常称为"购票"。"票"上标有"30分钟5000韩元"的定价。也就是说,人们买"票",买的不仅是咖啡,还包括茶房女人的时间。在提供服务的这段时间内,我们在男人身旁听一些低级玩笑,有时还要在酒桌旁配合筷子的节拍,为他们唱歌。

然而,"票"售卖的只是时间,并不是身体。营业结束之后,身体单独售卖。客人白天买了"票",我们出去送外卖，讨价还价，到了晚上就会去往约定的旅馆。龙宫茶房的其他服务员们几乎每天都会外宿。她们来这里的目的只有挣钱，算是彻底为此付出劳动，同时忠实于矿山村赋予自身的角色。如果在她们面前提起"卖春是一种将身体商品化的行为，是资本主义最堕落的形态"或者什么的，她们可能会嗤之以鼻，"所以想要怎么样呢？"

然而，我无法像她们那样外宿。白天出去送外卖，当然有很多男人对我提出那种要求。有的男人隐晦地诱惑，有的男人像买东西一样露骨地讨价还价，我使出浑身解数守护自己。我这样做的理由是什么呢？对我而言，贞洁如此重要吗？还是说，我对金钱的需求没有到卖身的地步呢？

我曾经问过小雪和男人睡过之后是什么心情。

"心情？哪有什么心情。"

她略带自嘲地反问道，表情木讷地想了片刻。"刚开始为此哭过，感叹这种苦命生活的漫无尽头，现在可能是已经习惯了，没有任何感觉。"她又补充了一句：

"有时偶尔遇见不错的男人，心情真的很好，十分享受。由此看来，我可能真是命该如此。"

小雪的话对我冲击很大。我一直以为卖身的女人都是迫于无奈。我完全没有想到，女人廉价出卖自己肉体的同时，还能乐在其中。

"姐姐没有过吗？"小雪问我。我告诉她，我从来没有和

男人睡过。小雪一副难以置信的表情,开口问我:

"你那么大了,还是个处女吗?"

我还是处女,单凭这一个事实,她貌似已把我看作不同物种。

然而,在她面前,我是处女这个事实,毫无骄傲可言。我在肉体上没有男人经验,来到这里也固执地守护着这一点,反而感到十分难为情。其他服务员看我不顺眼,有时会故意当面挖苦我。

"这矿山村还有金贵女人?出来走两步,我们也见识一下。"

她们的意思是,大家都是来卖身挣钱的,你有什么了不起的,凭什么不外宿?你有什么权利守护你的贞洁?

我无话可说。就像过去在夜校工作时一样,我在这里依然和她们有所区别。贞洁是什么呢?看不见,摸不着,却把我和她们区分得一清二楚。守护这种东西,坚信必须守护这种东西,说不定只是我虚妄的自尊心罢了。就像无法放弃交学费一样,这是否又是束缚我的另一个枷锁呢?我逐渐陷入怀疑。

信惠的视线落在了对面墙上挂着的彩色人物肖像上。相框里的那张脸冷冰冰地盯着她,令人不寒而栗。他头发已经掉光,嘴角略微下垂,永远面露不悦,信惠看着那张脸,想起了人们常暗指其外貌特征而称呼的某个外号[i]。那个外号包含着某种轻蔑与诙谐之意。不过，她现在注视着的相框中的那张脸，一点不好笑，也不滑稽。那副面孔象征着如枪口般冰冷的无上权威。信惠这才切实地感觉到他有多么可怕。

"金光……什么？"

信惠并非听不懂千刑警的话，恰恰相反，她希望千刑警没有看出自己的惊慌。

"金光培。认识，还是不认识？"

"认识。"

"你和金光培是什么关系？"

"哪有什么关系？他只是我们茶房的客人。"

"你这娘们，还不清醒吗？回答的态度不端正啊。还想挨揍？"

千刑警疯一般地昂头咆哮着。信惠看着他瞪圆的两只眼睛，只能尽快屈服。

"对不起，我错了。"

"好，那你知道金光培是个什么人吧？从现在开始，把你知道的全部交代出来。"

信惠再次感觉到心脏开始剧烈跳动。她怀疑，千刑警

---

[i] 时任总统全斗焕的外号是"秃头"，夫人李顺子是"撅下巴"（下颔前突），当时民间流传一段顺口溜："磨斧子削秃头，磨凿子削下巴。"

突然提起金光培，一定隐藏着某种意图。

"在古巷邑的某个小煤矿里做矿工。"

"还有呢？"

千刑警依然盯着信惠的脸，督促着她。

"还有……我听说，他是八零年矿山暴动事件的主导者之一。"

"你听谁说的？"

"这件事每个人都知道啊。确切记不起来是听谁说的了。"

信惠第一次见到金光培，是她在茶房大约工作了一个星期之后。那天黄昏时分，有人推门进入茶房，信惠习惯性地说了一句"欢迎光临"，却吓了一个激灵。一个从头到脚黑黢黢的人突然走了进来。信惠回过神来，仔细一看，才发现这是一个浑身沾满煤炭粉末的矿工。出入茶房的年轻男人大多是矿工，他们进行地下作业时都是这副样子，信惠却是第一次亲眼看见。他那副可怕的样子与茶房内的华丽灯光十分不协调，就像刚从地狱来到地面一样。

"这是干什么？怎么这副模样就进来了？"

"怎么，有什么不对吗？我路过这里，进来找我的兄弟们，想和煤矿的兄弟们喝一杯。"

他冲着挡在面前的老板娘咧嘴笑着。他全身黑黢黢地沾满了煤炭粉末，只有两只眼睛怪异地闪烁着，而且喝得烂醉,摇摇晃晃地站不稳。

"要喝咖啡,你倒是先换身衣服再来,这算什么样子?"

"这个?这是丧服啊,丧服。今天,我们又有一个矿工兄弟去了另一个世界,我怎么能不穿丧服?对我们矿工来说,这就是丧服。"

信惠这才想起白天听说过的某煤矿的事故消息。听茶房的客人们说,矿井塌方了,一人当场身亡,另两人被送到了医院。然而,出了这种事故,一切并无任何改变。矿工们结束作业,和平时一样,踅摸着酒馆或者来到茶房看看连续剧,和女服务员们开着无聊的玩笑,咯咯地笑着。

"喂,兄弟们!在这里干什么?今天这样的日子,还能坐在这里喝咖啡吗?要喝庆祝酒啊!我们的矿工兄弟得到了上帝的恩宠,从地狱去了天堂,怎么能不喝杯庆祝酒呢?我请客。喂,老板娘,给这里的兄弟们每人来一杯威士忌!"

"你挺喜欢称兄道弟啊。"

有人冲着因醉酒而舌头打结的金光培随口说了一句。电视机前围着一群年轻矿工,那人是其中之一。

"喂,金光培!别说胡话了,你喝多了就该赶紧回去睡觉!"

金光培的黑脸扭曲着僵在那里。那副表情比起愤怒,更像是被人触碰到了伤痛。信惠认为,金光培很快会和那群年轻的矿工们打一架。奇怪的是,下一刻他便露出一口白牙,咧嘴笑了起来。"别,我们一起喝杯酒吧。我来请……"他说着走向人群。然而,他很快被那些年轻男人推了回来。

"以为我们想喝酒想疯了吗?不用你操这份心,你快滚吧!"

金光培被推到了茶房的门旁,依然咧嘴笑着。他任由一个比自己年轻的男人推搡着,依然哀求般地大喊:"喂,兄弟们,我们一起喝杯酒啊,好不好?我金光培请客啊,你们怎么这样啊……"信惠无法理解他为什么如此卑微。他的这副样子就像一个愚蠢的小丑,明知道自己被他人瞧不起,却在继续搞笑。

"那个人偶尔会那副样子,是个怪人。"

金光培终于被赶出了茶房,小雪对信惠如此说道。她极力压低声音,像是怕被其他人听到。

"姐姐,几年前这里发生过一次矿工暴动你知道吗?我也是来了这里才听说的,据说非常了不起。"

信惠也知道本地区八零年春天发生的那场大规模矿工暴动事件。她曾看过报纸的报道,劳动者的女性家属们也一起合力,冲破御用劳组[i]委员长的家,对其夫人施加了集体暴力,又和警察展开投掷石头大战,整个邑陷入了无政府状

---

i 御用劳组:御用劳动组合的简称。劳动组合本是保障劳动者权益的组织,御用劳组受到资本家的操纵,反对进行阶级斗争的工人运动。

态。这场暴动以强烈的爆发力与暴力过激而震惊世人,却在三天之后遭到镇压,以多名劳动者被捕而告终。[i]

"不过,据说金光培就是这场事件的主导者之一。"

"不会吧?"

"真的。在这一带,无人不知。"

信惠听小雪讲完,依然无法解除怀疑。首先,这么大的事件的主导者,现在依然在这里做矿工,这个事实令人难以置信。而且,他刚才的异常举动,再怎么看也不像是会做出那种事的人。再者,其他矿工所表现出来的露骨的轻蔑与他的卑微,是因为什么呢?

总之,那件事之后,信惠对金光培产生了兴趣。想多了解一下他,可以的话,还想和他聊一聊。

"所以,你了解金光培的经历之后,故意接近了他对吧?"

千刑警说道。

"说不上接近,只是对那个人产生了好奇心而已。"

信惠还没有说完,嘴里便发出了一声哀号。千刑警抓住了她的头发。头发像被连根拔起,信惠痛苦地龇牙咧嘴。

"你这臭娘们,你在耍我吗?我说过很多遍了吧?说好

---

i 这段说的应该是史称"舍北事件"的一场矿工暴动(1980.4.21—1980.4.24,江原道旌善郡舍北邑),对抗双方为当时全韩国最大的民营煤矿"东原炭座"舍北营业所的矿工与御用劳组。

话的时候速战速决,别撕破脸。想要把你当人,就要好好听人话不是吗?我再说一遍,我问一句,你要回答两句,表现得诚实点,明白了吗?以为是个女的就会照顾你,吃亏的只能是你自己。"

千刑警意味深长地又补充了一句。

"我对女人更残忍。"

"您是希望我怎么回答,回答什么呢?"

"我是说,你要老实回答我的提问,不要激怒我。你特意接近金光培,如果不是因为他是八零年事件的主导者,你就不会对他有任何兴趣了吧?"

"是的。"

"所以,你知道金光培是那种人,故意接近他的对吧?"

信惠感觉到,一个无形的圈套正在慢慢地靠近。然而,不幸的是,她不知道该如何避开这个圈套。她明白自己必须保持清醒,头脑却越来越混沌。是因为挨了千刑警暴打,身体已经彻底疲乏了吗?她居然困了。

"我说的不对吗?"

"……对。"

"你说话为什么总是绕来绕去,惹一个斯文的人发怒呢?好,从现在开始,给我讲讲你是如何接近金光培的,不能有丝毫隐瞒。"

几天之后,金光培再次来到了茶房。一个男人进入茶房之后，小雪戳了戳信惠，对她说："那个男人，上次闹事那个。"

然而，信惠没能认出他。上次浑身沾满黑黢黢的煤炭粉末，此刻干净利落，看起来完全像是变了一个人。他独自坐在角落，茫然地看着对面墙上挂着的大幅照片。照片中是一个外国金发女郎，半裸着坐在海滩上。那个女人一直坐在那里，眯着眼睛，双唇微启，半伸着舌头，带着肉欲的微笑，向来到茶房的年轻矿工们免费展示着洒满金黄色阳光的妖娆身姿。信惠端来一杯咖啡，坐在金光培的面前。

"外面很冷吧？"

"蛋蛋都冻住了。"

这是他们的第一次对话。金光培的视线略微上扬，盯着信惠。

"第一次见你呢。"

"我上次见过你了，你穿着丧服来的那天。"

"丧服？"金光培皱起眉头，哑然失笑。不对，那种微妙的表情与其说是一种自我嘲笑，不如说是嘴唇的短暂痉挛。

"我可以请您喝一杯咖啡吗？"

信惠说完，金光培一脸茫然。

"请我喝咖啡？真是太阳打西边出来了。至今为止，让我请喝咖啡的人不少，女人主动请我喝咖啡，这辈子还是头一遭。你对我有意思吗？想谈恋爱？"

"谈呗,有什么不可以的?"

信惠突然想起,"恋爱"这个说法对茶房服务员有着特殊含义。茶房服务员们在夜里去旅馆和男人外宿,通常称为"谈恋爱"。当然了,以那种"恋爱"为代价,她们可以赚不少钱。不过就算钱再多,也无法与不喜欢的男人谈恋爱。根据小雪的说法,这是女人活在这个世上最起码的自尊心与节操。

"什么时候?今天吗?"

"不是那种恋爱,是真正的恋爱。"

"真正的恋爱?"

金光培看着信惠,像是不明白她的意思,突然红了脸。金光培尴尬地红着脸,盯着信惠看了片刻。他的眼神中夹杂着某种疑问与不安的期待,像是在考虑眼前的这个女人是不是在玩弄自己。

"你该不会是间谍吧?"

信惠扑哧笑了出来。

"喂,睁开眼!"

信惠在千刑警的命令中睁开了眼睛。在不过四五秒的短暂时间里,她似乎是打了个瞌睡。信惠甚至不知道自己已经讲到了哪里。除了凌晨在支署的沙发上小睡了约莫一个小时,至今再也没有睡过。在这种情况下居然能睡着,信惠自己也难以相信。

"原来你勾搭金光培和你谈恋爱了。所以,他上钩了吗?"

金光培上钩了吗?千刑警的这个提问像是写在黑板上的文字一样浮现在信惠的脑海中。然而,她未能立刻领会这句话的意思。他为什么这样问我呢?一阵睡意袭来,如影子般无声地越过信惠的肩膀。

"我不明白您是什么意思。"

"你勾引金光培和你谈恋爱,他的反应怎么样?"

清醒一点,信惠的大脑某处依稀传来一句警告。她尽力睁大眼睛。

"我没有勾引过他。"

"你这娘们,还是不清醒。你刚才不是亲口说,你提出和他谈恋爱吗?"

"那不是勾引,我只是表达了自己对他的心意而已。"

"那就是那个意思啊,你这娘们。你要是敢说一句谎话,我饶不了你。只要问一下金光培,就全部知道了。"

信惠突然想到,难道他们已经把金光培抓来了吗?然而,根据千刑警说话的语气,似乎又不像,至少到目前为止是这样。信惠这样想着,睡意再次袭来。眼皮重得难以忍受。她极力睁开眼睛。千刑警低头在调查材料上认真写着什么,信惠突然看到了他脑门上泛红的小疙瘩。他一定很心烦,很难受吧?信惠感到震惊,自己在这种情况下居然还会对那些东西感兴趣,同时也得到一丝安慰。

"想睡觉吗?"

千刑警略带调侃地笑着,看向信惠。信惠不知不觉地点了点头。

"乖乖回答我的问题,就让你睡。那天以后,你经常见金光培那小子吗?见面都谈些什么?"

"倒是经常见,因为他经常来我们茶房玩。不过……"

第二天,金光培又在茶房出现了。他穿着西装,打着领带,似乎刚理过发。信惠坐在了他的面前。

"怎么回事?上次穿着丧服,今天好像穿了结婚礼服呢。"

金光培脸红起来。他看起来十分拘束而且紧张,坐在那里半天没有说话。他的视线没有看向信惠,而是看着她身后挂画里的外国女郎。

"你叫什么名字?"

"我在这里叫小韩,本名叫郑信惠。"

金光培停顿了一下,再次开口问道:

"你怎么不问问我的名字?"

"我已经知道你的名字了。其实,我听说过你的很多事。"

"什么事?"

"各种事啊,还听说过八零年受苦的那件事……"

信惠说完之前，已经意识到自己谈到这个话题是一个失误。金光培的表情突然僵住了。他以嘶哑的声音问道：

"你到底想从我这里得到什么？"

"没有什么想得到的。我只是想了解你，想和你聊聊天而已。"

信惠极力挤出笑容。然而，她越是这样，金光培的脸就越是紧绷得厉害。金光培突然从座位上起身。

"虽然不知道你想听什么，不过我没什么可说的。所以，你还是去其他地方打听吧。"

信惠突然吓了一跳，清醒过来。千刑警微突的双眼直直地盯着她。

"对不起，我没有听到你刚才说了什么。"

"我问你有没有向金光培卖身。"

"没有。"

"真的吗？我之后会向金光培确认，如果有一句谎话，你可要做好心理准备。"

"我没有撒谎。"

千刑警认真地在纸上写着什么。他就像一个练习写字的孩子，偶尔歪起头看看自己写的字，似乎不满意，于是揉皱了重写。信惠不知道他整理出了一份怎样的调查记录。我到底说了什么？有没有说什么不该说的话呢？她焦急地转动脑子，却什么也想不起来。不过，好在可以趁着千刑警握着圆珠笔认真书写的空当暂时打一个瞌睡。睡意再次无声地袭来。信惠陷入睡意的诱惑,感觉到一种接近完美的幸福感。她无比珍惜这份短暂的沉默所赋予的安逸,在心里祈求着,拜托就让我这样安稳地睡去吧。如果以这种状态维持片刻,似乎就会入睡。她太想不被打扰地好好睡一觉,只要以这种状态睡去,就算被诬陷为间谍罪,判了终身监禁,她似乎也不会有任何异议。

"来,读一下。这是你目前为止的陈述内容。"

信惠听到千刑警的声音,睁开眼睛。眼前有几张纸推了过来。

"读一下,按个手印。然后你就可以下楼睡觉了。"

千刑警的字迹很潦草,难以辨认。不过,也并不仅仅因为字迹。信惠半睡半醒,以这种状态很难看明白写了满满两三页的调查材料确切是什么内容。不,她也懒得仔细计较。她只想随便找个地方睡觉而已。她在大拇指上蘸上红色印泥,在千刑警指定的位置按下手印。

"虽然可以整夜不让你睡,不过我特别照顾你一下,审问到此为止,明白了吗?"

千刑警从座位上起身,张嘴打了一个哈欠。那一瞬间,他只是一个疲劳善良的普通人,与之前截然不同。不过,当他打完哈欠,闭上嘴,很快又恢复了之前生硬麻木的表情。对面墙上的挂钟不知何时已经过了午夜十二点。

"跟我来。"

信惠站起来,身体短暂摇晃了一下。挨过打的肩膀与腿部如针扎般酸麻。千刑警带信惠去了一层的刑事科办公室。刑事科比其他房间宽敞不少,人多嘈杂,角落里有一个带铁门的关押室。关押室分为男女两间。经过男关押室时,随意蜷坐着的人们抬起头上下打量着信惠。他们全都像是几天没有洗漱,脸上沾满了眼屎与白色污垢,只有两只眼睛熠熠发光。千刑警打开女关押室的铁门,把信惠推了进去。

一个头发乱蓬蓬的三十岁左右的女人,像是刚从睡梦中醒来,慢慢挪动着身体,抬起头看到了信惠。

"姑娘,这是哪里啊?"

女人的嘴里散发出浓烈的酒气。她眼皮耷拉着,双眼朦朦胧胧地不聚焦,似乎还没有醒酒。

"这里是警察署。"

"警察署?我怎么到警察署来了?"

信惠没有回答。无论如何,她只想闭上眼睛,不被打扰地好好睡一觉。

"原来那群畜生把我抓进来了。混账东西,孬种!我不会饶过他们!"

女人不断地叫骂着。地上很凉,信惠的身体不断颤抖着。如果把身子泡进温水里洗一个澡该有多好,信惠萌生了一个十分奢侈的欲望。

"你是怎么进来的?"

女人问道。信惠很讨厌这个女人,却依然勉强做出回答。

"我也不知道我为什么来了这里。"

"不知道?又来了一个和我一样的人呢!"

女人咯咯笑起来。

"你在哪里工作?酒馆,还是茶房?"

"我看起来像酒馆或者茶房里的女人吗?"

"那当然,我在这地界摸爬滚打好几年了,一看就知道。"

信惠看到一块脏乎乎的毛毯,用它裹住了身体。毯子上发出严重的恶臭,却也好过身体瑟瑟发抖,信惠决定忍受一下。奇怪的是,接受调查时困得难受,真正躺了下来却又很难入睡。信惠听到了身边的女人絮叨的声音。她想起看到自己之后立刻一口断定自己是茶房服务员的那个女人。不过,自己现在正被怀疑是假茶房服务员,是伪装的运动圈。我的真正面目是什么呢?下一个瞬间,信惠感觉到冰冷的战栗包裹了整个身体。因为她想起自己向千刑警讲了金光培的事,还按了手印。为什么没有确定详细内容就按了手印呢?我这个人到底怎么回事啊?至今连自己都弄不清自己是谁,现在却为何任由他们编排,按下了手印?信惠双眼紧闭,脑袋贴在地板上呻吟着。难以忍受的羞耻折磨着她。

5

我对来茶房的矿工们感觉不到丝毫善意。我对在社会最底层工作的人们,也没有最基本的关注和怜悯。如果是秀任那群朋友,可能会有所不同吧。他们是如何从潜在的势力中获得参与历史的可能性的呢?他们的集体喜悦与悲伤、愤怒与抵抗,是如何形成的,又要如何推动呢?如果是秀任,说不定会为这个问题而烦恼,我却无论如何也无法成为那种人。他们只是我做这份工作期间必须面对的男人而已。身为茶房服务员,遇到的那些人全部大同小异。他们浅薄、庸俗、卑鄙,乃至无耻。这群人来茶房开玩笑,琢磨着晚上如何把我们叫到旅馆。

每次面对他们,我都会下意识地想起刚来这里时飞到我脸上的那口痰。当时那种可怕的冰冷与不悦,并未随着时间的推移而被抹去。我所面对的茶房客人,只不过是当时冲我吐痰的那个人,或是可能做出那种行为的不特定多数人而已。然而,他们当中突然有一个男人,那个叫金光培的男人出现了,来到我的面前。

金光培此后几乎每天都来茶房。如果是白天工作的甲班,就会在晚上出现;如果是夜里工作的乙班或者丙班,就会白天过来,一整天无所事事地窝在茶房里坐着。只不过,他每次在茶房出现，都会尽量假装不认识我。就算我走过去和他说话，他也会一脸冷淡地避开。

经常招待他的人反倒是小雪。他像是故意做给我看，更加温柔地对待小雪，经常请她喝咖啡，一起咯咯地笑着。不过，就算他那样做，我也知道他随时注意着我。他极力做出不在意我的样子，却又在我装作不认识他时，脸上表现出不安与愠色。他的这种孩子般的幼稚态度很别扭，我却又莫名觉得有趣。总之，我和他说不定都在暗自享受着这种微妙的较量。

问题是小雪。不知道从什么时候开始，她逐渐对金光培动心了。

"他是个不错的男人，比想象中的要好。温柔，体贴……人不能只看外表。"

我感觉到，小雪已经开始对他产生了好感以上的感情。小雪从小四处奔波，孤身闯荡，历尽各种艰难，却也只是一个孤独疲惫的无知小丫头而已，身不由己地轻易沦陷在一点关注与情爱之中。我想劝她对那个人小心点，提醒她那个人表面的温柔与亲切并非真心，却又不忍心那么做。

某一天，我去对面"万户庄"旅馆送咖啡，进入点咖啡的房间，惊讶地发现金光培独自坐在里面。我努力掩饰着惊讶，像对待其他客人一样，泡好咖啡放在他的面前。然而，他没有端咖啡杯，却紧紧抓住了我的手腕。

"你今天和我谈恋爱吧。"

他的嗓音颤抖得厉害,像是一声尖叫,听不清楚。"你干什么,放开。"我下意识地叫喊,抽出了手腕。

"你之前不是说想和我谈恋爱吗?"

"我说的不是那个意思。"

"那是什么意思?你耍我吗?我只懂这种恋爱。我买票了,只要再补贴一点就行了是吧?"

"你看错人了。我也看错你了。我走了。"

我迅速起身。我很担心他会强行抓住我,意外的是,直到我走出旅馆房间,他都只是低着头,一动不动地坐着。我回到茶房,自我苛责起来。一切都是我的错。为什么从一开始要对他表现出那种态度呢?因为他曾经主导过工人运动并且失败了?那和我到底有什么关系呢?

"姐姐,你知道我昨天晚上出去和谁外宿了吗?"

第二天凌晨,小雪外宿回来之后,对我如此说道。

"金光培。"

"是吗?"

为了不让小雪看到我不知不觉泛红的脸颊,我继续翻看着杂志,没有移开视线。我尽可能以毫不关心的语调回答,嗓音却已开始微微颤抖。我真的搞不明白,那件事为什么会使我脸颊泛红,声音颤抖。

"可是,你知道那个男人对我说什么了吗?他问我想不想和他过日子。居然有如此无聊的男人。"

"所以你说什么了？"

"我让他别瞧不起人。"

不可理解。小雪兴奋地叽叽喳喳，每一句话都十分刺耳，像是扎着我的胸口。我至今也不明白，那是对金光培的背叛或者嫉妒，还是源自对一无所知的小雪的惋惜呢？

那天之后，小雪外宿的次数多了起来，对方一直都是金光培。起初是去旅馆，之后貌似直接去了金光培的家里。时间越久，小雪似乎对那个男人陷得越深。她有时脸上会毫无缘由地布满愁容或者显得焦躁，有时又会心情很好，欢欣雀跃。我很担心这样的小雪。我相信，她拥有的只是很快就会破碎的幻想，只会留下失望与痛苦的假象而已。我的这种想法没有错。几天前，也就是我被警察逮捕的前一天傍晚。那天，我再次见到了金光培。不是他来茶房，而是我出去送外卖时见到了他。我接了电话出去送外卖的地方是某家餐馆。到了餐馆，里面传来混杂着筷子打节奏的声响和女人的歌声。我进入餐馆后方的角落，看到一个男人和陪酒女坐在狭窄的暗间里。我正准备进入房间，停下了脚步。那个人正是金光培。

房间里弥漫着烤肉和香烟的气味，一个身穿韩服的酒馆陪酒女模样的女人紧挨着他坐着。陪酒女虽然化了很浓的妆，但厚厚的妆容并不令她显得年轻，她看起来至少三十多了。

"哦,你来了。来,快进来。"

金光培已经醉意朦胧,脸颊泛红,目光涣散。我知道,他是故意叫我过来。他买了两张票,我只能进入房间,坐在他们的对面,打开包着保温瓶的包袱,开始为他们泡咖啡。我泡咖啡时,两人不断紧紧相拥,开着玩笑。金光培的手伸进女人的胸脯里,他的手每动一下,女人就会扭动着身躯,哈哈笑起来。我极力不去看那幅画面,却挡不住他们的声音。

"喂,你也到我身边来。我可以招呼你们两个。"

金光培抬起瞳孔涣散的双眼,对我说道。他抬起女人的脸庞,用嘴唇揉搓着,像是故意做给我看。女人哈哈笑着。我默默地重新开始系包袱,站起身来,对他说:

"金光培,你比想象中卑鄙愚蠢得多。我警告你,别再碰小雪。你没有那个资格。"

我跑出了那个房间。然而,事情并未就此结束。过了一会儿,他喝得烂醉,再次出现在茶房。

"喂,你对我说什么来的?说我卑鄙愚蠢?"

就像第一次出现在我面前的那天那样,他喝得醉醺醺的,摇摇晃晃地大声叫喊。

"是,我卑鄙,我愚蠢。我是一个垃圾,还不如一条虫子。听说你是首尔的大学生,是运动圈?那你对我这种人有什么企图,跟我卖弄什么风骚呢?什么,谈恋爱?谈真正的恋爱?你要谁呢?在你眼里,我金光培看起来像个玩物吗?你又有多了不起呢?"

我无言以对。所有人都盯着我,我在众人的视线中不知如何是好。我在其中也发现了在惊讶与绝望中表情僵硬的小雪。小雪和我视线相碰,突然推开茶房的门跑了出去。我很想追出去,却不知道为什么,身体像化石一样站在原地一动不动。

"昨天晚上睡得好吗?"

千刑警坐在书桌前,不断地写着什么,抬起头来对信惠说道。

"是的。"

"关押室不舒服吧?"

"还行。"

"你先坐在那里等一下。"

千刑警的语气很随意,好像信惠是来找人的。信惠坐在椅子上,茫然地仰望着蒙着一层灰尘的玻璃窗。遮阳板垂到玻璃窗的一半高度,上面也落满了灰尘。看不清楚外面,只能时不时听到车声和各种噪声而已。就算只隔着一道玻璃窗,也感觉外面的世界距离这里十分遥远。

"我又读了一遍你昨天晚上陈述的调查材料。"

终于，千刑警转身面向信惠。信惠明白，他手里拿着的是自己昨天晚上按过红手印的调查材料。

"只有这个还不够。材料里说，你接近金光培那小子，是为了以此为据点给矿工们洗脑，但缺了具体的内容。"

"那里是这么写的吗？"

信惠问道。千刑警的脸上闪过一丝惊讶。

"这是你昨天晚上亲口陈述并签字画押的啊。"

"我根本没有说过那种话。我也没有为了给矿工们洗脑而接近金光培。我从来没有想过去做那种事。可能我昨天晚上太困了，没有确认内容就签了名。"

信惠说着，心跳逐渐加速。千刑警一言不发地盯着信惠的脸。他刚开始显得有点无奈，但面色逐渐变得苍白，像是受了什么侮辱。

"现在看来，你这个娘们还真是不一般啊。"

千刑警突然粗暴地撕了陈述材料，在信惠眼前抖动着。

"这种把戏我见多了。对付你这种臭娘们，就得先改改你的臭毛病。"

信惠看到他那令人感到惊悚的目光，浑身起了鸡皮疙瘩。

"跟我来。"

千刑警简单说了一句，站起身来。信惠跟着他去了隔壁房间。那个房间很小，只有一个小窗户，房间里只有几把铁椅,除此之外空空如也。门开了,另一位刑警走了进来。

"喂,臭娘们,金光培已经全招了。你还要独自硬撑吗?"

新来的刑警操着一口粗鲁的庆尚道口音。

"那就让我见见金光培。和他对质一下,不就知道了吗?"

"这娘们依然劲头挺足啊。你今天想变成死尸被抬出去吗?"

信惠明白,他们的邪恶与残暴,并非为了吓唬自己而故意假装出来的。从他们的眼神和嗓音中可以清清楚楚地感觉得到,他们是真的厌恶自己,真的想杀了自己。然而,信惠却又不理解这些人为什么如此憎恶自己。信惠没有什么地方得罪过他们。

信惠正准备服从千刑警的命令坐在椅子上,庆尚道口音的刑警突然用拳头砸向信惠的头。

"谁让你坐在那的?跪下!"

信惠从椅子上起身,跪在了地上。她的双腿颤抖着。

"你这种娘们,我见多了。"

千刑警穿着皮鞋的脚在信惠的眼前晃动着。

"一群毛还没长齐的家伙,自我感觉良好,以为看懂了全世界。都是全凭一张嘴胡说八道的赤色分子。你知道赤色分子为什么叫赤色分子吗?就是像你这样,只靠一张嘴,满口都是赤色的谎话,所以才叫赤色分子!"

"我不是赤色分子。"

"好,按你说的,说不定你不是赤色分子。不过……"

男人弯下腰,一只手托起信惠的下巴。

"你知道你从这里出去之后会变成什么吗?会成为真正的赤色分子。错不了。可以赌一下。"

信惠认为,说不定他说的是事实。信惠认识的人当中,就有那种人。她见过很多被捕后释放的人,他们的思想武装从此变得如钢铁般坚定。不过,正如秀任所说,像我这种无可救药的怀疑主义者,也会成为那样的人吗?

"好,现在是最后一次机会。你是乖乖地全部交代呢,还是怎样?"

"总是让我全部交代,交代什么啊……我真的很不理解。"

"你要硬撑到底是吧?行。"

他们让信惠起身,再次坐到了椅子上。他们把信惠的两只胳膊绕到身后,戴上手铐,又命令她脖子向后仰。庆尚道男人走到信惠身后,用手把信惠的脑袋向后按。破旧的日光灯的昏暗光芒照进眼睛,很快又被遮住了,有人往信惠的脸上盖了一块手帕。直到那时,信惠还不知道他们要对自己做什么。盖在脸上的虽然只是一块薄布片,却似乎已把她与整个世界隔离开来。信惠感觉自己好像变成了一具尸体,恐惧袭来。

"我忍受着这种恐惧与痛苦,是在守护什么呢?"信惠自问道。然而,不幸的是,她没有什么可以守护的东西,只是陷入了一个莫名其妙的陷阱而已。信惠想,如果自己真如他们所怀疑的那样,带着什么目的来到这里,而且做出了那种事,说不定反倒更容易承受。唉,如果我也有那种能够用自己的性命守护的东西就好了。

突然间,一股冰冷的液体泼到了脸上。当信惠意识到他们在做什么的瞬间,窒息般的痛苦已经袭来。他们一只手拽着信惠的头发,另一只手抓着信惠的下巴左右摇晃。每到这时,信惠的鼻孔就会进水。她无法呼吸,隐约听到千刑警的声音。

"你知道这是哪里吧?紧靠着停战线。你这种娘们死在这里,只要拖到停战线边上埋了就行。"

"去什么停战线。这里那么多废弃的矿井,扔进去填上就是。就算掘地三尺,也不会有人找得到你。"

庆尚道男人插话道。水再次灌进鼻孔。像波涛汹涌那般,一波未平,一波又起。

"妈呀。"

信惠感觉自己的整个身体似乎在不断坠落,却一直坠不到谷底。她感到一阵晕车般的强烈眩晕。直到下半身突然变湿,昏昏沉沉的意识才逐渐清醒过来。庆尚道男人的响亮嗓音震动着耳膜。

"这是什么？这臭娘们尿了？"

信惠的身子跌落在地，脸部贴到了冰冷的水泥地上。她的下半身湿透了。尽管如此，她却并未感到丢脸或者羞耻。只要中断拷问，已经谢天谢地。

这时，门开了，有人走了进来。穿着皮鞋的双脚踏着地板，来到信惠眼前。

"你们怎么办事的？"

来者是信惠第一次来对共科时见到的那位科长。科长似乎很生气，开始责备两个刑警。

"你们干什么呢？给她换身衣服。打算就这么放着不管吗？"

庆尚道男人似乎心存不满，嘀嘀咕咕地出了房间。信惠瘫坐在地上，动弹不得。她没有起身的力气，而且衣服湿漉漉的，起不了身。就连喘口气也很痛苦。过了一会儿，庆尚道男人拿来一条肥大的男式裤子，还有一件似乎刚从外面商店里买回来的内衣，包装都没有打开。不知道是谁的裤子，上面还系着腰带，似乎是刚脱下来的，信惠却也顾不上计较这么多了。科长为信惠打开隔壁空房间的房门，让她进去换衣服。信惠摇摇晃晃地站起身，接过衣服。现在居然还能独立行走，信惠觉得很神奇。裤子不合身，系了腰带，依然像穿了一个面口袋，看起来十分可笑。信惠换好衣服出来，科长坐在自己的书桌边等待。两位刑警已经不见了踪影。

"我也有个女儿,和你差不多大,正在春川读大学。父母的心情都是一样的。你现在受这种苦,如果你妈妈知道了,该有多心疼啊!"

科长的嗓音听起来非常通情达理。信惠心想,说不定这只是一种聪明的审问手段,不过不管怎样都无所谓。就算这只是一种伪善,是一种交换的策略,只要对方把自己当一个人来对待,已经感激不尽。信惠鼻子一酸,眼泪奔涌而出。眼泪一旦涌出,便再也控制不住,信惠的内心变得脆弱,委屈涌上心头,抽泣不已。

"没事,哭吧。"

科长说。

"哭个痛快。这样你心里也能痛快点。"

信惠哭了一会儿,科长扯了一点卷纸递给她。信惠用卷纸擦了眼泪,擤了鼻子。

"你受罪,我们也受罪。你以为谁愿意干这差事啊?所以说啊……"

科长拿出一张纸,推到信惠面前。

"我们现在不要再彼此折磨了,好吗?挺简单的事情,不要搞得这么复杂,速战速决,好吧?"

信惠逐行阅读科长推过来的打印材料,依然像个孩子一样抽泣着。然而,她才读了没几行,突然感到一阵眩晕。

先是几个打印的字开始变得模糊，紧接着它们又像小虫子一般蠕动着跳起舞来，转来转去。本人在首尔某大学四年级在读期间因主导非法集会无限期休学……为了打倒现政权，与劳动者联合……以为矿山劳动者洗脑为目的……接近矿工金光培……

"在上面写下你的名字，按个手印，一切就结束了。你就可以立刻离开这里。很简单的。"

"我根本没有做过这些事，怎么承认呢？"

"已经报告给上面了，你不能就这么走了。我们也是要面子的。所以啊，你只要承认这些，我们训诫一下，就可以结案了。你明白我的意思吧？"

"可是，这并不是事实啊。"

"我说，你还没有听懂我的话啊。如果开始计较事实与否，又要从头再来一遍。这对你没有什么好处，我们也辛苦。"

"对不起，我做不到。"

"这不算什么。只是走个程序，还不是为了释放你，你怎么就不听话呢？"

信惠不再开口，科长的表情瞬间变得凶狠起来。不过，他极力控制住感情，说：

"我听说，你不是一般的固执。不过，现在不想立刻决定也可以。我给你最后一次机会，你先去关押室，好好考虑一下，明白了吗？"

信惠回到了关押室。关押室冰冷肮脏的地板已经不像上次那般舒适。她立刻瘫倒在地。

信惠躺在地上，却怎么也睡不着。悔恨不断袭来，全身酸痛，感觉处处患上了火辣辣的炎症。她陷入了一种痛苦的执念：必须忘掉一切，赶快睡觉。她短暂地进入了浅睡状态，梦里也在不断地念叨着"必须赶快睡着"。意识模糊的镜子前浮现出她所认识的几副面孔，他们正盯着她的脸看，或是和她搭话，不知是梦境还是现实。

"信惠，不能向他们屈服。我们现在只是身处历史的隧道之中。"

信惠还看到了秀任的脸。可隧道那头到底有什么呢？信惠如此反问道。我们又何曾脱离过历史的隧道呢？我的人生也总在黑暗痛苦的隧道之中。远远望着模糊的光走啊走，隧道如此漫长，没有尽头。那束光是否真的存在？说不定只是我的幻想罢了。除此之外，信惠还看到了母亲和城南夜校工友们的脸、许多朋友的脸，以及已经忘得一干二净的那些人的脸。就这样，信惠逐渐睡着了。

6

"飞吧，放弃一切，奋力高飞。"

我至今依然记得位于药水洞坡顶的光姬兄的出租屋墙上贴着的字句。光姬兄死了,过了很久之后,我才明白那句话是什么意思。

她的死,对我们所有人都是一个很大的打击。和我们一起学习、对我们影响至深的前辈,以那种形式虚妄地结束了生命,我们必然会感觉到深深的背叛。最重要的是,大家一直以来学习和相信的世界秩序突然坍塌,令我们感到措手不及,人生陷入未知的混乱。正因为如此,秀任说她无法原谅光姬兄。

光姬兄为什么自杀,这虽然给我留下了一个永远的谜团,不过她留下的那句话,时间越久,越是深深地铭刻在我的心里。光姬兄真正想要的,会不会是自由呢?她说想成为一只鸟,那就意味着想要甩开束缚自己的一切,获得真正的自由吧。不过,人可以真正自由吗?摆脱现实的所有枷锁,变得自由,到底有什么意义呢?

说不定我也像光姬兄那样,长久以来梦想着自由。因为有太多的枷锁,束缚着我柔弱的脚腕。然而,我没有能力踹开束缚我的那些枷锁。不能继续上学,又不能放弃,只能沦为母亲的累赘;无法积极投身于历史发展的信念之中,只有连续不断的矛盾与怀疑,最终走投无路。面对这种处境,我已无能为力。就算我有能力克服这一切,问题也依然存在。

我到底想要什么?哪里存在没有欲望的自由呢?不幸

的是，我并不知道自己真正想要的是什么。连自己想要什么都不知道，却又无限渴望自由，我陷入了这种可笑的自相矛盾之中。我想成为什么？不，现在的我是什么，我是谁？

所有人强迫我成为"我"之外的另一个"我"。母亲如此，秀任那伙朋友们如此，学校的教授们也是如此。然而，我无法接受他们强迫我成为的那个"我"。说不定我来到陌生的矿山村，就是为了逃离那一切。然而，现在你们又要强迫我成为不是我的另一个"我"。你们现在想要把我变成我在现实中从未成为过的斗士。这是多么可笑啊！

"郑信惠，你睡着了吗？"

信惠极力睁开眼睛。一个背对着灯光的男人的脸部轮廓隐约映入眼帘。信惠意识到他是南刑警之后，依然稍微过了片刻才缓过神来。

"很抱歉叫醒你，你起来，跟我过来。"

信惠抬头看了看挂钟，刚过凌晨两点。南刑警走在前面。他们上了台阶，经过冷清的过道之后，又回到了贴着"对共科"门牌的那个房间。

科长独自坐在书桌边吃泡面。信惠站在旁边等他吃完。可笑的是，肚子居然咕噜噜地叫了起来。南刑警默默地坐在火炉边，喘着粗气，可能是喝醉了酒。

"郑信惠，你考虑过了吗？"

科长擦着油亮的嘴唇,问道。

"就因为你,我们连家也不能回。如果你稍微配合一下,我们都会方便得多。你怎么那么固执呢?"

科长擦一下脸上的油腻,又擤了鼻子,把卫生纸扔到了泡面碗里,这才一脸满足地看着信惠。

"行,你那么固执,也保全了脸面。到此为止吧。只有你受罪吗?我们也一样受罪啊。彼此明明非常了解,却还要浪费时间,这有什么好处呢?在这签个名。"

科长再次把刚才那份陈述材料推到信惠面前。

"对不起,我不能承认自己根本没有做过的事情。"

科长默默地盯着信惠看了许久,突然骂了一句"贱娘们"。

"还真拿你这娘们没办法。像你这种死心眼的恶种,我还是头回见。我警告过你了吧?以后可别后悔!喂,南刑警,带这娘们出去。今天晚上一决胜负。哪里好呢?305号房间够安静吧?"

信惠双腿哆哆嗦嗦,缓缓起身。恐惧似乎已经成为一种惯性。她跟着南刑警又上了一层楼。他们经过一条没有窗户、昏暗狭窄的过道,南刑警在最角落的一个房间门前停下了脚步。可能因为是凌晨,三层阒无人迹,周围安静得有些冷清。

"你和我以这种方式相遇,是一个不幸的悲剧。第一次见面我就告诉过你了吧？如果我们在其他地方相遇，可能会更美好一些。"

进入房间，南刑警面露淡淡的笑意，看着信惠。他的嘴里散发出依稀的酒气。然而，脸却看起来愈发苍白。

"我和其他人不同。今天晚上，你和我在这里来个了结，明白了吧？"

南刑警自己取了一把椅子坐下，任由信惠站在那里。

"你知道我为什么来这山沟里吗？"

南刑警的视线始终未曾从信惠的脸上移开，自问自答道：

"我在首尔审问犯人，把他弄死了。倒霉啊！"

信惠认为南刑警现在是在说谎，却又觉得说不定不是说谎。

"我……虽然不愿意对你讲这种话，不过就算你死了，我大不了也就是脱了这身警服。"

"您想杀死我吗？"

"怎么，你想死啊？"

"不，我想活下去。"

南刑警微微一笑。

"哪有人想杀人呢？不过，工作中也会有意外事故啊。人与人的缘分有好有坏。我觉得我和你如此相遇也算是一种缘分，我不想把它搞坏。好，我再说一遍。虽然我已经说得很清楚了,这是最后一次啊。陈述材料上的这个签名,你签还是不签?"

"对不起,我不能承认自己根本没有做过的事情。"

"是吗?"

南刑警的眼睛闪着微妙的光。

"好,虽然不知道你这娘们有多厉害,不过我这关不是那么好过。"

南刑警站起身,突然开始解信惠的皮带。这条裤子是临时借来的,本来就不合身,皮带被解开之后,似乎会立刻滑落下来。信惠非常慌张,不知道南刑警要做什么。那一瞬间,她以为南刑警要扯下皮带抽打自己。然而,南刑警拿着皮带挂到了墙上的钉子上。

"你知道我为什么把它挂在这里吗?"

南刑警站在原地,直直地盯着信惠。

"你过一会儿说不定会需要这个东西,所以我把它挂起来了。等一下如果你实在坚持不住了,可能会想拿这个上吊。"

果不其然,垂挂在那里的那根皮带让人联想到在电影中看到过的绞刑架上的绳索。就算信惠相信这只是南刑警的一种恐吓手段而已,她依然感到一阵可怕的战栗迅速遍布全身。

"你来到这里卖了几次身?"

南刑警把椅子拉到信惠面前,重新坐了下来。

"我没有卖过身。"

"真的吗?"

"真的。"

"那你应该有过免费陪睡的经历吧?想要勾搭矿工,给他们洗脑,就要奉献肉体吧?"

"没有。"

"你和金光培也从来没有睡过吗?"

"迄今为止,我从来没有和任何一个人睡过。"

"你是说,你是黄花大闺女?真的吗?"

信惠咬着嘴唇,没有继续作答。

"好,那我得确认一下。把上衣掀起来。"ⁱ

信惠未能立刻听明白他的话是什么意思,南刑警提高了嗓音。

"贱娘们,没听见我的话吗?我让你把上衣掀起来!"

信惠很想说点什么表示抗议,奇怪的是,根本开不了口。由于恐惧,她的身体像化石般僵在原地。这是一种新的恐惧,与此前经历过的完全不同。

"你如果不听话,就让你见识一下真正的恐怖。现在已经凌晨两点多了,没有人会来这个房间。不论我在这里做什

---

i 从这里开始往后的情节,可能是在影射1986年的"富川警察署性拷问事件"。1985年春,国立首尔大学医护系四年级女学生权仁淑使用化名在富川市天然气公司工作。1986年6月4日,她因参与不法示威而被富川警察署拘捕,当时的富川警察署刑警文贵童为了逼使她供出真相,对其实施了性暴力。

么坏事，也不会有人在乎。你听明白我的话了吧？所以，如果不想体验什么叫恐怖，就按照我说的做，好好听话。"

信惠像是被一种难以抗拒的力量所驱使，用颤抖的手掀起衬衫，又掀起内衣，露出身体。同时，由于皮带被抽出，她担心松垮挂在腰上的裤子会滑落，一只手还要提着裤腰。南刑警站起来绕到信惠身后，一只手划过她后背的瞬间，胸罩立刻松开，掉落脚下。

"一动别动，好好掀着。"

南刑警坐在椅子上，注视着信惠的身体。他的眼神肆无忌惮，就像一个外科医生。过了最初的那一瞬间，信惠的羞耻心似乎莫名地消失了。她能够感觉到的，只有无尽的恐怖。

"你有一边乳房内陷得挺厉害啊。"

南刑警叹息道。他那如桃核般的喉结快速地上下活动着，可以听到咽唾沫的声音。他走向墙边的铁质橱柜。橱柜上有一个小型的半导体收音机，南刑警把收音机的旋钮转来转去。过了片刻，收音机里传出一曲似乎来自另一个世界的甜美柔和的流行歌曲。

"你啊，和我过去的初恋太像了。初次见你的那个瞬间，我吓了一跳。"

信惠掀起衬衫的手一直颤抖不已。南刑警的两只眼睛冒着欲火，嘴唇随着收音机里播放的音乐一张一合，打着节拍。

"您为什么要这样?"

南刑警的手突然触到了信惠的胸部。然而,信惠只是嘴上勉强发出哀求而已,她的身体已经如麻痹般动弹不得。南刑警的手缓缓移动着,眼神变得更加迷离,像是陷入了什么幻想。

"因为有回忆,过去的日子才会如宝石般美丽。为了今夜的记忆,为您送上一曲回忆之歌——《人鬼情未了》……"

"别这样,求求你……"

"安静点。"

南刑警凑在信惠的耳朵边,用嘶哑的声音说道。他现在已经如禽兽般喘着粗气。

"你明明心情很好,却故意这样,对吧?"

信惠觉得,说不定这一切都不是现实。就像小时候做的噩梦一样。这是一场梦,这是一场梦,只要她恳切地反复念叨着,就会从梦中醒来,母亲那熟悉的体味就会温暖地包裹着自己。她太想相信这只是一场噩梦,甚至担心自己是不是已经疯了。

"你说你还是处女,撒谎吧?"

南刑警把脸紧凑过来,对信惠耳语。

"看你的胸就知道了。关于女人,我可是行家。你有过很多男人,对吧?"

信惠努力在心里唤起对南刑警的憎恶。因为她认为，说不定这对战胜此刻的痛苦有一丝帮助。然而，南刑警太可怕了，憎恶不起来。这种恐怖令人几近窒息，根本不允许憎恶的存在。南刑警的眼睛布满了血丝，逐渐接近信惠的下颌。

"脱裤子。"

南刑警以低沉粗砺的嗓音命令道。

"你喊也没用。在经历更可怕的之前，按照我说的做，对你有好处。"

信惠心想，说不定他正在自虐。他或许清楚地意识到自己正在犯下一种不可饶恕之罪。不，他会不会正是因为心怀负罪感，才变得更加残忍呢？

"我帮你脱？"

南刑警的手抓住了信惠的裤腰。信惠瘫坐在地，下一个瞬间却被拽着头发站了起来。

"我帮你脱，还是你自己脱？"

信惠自己褪下了裤子。然而，裤子滑落之后，南刑警一言不发地晃动着手指，示意信惠把内裤也脱掉。收音机中依然播放着某个年轻男子的柔美嗓音。"当我第一次看到你的脸庞，我以为太阳就是从你的瞳孔中升起。月亮和星星都是你赠予我的礼物。各位听众也体验过这种感情吗？电影《迷雾追魂》告诉我们，爱情虽然是伟大的，却也比世界上的任何东西都要沉重。下面为您播放这部电影的主题曲 *The*

First Time Ever I Saw Your Face。"

信惠光溜溜的身体被冷气包裹，浑身起满了鸡皮疙瘩。不论南刑警要求什么，信惠只想避免最可怕的事情。她甚至不知道自己最恐惧的是什么，不过她能祈求的却只有这一点。

"上去。"

南刑警指着书桌。奇怪的是，信惠脱了衣服，便再也无法做出任何反抗。她像一头服从命令的牲口一般爬上了桌子。她的双腿颤抖不止。她站在了桌子上，一个红色的十字架进入眼帘。窗外是灰蒙蒙的黑暗，黑暗中有一个浮雕版画般的十字架，亮着红灯十分显眼。

那个十字架突然出现在眼前的缘由是什么呢？此时此刻，那个十字架到底有什么意义呢？可以为我减少哪怕万分之一的痛苦吗？那只是一块亮着灯的木头或者金属造型而已，哪里能有什么救赎，有什么法则可言呢？

信惠这样想着，心惊胆战起来。自己在这一瞬间依然想不起任何一句祈祷，只有冰冷的自我怀疑，她对这样的自己感觉到无比的恐惧与绝望。

这无可救药的自我意识过剩，像沉重的盔甲般层层围绕着我——信惠心想，如果神灵此刻正在惩罚我，说不定正是因为这一点。不相信任何东西，无法真心爱他人，也不会因为渴望什么而心急如焚……

主啊,请饶恕我。信惠看着那个十字架,在心里祈祷着。如果这一切都是因为我至今犯下的罪,请务必饶恕我。请结束这场磨难吧。

"坐下。"

南刑警坐在椅子上,仰望着信惠,下达命令。信惠按照指示,蜷缩着坐下,用两只手尽可能地遮住裸露的身体。然而,南刑警连这个动作也不允许。

"把双手举到头顶。"

南刑警打量着信惠身体的各个角落,他的两只眼睛里冒着热气。信惠想,我绝对不会忘记那张脸,不会忘记那副表情的每一个细微的动作。在这令人窒息的羞耻与残酷面前,她能做的却只有闭上眼睛。

"张开腿。"

南刑警以依然粗糙单调的嗓音命令道。

"张大一点。"

主啊,请饶恕我吧。请饶恕我吧。信惠不断地重复这句简短的祈祷,仿佛这句话是能引发某种奇迹的咒语,可以使她脱离这所有的痛苦。

"你觉得我是个变态对吧?你说,是吧?"

"不是……"

"没事,可以说实话。我真的是个变态。"

南刑警的手伸入信惠的下半身,信惠蜷缩着身子喊叫起来。"不许喊!"南刑警以粗涩的嗓音命令道。

"你要敢喊,我就把手伸进你的阴道,扯掉你的子宫。那你以后就不能嫁人了,连孩子也生不了。"

信惠认为南刑警的那句话并不只是单纯的胁迫。此刻在她的眼中,南刑警似乎什么事都能做得出来。真正恐怖的是,她不知道南刑警之后还会做出什么事。信惠咬着嘴唇,把叫喊吞了下去。南刑警的手触摸着信惠起了鸡皮疙瘩的腿部,又从小腹向上一点一点地移动。信惠多么希望自己全身所有细胞的触觉都已经麻痹了。

"你真的是处女吗?"

南刑警颤动的嘴唇凑近了。由于他嘴里散发的恶臭,信惠感觉到一种难以忍受的恶心。某个瞬间,南刑警的手突然伸到信惠的双腿之间。信惠不由自主地喊叫着,弯下腰来。

"别动,我要检查一下你是不是处女。"

南刑警的手指在信惠双腿之间游走,信惠闭上了眼睛。她的嘴唇之间发出一种完全不是自己的,而是什么动物的呻吟声。上帝,请饶恕我。请饶恕我……信惠只在心里不断地重复着这句话,似乎这句话是一个奇迹,可以将她从这所有的痛苦中解救出来。

"喂,我给你看样好东西怎么样?"

南刑警的眼睛奇怪地闪着光,站起身来开始解腰带。信惠极力转过头去。

"瞧瞧这个。"

南刑警嗓音嘶哑,像是来自一个幽深的洞窟。信惠转过头去,紧紧闭着两只眼睛,南刑警用手抓住信惠的下巴,转向自己。

"睁开眼,睁不睁?"

南刑警有力的手指嵌入信惠的颌下,一阵疼痛袭来,脖颈都快断了,信惠不由得睁开了眼睛。

"怎么样?"

信惠看到了南刑警放光的双眼与煞白的牙齿。毫无疑问,那是一副禽兽的面孔。南刑警按下信惠的脑袋,让她的眼睛朝向自己的裤子前方。信惠拼命不去看,那个部位却已进入了视野。信惠闭上了眼睛。然而,刚才所看到的东西已像无法治愈的刀疤一样生动地刻在了视网膜上,可能至死都无法忘记了。

"心情如何?第一次见吧?来,好好看看。"

南刑警的手指依然按压着信惠的颌下。很显然,他现在很享受这一切。他一只手抓住信惠的下巴,另一只手按着信惠的脑袋。突出在解开的裤腰之外的那个东西几乎已经接近眼前。一股牲口般的难闻气味灌进鼻孔,信惠终于开始犯恶心,发出呕吐的声音。

"你这个倒霉娘们!"

南刑警把信惠的脑袋向后推去,破口大骂。然而,脱离了南刑警的掌心之后,信惠的嗓子眼里依然忍不住不断干呕。

"我全按你说的做。我会写陈述材料,求求你住手吧……"

"早就该这样。不过,现在已经晚了。"

"求你了,请听我说。我不是那种人。我不是警察们想象中的那种人。可能是哪里搞错了,错得太离谱了。我不是斗士,也真的不是运动圈。如果我真的有那种信念和意志该有多好。可我无法成为像他们那么强大的人。我反而很软弱、胆小、多疑……"

信惠开始精神恍惚地絮叨起来。她只想着要逃离这令人窒息的痛苦与恐怖,也不知道自己现在正在说些什么,只是乱说一气而已。

"我这个人没什么文化,不知道你现在正在说些什么。"

南刑警目光灼灼,十分惊悚。他的那张脸,仿佛从内心正爆发出某种不知缘由的憎恶。

"臭娘们,你到底为什么那么固执?什么事都要想得这么麻烦,搞得这么复杂吗?我真的很讨厌你们这种混账东西。成天皱着眉头,一副好像自己承受了全世界所有苦恼的样子,把简单的事情搞复杂,不仅让自己不自在,把老实人也搞得不自在……只有把你们这种货色统统清理掉,世界才能安宁,生活才会舒适。明白吗?今天我就给你上一课,告诉你什么是生活，什么是人生。"

南刑警粗暴地把信惠的身体按倒在桌子上。信惠躺在那里，看到南刑警脱掉了裤子。恐怖与愤怒涌来，此刻已经没有了求饶的可能。她虽然想说点什么，嗓子眼却像是被什么东西堵住了，发不出任何声音。南刑警沉重的身躯压在了信惠的身上。信惠拼命地反抗，却渐渐明白，这几乎是不可能的。"你这倒霉娘们。"信惠的眼前浮现出母亲的面容。她努力想象着自己所认识的所有面孔，在心里拼命地呼唤着他们的名字。然而，她已经远离了他们，远离了这个世界的一切。

信惠的手触摸到了什么。那是一个大号的玻璃烟灰缸。信惠一只手拿起烟灰缸，使出浑身的力气，砸向南刑警的脑袋。

"啊！"

伴随着一声惨叫，南刑警抱住脑袋，突然起身。信惠再一次砸向他的脑袋，然后迅速起身，跳下桌子，跑向门口。南刑警的额头已经出血，却依然叫骂着试图抓住信惠。不过，他要先提起裤子，稍微耗费了一点时间。信惠趁此工夫，使劲转动把手，打开了门。眼前是空无一人的过道，日光灯更显冷清。信惠向着那冰冷寂寥的空间高喊"救命"，她嘴里实际发出的呼喊却只像是某种动物的哀鸣，根本听不清。她开始在过道里拼命奔跑。南刑警在身后追赶。信惠连滚带爬下了台阶，在过道拐弯处仰翻在了冰冷的水泥地上。她和一个人撞了个满怀。一个穿着蓝色制服的年轻警官面色惊讶地俯视着信惠。信惠失去了意识。

7

我说我没有任何罪行，是在说谎。我现在才知道自己犯了什么罪。现在，我要坦白自己所犯下的罪。

首先，我认为自己没有犯罪，这种想法就是错误的。我甚至没有意识到自己从哪里开始出现了问题，这种愚蠢就是一种错误。问题在我自身。

我至今从未放弃过自己。就算是为劳动者办夜校，我对这片土地上的民众、被抛弃的穷人们、我的邻居和兄弟们，其实从来没有过真正的痛惜和爱意。我无法对他们的痛苦与愤怒感同身受。我虽然知道这个社会的矛盾与邪恶，却无法与之对抗，乃至献身。对于任何事情，我都感觉不到奉献自我的热情。

我甚至从未真正爱过母亲。我要成为母亲的乖女儿，努力学习，报答母亲的痛苦与牺牲，这种想法从小支配着我。同时，我又不断地想要逃离母亲。我对渺小的东西，就连路边一朵盛开的花也很吝啬，无法敞开自己的心扉。

我永远都以第一人称单数存在，思考，感知。那是一座孤岛、监狱，远离了我的朋友、邻居、社会，甚至独一无二的母亲。我向着外面不断呼喊着"救救我"，却从未想过主动游出去。

我现在才意识到自己的错误，这种无可救药的罪行——无法放弃自己，从未自发地努力寻找希望，既无法向他人伸出援手，也不想抓住他人的手，而且从来不曾为了自己之外的人流泪。

请饶恕我的罪过。

信惠走出警察署时，最先映入眼帘的是堆积的白雪。她与外界隔离的四天时间里暴雪纷飞，全世界都裹上了白雪。很快，她几乎睁不开眼睛。路对面的邮局和农协建筑物的屋顶积满了厚厚的雪，在冬季阳光下发出透明的光，不知道是谁在警察署院子的一角堆了一个表情搞笑的大雪人。这种冬季乡村的人间烟火气息，这种无精打采的安宁风景，在韩国的土地上随处可见。

信惠开始在结冰的雪地上小心地行走。双脚触到地面的感觉十分陌生。她用力撑起似乎很快就会打弯的膝盖，慢慢地迈出步子。

"希望你出去之后不要乱说话，万分之一也不行。当然，你应该不是那种愚蠢的孩子。昨天晚上的事情你要把它忘得一干二净，明白了吧？什么事也没有发生过。"

释放信惠之前,科长如此说道。什么事也没有发生过,信惠在心里重复着这句话。如此一来,好像真的什么事也没有发生过。冬季天空晴朗得刺眼,孩子们尖叫着在积雪覆盖的道路上打雪仗。坐在自行车后座的老婆子朝着某处咧嘴笑着。无论信惠之前经历了什么,外面的世界如谎言一般没有发生任何变化,依旧岁月静好。

"那人本来就对女人有点臭毛病。老婆不安分,跑了,他的性格从那以后就变得怪异。所以啊,你把这件事忘了吧!"

今天凌晨,信惠在某间办公室角落的沙发上醒了过来。科长与一些陌生的脸正在盯着自己。她已经不是赤身裸体,衣服胡乱套在身上。

"总之,你受苦了。你要吸取这次的教训。我们以后不要再因为这种事情见面了,好吗?你要注意身体健康,如果下次再有机会,希望我们可以笑着见面。"

科长释放信惠之前,最后说了这几句话,同时伸出了手。他的手里传递的温暖体温,似乎至今仍有残留。信惠想不起任何要说的话,只感觉到一阵安慰,终于要被释放了。

"自己可以走吗?我们把你送回古巷?"

"不用,不需要。"

信惠至今依然无法理解,他们为什么如此轻易地释放了自己。今天凌晨之后,他们再也没有强迫自己写陈述材料。就像是话剧已经落幕,一切突然结束了。这个结局简直难以置信,正如开场的荒诞离奇。他们关了自己三天三夜,各种暴力与胁迫尽施,最后却一无所得。信惠相当于自始至终独自抵抗了这一切。然而,这个事实没有给她带来丝毫的自豪感或者安慰。

信惠站在十字路口,不知道要去哪里,暂时停下了脚步。人们丝毫没有注意到她。信惠意识到,至少自己的外表与来往的路人并无任何差别。这使她安心,同时又感觉到一种难以忍受的难过与委屈。

信惠全身酸痛,却又不知道具体痛在哪里。不过,被摧毁的不仅是身体,更是精神。她很迷惑,为什么自己现在如此平静。她应该发疯发狂或者失魂落魄地哭泣才对,然而,现在不仅什么事也没有,反而感觉到一种难以忍受的饥饿。如此想来,她已经一整天没有吃过东西了。她认为自己已经一无所有——本该梦想的,本该守护的。剩下的只有一副皮囊,一具令人作呕的身躯而已。不过,这具身体竟然感到非常饥饿,真是荒唐。她下意识地开始寻找路边的餐馆。

信惠坐在餐馆椅子上,点了一碗牛骨汤。但是,一勺热乎乎的汤水入口的瞬间,她突然开始呕吐。她强忍着呕吐,却终究未能忍住。她感觉自己的整个人生都从嗓子眼里涌了出来。直到再也没有什么可吐的了,这一次她开始大哭。信惠把脸趴在胳膊上,开始放声大哭。一旦开始哭泣,就再也难以控制,她哭得停不下来。人们在她背后窃窃私语。

"天呐,食物全浪费了,真可惜……"

"不知道是个黄花闺女还是新媳妇,因为什么事哭得这么厉害啊?"

"身体哪里不舒服吗?还是……"

信惠突然转向人群,开始对着他们大喊:

"你们到底算什么?你们是干什么的?你们对我了解多少?明明对别人漠不关心,却在这里说长道短?你们为什么要这样?"

人们愣在原地,惊讶地看着发疯一般大喊的信惠。信惠立刻离开了餐馆。是因为刚才的放声哭喊吗?她突然感到一阵虚脱疲惫,内心如放空一般。

信惠登上了去往古巷邑的长途大巴。总之,要回到那个地方。大巴重新经过警察署门前时稍微停了一下,信惠透过车窗看着道路对面的警察署建筑。一个略微蜷缩着肩膀的战警在警察署建筑旁站岗,旁边有一个身穿灰色夹克的四十多岁的男人和一个农民打扮的老人正在谈笑风生。信惠茫然地看着两个人嘴里冒出的白气混入冰冷的空气中。她突然认出了那个身穿灰色夹克的男人,全身顿时僵住了。那人是千刑警。信惠感到惊讶,不是因为再次想起了千刑警带给自己的可怕的痛苦,而是因为现在她眼前的这个男人看起来非常友好而淳朴。他挠着后脑勺,脸上布满了深深的皱纹,笑意善良而纯真。信惠终究无法相信并理解这一切。主啊！她的嘴里不由自主地发出了一声惨叫。

信惠到达古巷邑时，天色已经完全黑了下来。道路没有任何改变，像鱼内脏一样狭窄、蜿蜒，依然散发着恶臭，又脏又乱，喧闹嘈杂。信惠经过黑色河水静静流淌的小桥，迎着黄昏走进了像老妓女一样开始浓妆艳抹的酒馆茶房胡同。醉汉们光着膀子在打架，一只浑身裹满泥水的野狗在翻找垃圾桶，某个电台传来尹秀一的歌曲《公寓》。龙宫茶房那块裂了纹的丙烯牌匾、狭窄倾斜的木质台阶，以及那股馊臭的味道，果然也没有发生任何改变。信惠推开门进入茶房时，耳朵里听到的熟悉的嗲音也是一样。

"欢迎光临，天呐！"

老板娘坐在收银台，张着嘴巴愣在那里。信惠尽可能不带任何感情地说道：

"您好。"

"哦，怎么回事？警察……把你放了？"

"什么怎么回事？姐姐你这话说的，好像盼望着我千万别出来啊。"

"你这孩子，怎么能这样说话？我那么担心你……总之，安全出来了就好。来暖和的地方坐吧。"

信惠坐下，像客人一样打量着茶房内部。没看见小雪，只有另外两位陌生的服务员站在那里百无聊赖地看着电视。

除此之外，没有任何变化。对面墙上挂画里的裸露外国女郎依然半伸着舌头，眯着眼睛看着信惠。奇妙的是，信惠从那个女人身上感觉到了某种亲密感。

"受了不少苦吧，小韩？不过能这样出来，真是万幸啊。"

老板娘优雅地提着韩服的裙尾，坐在了前座。

"我不是小韩。我的名字是郑信惠，您知道的。"

"我知道什么啊。你是不是有什么误会，我可什么都不知道。"

"怎样都无所谓。我现在只是来拿钱的。请把我这段时间的薪水给我。"

"怎么那么急？别担心钱的问题，先喝口热乎的要紧。"

"不想喝。赶快把钱给我。我马上要走了。"

"去哪儿？首尔？"

老板娘沉默地盯着信惠看了一会儿，等待她的回答，继而站起身来走向收银台。过了片刻，她回来了，手里拿着一个白色信封。

"你被警察抓了，所以一个月缺了四天，我给了你一个月的。"

老板娘发善心一般地说道。信封里放了四张十万韩元面值的支票。正是这笔钱让信惠来到这个陌生的矿山村，这是可以将开除学籍推迟一个学期的学费，是她在这里所经历的一切的唯一补偿。奇怪的是，她对此没有任何感觉。没有悔恨，也没有委屈和消沉。她把信封对折，放进裤袋，站起身来。

"行了，我要走了。"

"没必要进房间了，你的包在这里。"

老板娘从收银台下面拿出一个眼熟的咖色塑料包。包里凌乱不堪，看上去像是被人翻找过又随意塞回去的样子。说不定是警察翻找的。不过，现在这些都已经无所谓了。信惠打开包确认时，老板娘双臂交叉，面容恢复了极度的生硬冷淡。

"祝您生意兴隆。"

信惠提着包，走向门口。

"姐姐，真的对不起。"

信惠走出茶房，意外地发现小雪站在门外等她。可能是因为寒冷，小雪的鼻尖已经冻红了。

"一切都是因为我，姐姐。我觉得自己被金光培骗了……我恨过他，也恨过你。不过，我也不知道自己为什么会做出那种事情。我真该死。"

"你向警察举报的我，是这个意思吧？"

信惠无法相信小雪的话。小雪却点了点头，表情扭曲而僵硬。她的眼里积满了泪水，像烛泪一样哭花了脸。

"姐姐，你绝对不会原谅我，对吧？"

"我现在准备去见金光培,可以吗?"

小雪的两只眼睛里带着疑惑和恐惧,斜瞥着信惠。

"别担心。我不会说其他的。你可以告诉我他家在哪里吗?"

"你自己不好找。我带你去。"

小雪走在前面。两人走在狭窄崎岖的胡同里,一路沉默不语。过了小河,小破房聚积的山脚出现了。看来那里是矿工住宅区。黑暗中密密麻麻地布满了外形统一的火柴盒式住房,信惠久久地仰望着这般光景。

"是那里吗?"

小雪点了点头。

"看到那个路灯了吧?下一家就是,209号。我回去了。"

小雪说完,却站在原地没动。信惠走上了通向住宅区的陡峭的斜坡路。她走了几步回头一看,小雪依然站在原地看着自己。小雪突然大喊:

"姐姐,我决定和他一起生活。今年春节,我会跟他回老家。"

信惠没有说话,微笑着点了点头。小雪似乎这才放下心来,像个孩子一样笑了。

积雪冻住了,脚下很滑。信惠经过那些没有大门也没有院墙、清一色寒酸破旧的房屋,来到瞎了一个灯泡的路灯下。她看到了又脏又厚的胶合板拼接门上用黑漆写下的数字"209"。

门缝里透出一线灯光。信惠在门前站了许久。她自己也不知道怎么会来到这里。然而，一个显而易见的事实是，她的体内存在着某种难以抑制的力量在催促着她。

终于，信惠摇了摇那扇破旧的胶合板门。没有反应。她再次用力敲了敲门。一股莫名的激情涌上心头，信惠兴奋难抑，整个身子颤抖起来。我到底为什么要来这里，信惠自问。不管因为什么原因，重要的是要见金光培一面。这个想法从她出了龙宫茶房，不，从警察署释放的那一刻起一直牵引着她。她抓住了门把手。本以为门上了锁，没想到一推就开了，似乎要掉下来。

首先映入眼帘的是厨房。灶台上放着一个瘪了的汤锅，里面盛着干掉的泡面；有一个塌掉一半的碗橱，以及几个落满灰尘的菜碟。一扇房门紧挨着厨房，门上贴着的窗户纸满是破洞。"在家吗?"信惠推开了房门。灯开着，房间里却空无一人。可能是玻璃破了，窗户上遮着一条破旧褪色的军毯，墙上堆挂着不少衣服，垂下来的样子像是吊死鬼。

信惠茫然地僵站在原地，一时不知如何是好。一路牵引着她来到这里的冲动有多强烈，此刻就有多空虚。信惠想，既然他开着灯出了门，应该不会离开太远，却又不知道他什么时候才能回来。信惠突然看到了住宅区尽头的黑暗中透出的红色灯光。那是丧灯。看来有人去世了。因为是矿工住宅区的一户人家,说不定是某位矿工同事死了。信惠这才想到,金光培肯定是去了那家。她向着灯光开始爬坡。终于有两个吊丧客模样的男人紧紧蜷缩着身子从那户人家走了出来。

"打搅一下……"

他们目光讶异地上下打量着信惠。

"你们是从办丧事那家出来的对吧?"

"是啊……怎么了?"

"金光培在里面吗?"

"你和金光培什么关系?"

幸运的是,他们好像认识他。一个人咧嘴笑了。

"是他相好的?"

"抱歉,可以帮我叫他一下吗?"

"等一下。"

那个人返回屋里之后,过了片刻,金光培出现了。金光培露出一副难以置信的表情,慢慢地走了过来。

"你……怎么到这来了?"

"我今天可以住在这里吗?"

他十分震惊,表情僵住了。他沉默地盯着信惠的脸,片刻之后开始挪动脚步。

"在矿山干了一辈子的一个老矿工,昨天晚上死了。只留下三个孩子……老婆几年前借了别人的债,做生意被骗之后跑了。他从此就做起单亲爸爸,独自抚养孩子。确诊尘肺病之后,依然继续井下作业,一直嚷嚷着自己绝对不能死。昨天晚上喝醉了,走在铁路边被火车撞死了。一分钱赔偿金也没拿到,真是死得不值。"

金光培走在前面,絮絮叨叨的声音从他的背后传来。夜晚冰冷的空气刺入肌肤,深蓝的天空中点点星光,夜风粗暴地撕扯着云朵。

"你来这里有什么事吗?"

房间内的灯光亮度很低,金光培的面容比之前见面时更加苍老而疲惫。房间内散发着刺鼻的汗味与馊臭的男人气味。信惠把脚伸进满是污垢的被子里,地板热乎乎的。不管怎样,至少这里的煤炭资源丰富。

"我刚才已经说过了,今天晚上住在这里。"

金光培倚靠着墙壁,眼里满是疑惑地看着信惠,目光相触时却又垂下眼帘。他看起来很拘谨,像是到了别人家。

"我还以为再也见不到你了……"

他脸上浮现出扭曲的笑容,粗糙干燥的嘴唇扯得生疼。

"你听说我这几天的遭遇了吗?"

"知道,被警察抓了。"

信惠语塞了。金光培不断地用手指扯着袜子的边角。他的袜子边角破了一个小洞,不过他并不是觉得丢脸,只像是无意识的习惯一般重复着这个动作。

"你也不问问我在警察署发生了什么事?实在不行,还可以问问我受了多少苦不是吗?我还担心你会因为我一起被抓受罪。"

金光培这才抬起头来。

"他们为什么抓我?你好像还不知道吧,我无法成为那种伟人。我无法成为那种伟人,他们比任何人都了解这一点。"

他的脸上再次依稀浮现出扭曲的笑容。

"你从刚开始就误会我了。你可能认为我是参与过工人运动而遭到镇压的牺牲者,或许现在依然在等待斗争重新开始,可我并不是那种人。事实恰恰相反。几年前,这里发生暴动时,我出卖了同党。我被警察逮捕,按照他们的要求出卖了同党,是一个无耻肮脏的人。从此以后,我一直是警察的间谍。"

金光培难受地叹了一口气。信惠看到,他抓着袜子的大拇指的指甲发黑,已经坏死了。

"其实,我也去了警察署。"

他再一次艰难地说了下去。

"昨天早晨,刑警们来找我了。我去了警察署,大致猜到了是什么事。他们刚开始以为有什么内幕,所以拷问了你,结果什么也没有,但那么放了你又觉得可惜,打算强制编造点什么。他们把我找来,想让我写一份你拉拢我的陈述材料。"

"所以呢?"

"我说我做不到。我虽然被人咒骂是警察的间谍,却绝对不会做那种事。我告诉他们要杀就杀,随他们的便。"

可能是因为身体突然变暖,信惠的体内奇怪地涌起一股难以忍受的悲伤,全身变得无力。金光培看着信惠,狡辩一般说道:

"我虽然名义上是间谍,却从来没有真正做过任何一件间谍的事,真的。"

"靠近一点。"

信惠说道。金光培面部扭曲,夹杂着疑惑与不安,片刻之后以非常拘谨的动作坐到了信惠身旁。他的手指小心翼翼地,像是触摸今生第一次看到的物品的小孩子一样,摸摸信惠的头发,又摸摸她的脸庞。金光培的手很粗糙,手指僵硬,此刻却像融化了一般柔软。

"这里怎么了?"

信惠触摸着他指甲发黑坏死的大拇指,问道。

"没什么,就是……工作时被支架砸了。"

信惠默默地逐一亲吻着他的手指,一种难以形容的痛苦涌上心头。

"你为什么不离开这里?"

"我为什么不离开这里?"

金光培自言自语般反问道,沉默了片刻。

"是啊……因为什么呢?我也不知道。说不定是因为自尊心吧。"

过了许久,他极其缓慢而艰难地继续说下去:

"我这样的人追求自尊心,很好笑吧。在这里,人人都把我金光培看作一个傻蛋。同事们认为我是一个卑鄙肮脏的背叛者,利用我的警察或者雇主则认为我还不如一条狗。他们没错,大家怎么想都可以。八零年事件我被警察逮捕时,实在太害怕了。他们把我变得毫无价值,甚至不如一条虫子,我曾经真的以为自己还不如一条虫子,所以只能任凭他们摆布。"

金光培的嗓音逐渐颤抖起来。信惠的脸靠在他的肩膀上,他的颤抖传遍了信惠全身,引发了信惠心中一种难以忍受的沉重疼痛。

"不过,不管人们向我吐多少口水,多么瞧不起我,我都不会离开这里。不,是我不能离开这里。我不能被贴上坏人的标签离开这里,除非有一天,我向他们证明我不是那种人。那是我金光培最后的自尊心和傲气。你不理解我的话吧?"

"不,我可以理解。"

信惠慢慢起身,在金光培的眼前开始一个一个地解开上衣的扣子。金光培像块石头一样僵在那里，看着信惠的一举一动。

"要我。"

信惠的嘴里很干，嗓音沙哑。

"快点，你不知道我的话什么意思吗?"

金光培面容扭曲僵硬，慢慢地走了过来，像是担心信惠的身体会在自己眼前瞬间消失。信惠抱住了他的头。他的头上透着一股油腥味，灌进信惠的鼻子。难以忍受的痛苦与悲伤袭来，信惠紧紧地抱着他的脖子，以免被那可怕的痛苦吞没。

过路火车的声音传来，撼动着黑暗。信惠在黑暗中睁着眼睛，聆听着金光培不断埋进自己胸部的声音。过了多久呢?终于，她小心翼翼地站起身来。挡着毯子的窗户缝隙里透过一缕微光，金光培低声打着鼾熟睡的样子依稀显现。信惠担心吵醒他，在黑暗中无声地摸索着衣服穿上，拿起包，出了门。她沿着坡路下山，一次也没有回头。

凌晨。黑暗终于逐层褪去，远处天空一隅露出鱼背色的微蓝，逐渐变亮。信惠突然停下脚步，看到头顶天空中有一颗闪耀的星星。等到天亮了，那颗星很快就会消失，它却并不在乎，依然坚守着自己的位置，发出微弱的光。

是谁在那高处点亮了一盏不灭的灯呢?

信惠仰着头，久久地看着那颗星。她从未像这样近距离地感受星光。自己在警察署遭遇那般恐怖的事情时，和金光培在一起时，还有此刻这一瞬间，地球都在一成不变地沿着自己的轨道运转，宇宙中的那颗星孤独地守护着自己的位置，闪闪发光。

下一个瞬间，信惠感觉到一种冷水浇头般的恶寒，体内有种东西突破混沌醒了过来。那颗星悬挂在空中，我站在这里。任何人、任何东西都无法抢占那颗星的位置。我心里也有一颗星，世界上的任何力量都无法将它夺走。"是的，这就是我的生活。"信惠的内心充满了活下去的渴望。那颗星突然飞向她的眼前，支离破碎。不知不觉间，眼泪已经莫名地开始流淌。

丧家门口依然挂着丧灯，篝火正在燃烧。信惠不由得被那温暖的火光吸引，向着那家走去。五六个人围在篝火旁烤火，看到信惠走近，默默地为她腾出位置。信惠和他们一样默默地站着，看着徐徐燃烧的篝火。篝火发出噼噼啪啪的声音，他们的脸被映红了。篝火为每个人的面容烤上了不同的表情与颜色。无数的火星飞向冬季天空，随后消失不见。突然，信惠翻找着塑料包，拿出了昨天晚上从老板娘那里收到的信封。她也完全没有料想到自己会这样做。

"大叔，请把这个转交丧主。"

信惠把信封递给其中一个看似年纪最大的男人。

"姑娘，这是什么？"

"丧事礼金。"

男人接过信封,难以置信地前后查看一番,又看着信惠。

"连个名字也没有。姑娘你是谁?你认识崔先生吗?"

"我啊,有人让我来的。再见……"

信惠还没说完,已经迅速转身离去。她似乎听到身后有人呼唤着自己,却没有回头。

黑暗中传来火车嘶哑的汽笛声。这是凌晨三点五分开往首尔的统一号列车,信惠觉得如果加快脚步,还能赶得上。她和第一次来到这里时一样,手里只提着一个塑料包,跑向车站。

后记

时隔许久，又完成了一本书。奇怪的是，我自己竟没有什么特别的感触。

在此期间，我听到过许多饱含担忧的批评："为什么不出书？为什么不认真写作？"每次遇到这种提问，我也同样很好奇答案，并且感到难堪。这次为了出书，我看了一遍这段时间的稿子，略微明白了其中缘由。我再次感觉到自己写的东西不够成熟，缺乏深度，不知道我的文字中究竟有多少价值，同时感到一种可悲的惭愧，说不定我的作品只是毫无进步的复制品。一句话，我丝毫不喜欢自己写下的文字。说不定这是因为我天生就是一个十分自卑的人。

我现在想要重生。我感觉到了一种欲望，想要写一些与之前不同的文字，想要过与以往不同的生活。就像脱掉旧衣服一样，想要脱胎换骨。到目前为止，这种欲望每每以失败告终，却也成为支撑我至今的力量。

我希望这本书成为我重新出发的契机。不能放弃这种信念：会有陌生读者在某处阅读我的文字并为之触动。无法对文学诚实，可能意味着对我的人生不诚实，我必须接受这个事实。

感谢长久等待并帮助我再次出书的文学与知性社的各位，以及为本书写解读的成民烨。

1992 年 11 月

李沧东

附录：追求真正价值的小说探索

成民烨

自从社会主义看似逐渐衰落、资本主义走向世界性的胜利以来，对正面意义的真正价值是否存在的怀疑开始广泛扩散。近代之后的理性、科学、主体意识等核心话语中，蕴含着虚伪性与压迫性——这种合理批判急剧世俗化，且没落为一种虚无主义；对真正价值的追求索性被看作毫无意义，对绝望与自我毁灭的沉溺却在不断蔓延。在近代，追求真正价值只能以衰落的价值为媒介，如今显然情况更加恶劣。尽管如此，认为这种追求毫无意义，无疑是一种失败主义。

李沧东的第二部小说集展示了一类艰辛追求真正价值的人物形象，令人感动。第一部小说集《烧纸》（1987年）经常被评价为未体验世代[i]分断小说的一种类型，还曾引发对接受萨满教的争论，不过那部小说集的主题其实是对真正价值

---

[i] 未体验过朝鲜战争的一代人。

的探索。秦炯俊准确把握了这一点，称其为"用成熟的认识拥抱传统生活"。李沧东试图与社会主义前景或者传统/现代二分法相关的理解人性的各种公式做斗争，探索如何摆脱那些公式，着眼于捕捉生活的真实。作品稀少的李沧东从未停止过这种探索，他在第二部小说集当中更加积极地摆脱了那些公式。

积极地摆脱公式，首先表现在详细审视了那些生活的真实具有一种错综复杂性的人物。例如，《天灯》中的信惠虽然是运动圈的大学生，却对自己的身份认同产生了混乱。她对运动缺乏坚定的信念，陷入怀疑与矛盾之中，这源于她无法与劳动者或者民众融为一体。"我竭力对他们的痛苦、他们的想法与愤怒感同身受。然而，不论我再怎么努力，我依旧是我，终究无法变成他们。不，我越是努力变得与他们相像，越是感觉自己不够诚实，变得不像自己，感觉自己就像是话剧中的小丑一样做着拙劣的表演。"这种怀疑与矛盾在20世纪80年代之后的韩国小说中经常出现，因此没必要赘述，不过信惠的独特之处在于，她在单亲母亲的抚养下度过了贫困的童年，至今无法摆脱那种残酷的贫穷。她只是成了大学生而已，其余的生活条件与"他们"一样，甚至更惨。她现在为了赚学费而做着矿工村茶房服务员的工作。这个世界向这样的信惠强求一种公式。母亲强迫她将来成为小学老师，运动圈的同事强迫她成为满怀信念的斗士，警察强迫她成为潜入矿工村的鼓动者。"你们此刻正在强迫我变成不是我的某种东西",这种抗议中蕴含着她的真实。

李沧东塑造的形象当中不乏没有谎言、没有怀疑、信念十足的人物。《天灯》里的秀任、《鹿川有许多粪》里的玟宇、《真正的男子汉》里的张丙万等,皆是如此。然而,李沧东的审视却没有对准他们。《天灯》的秀任只是在回想中短暂出现,《鹿川有许多粪》的焦点对准的也不是玟宇,而是在与玟宇的见面中对自己的身份认同产生混乱的同父异母的兄弟俊植。《真正的男子汉》虽然例外地把审视的焦点对准了张丙万,却也不是直接审视,而是通过第一人称叙述者小说家的观察来实现的。

重申一次,这一结构特征源于摆脱公式、把握生活的真实之复杂性这种意图。李沧东在这种复杂性之中探索真正价值的方向与可能性。重新回到《天灯》,信惠在接受残酷的拷问时不断反思自己,终于意识到:

> 我现在才意识到自己的错误,这种无可救药的罪行——无法放弃自己,从未自发地努力寻找希望,既无法向他人伸出援手,也不想抓住他人的手,而且从来不曾为了自己以外的人流泪。
>
> 请饶恕我的罪过。

这种意识让她对金光培以身相许，并拿出自己这一个月来的所有收入作为因塌方事故去世[i]的老矿工的丧事慰问金。"她完全没有料想到自己会这样做。"这个行动的意义可以解读为利他主义和爱，重要的是，它源于生活的真实所具有的那种错综的复杂性。

　　《关于命运》看似普通，却也可以通过相同的思路进行解读。这部作品通过虚假与真实的错谬构建了生活的真实的复杂性。兴南觊觎遗产，谎称是金老头的儿子光一。然而，光一只是金老头丢失的儿子户籍上的名字，儿子实际叫兴南。虽然过于巧合，但兴南其实正是金老头丢失的儿子。当兴南丢掉自己真正的名字，自称"光一"时，他是假的；当他回到自己的名字，他成了真正的儿子——这是真实。然而，金老头没有留下任何遗言突然离世，只有"光一"是金老头的儿子，金兴南成了假冒的儿子。真实与虚假在此颠倒了两次。这种错谬逼疯了兴南。

　　通过对真实的确认，兴南的疯癫得到治愈。这种真实表现为金老头留下的古董手表。虽然兴南当初觊觎的几十亿财产全部落入他人手中，古董手表却重回兴南手中，这才是真正贵重的真实的证据。兴南对这种回归提出了以下疑问：

---

[i] 根据原文，老矿工是醉酒后被火车撞死，解读者可能混淆了前文提过的其他事故。

如果没有所谓命运之神这回事,父亲留给我的唯一遗产重回我的手中又该如何解释呢?这块旧表失而复得,不就是命中注定吗?我反复思考着,如果这是上天的旨意,又是什么意思呢?

这部作品的整体情节过于虚假。不过,抛开这一点,我们有必要认真思考这种虚假中强烈蕴含着的作者的意图。古董手表归来的设定,来自作家对人的根本信赖。中篇《天灯》的以下段落把这种信赖表现得十分唯美,同时也是标题的出处。

是谁在那高处点亮了一盏不灭的灯火呢?

信惠仰着头,久久地看着那颗星。她从未像这样近距离地感受星光。自己在警察署遭遇那般恐怖的事情时,和金光培在一起时,还有此刻这一瞬间,地球都在一成不变地沿着自己的轨道旋转,宇宙中的那颗星孤独地守护着自己的位置,闪闪发光。

下一个瞬间,信惠感觉到一种冷水浇头般的恶寒,体内有种东西突破混沌醒了过来。那颗星悬挂在空中,而我站在这里。任何人、任何东西都无法抢占那颗星的位置。我心里也有一颗星,世界上的任何力量都无法将它夺走。"是的,这就是我的生活。"信惠的内心充满了活下去的渴望。突然，那颗星飞到她的眼前，支离破碎。不知不觉间，眼泪已经莫名地开始流淌。

这或许是韩国小说中屈指可数的唯美而令人感动的描写。这盏"天灯"与《关于命运》的"古董手表"，是对人的根本信赖的象征。这些东西治愈了陷入混沌的信惠和得了癔症的兴南。

这种对人的根本信赖美好而感人，不过立足于冷酷的现实主义来看，却很难脱离浪漫主义的批判。李沧东小说的力量不在于这种信赖的浪漫表达本身，而是源自以那种信赖为原动力，戳穿我们的生活的——偶尔悲剧性的——错综的复杂性，同时对真正价值的方向与可能性抛出痛苦的提问。这种痛苦的提问引发了一种反思，即对人的信赖如果止步于对其自身观念的执着乃至盲目的信仰时，会不会也沦为一种公式？

《龙川白》是一个短篇，却融入了很多故事。金学圭年轻时作为南劳党员参与过共产主义运动，因此在六二五战争前后有过一段牢狱生活，一辈子成了一个废人，一个"龙川白"。他努力坚守着自己的信念，甚至连儿子的名字也要模仿马克思取为"莫洙"，却一辈子不曾将这份信念付诸实践。不过，他一直顽固地拒绝融入韩国的资本主义社会。这种拒绝使他不愿工作赚钱以维持基本生计，整日酗酒。

这样的他，突然自称犯了间谍罪。这种自称蕴含着他为了守住自身人格的辛酸挣扎。他使用了"龙川白"这个比喻，并对儿子说道：

> 我现在还能活多久呢？虽然对不起你……我已经决定了，不要至死做一个龙川白。我要说的就是这些。

儿子尖锐地批判了这样的父亲。对儿子来说，父亲是一个卑鄙的人，一辈子只给家人带来痛苦，迫使妻子代替自己成为"金钱的奴隶"。在儿子看来，父亲的间谍把戏只不过是另一种"龙川白"罢了。

> 您这么做，过去的生活就会有所改变吗？这种做法很傻，是彻底的自我欺骗。在我看来，只是发疯罢了，又成了另一个龙川白。

通过虚假重寻真实的父亲与批判这种做法又是另一个龙川白的儿子之间的这条无法跨越的鸿沟，向我们抛出了一个痛苦的提问。这条鸿沟是一种压迫，贯穿着我们的存在与历史，最终歪曲了真正的价值追求。但李沧东却出乎意料地对逃离名为"父亲"的现实的儿子持包容态度，拒绝在结尾填补这个鸿沟。李沧东刻画的儿子"嘶哑的嗓子眼里有一种难掩的哀伤",充满暗无天日的绝望,只是回头望向"坟墓一般的寂静中"的"高大的建筑物"(拘留所)而已。那条鸿沟前的绝望,是对我们的生活所遭受的所有压迫进行痛苦提问的表情。

关于痛苦的提问,这本小说集中最受瞩目的作品是《鹿川有许多粪》。本篇作品中出现了一对同父异母的兄弟俊植与玟宇。玟宇是学生运动出身的社会运动家。根据第一段的描写(挤坐在地铁里打瞌睡并做噩梦的样子)可以推断出他有苦恼,作品却完全没有深入玟宇的内心,只通过俊植的观察对玟宇进行刻画。与玟宇不同的是,作品着重刻画了完全过着小资产阶级生活的俊植的内心。也就是说,与《天灯》的视角正相反。

俊植是一个奋斗型的小资产阶级式人物。他在小学打过杂,夜大毕业之后成了一名正式教师,一番艰苦奋斗之后终于凭借一己之力买下了一套狭窄的公寓。然而,他依然无法摆脱他人的蔑视。不仅在职场,在家庭中也是如此。他和同一所学校庶务科出身的妻子闪婚,他们的婚姻生活甚至不具备最基本的相互理解与连带感。同父异母的弟弟玟宇的出现,引发了变化。俊植的妻子从玟宇身上看到了俊植缺失的东西,对与俊植的婚姻生活正式开始产生怀疑。俊植的妻子毫不掩饰地蔑视俊植,却又暗自对玟宇动心。因此,俊植从小积压在心里的与玟宇有关的被害意识被激化,他终于向警察举报了玟宇的行踪。

这三个人物都有自己专属的真实。俊植无法理解玟宇所作所为的意义,同时彻底缺乏关于"活得像个人"的现实反省。然而,当无法摆脱极度贫困的过往的他扛着鱼缸回家时,途中的独白场景蕴含着彻底的真实。俊植的妻子有些虚荣,缺乏一份真挚的努力将她与俊植的婚姻生活向着有意义的方向推进。不过,在她对自己的小资产阶级生活所产生的怀疑与对真实人生的茫然而热切的渴望中,也蕴含着真实。玟宇有点不谙世事,可这种不谙世事是他纯真的表现,他的纯真是他实践性的人生的基础。

玟宇的出现成为俊植的家庭生活显现出"这种生活是建立在肮脏发臭的垃圾堆上的谎言"的契机。在这种显现中,三个人物的真实彼此纠缠且相互矛盾。在这种矛盾中值得重视的是,李沧东选择了俊植作为视点。如果以玟宇为视点,这种矛盾很容易被解读为启蒙主义;如果以俊植的妻子为视点,则很容易被解读为小资产阶级日常的幻灭的浪漫主义。然而,以俊植为视点,这部作品可以激烈地刻画这种矛盾其内在的,或者说成为这种矛盾赖以产生的条件的社会普遍性,以及由此产生的鸿沟。在这种人生的条件下,"活得像个人"是什么,这是有可能的吗?李沧东更加沉重、更加痛苦地提出了这个疑问。玟宇被抓之后,瘫坐在粪堆上哭泣的俊植令人心痛。

俊植开始哭泣。他的眼中不断流泪，泪水使他更加悲伤。他不是因为后悔而哭，也不是因为自责而哭。让他哭泣的，只是那种心脏撕裂般的凄惨感觉，以及任何人也无法理解、对任何人也无法说明的，只属于自己的悲伤。他坐在粪堆上不想起身，像个孩子般大声哭了很久。他哭得不成样子，仿佛内心积攒的所有悲伤同时迸发了出来。他放任自己在体内日积月累的悲伤与不知所措的空虚中尽情地哭泣着。

俊植的哭泣向我们抛出一个无比痛苦的提问。我在这个提问中看到了李沧东追求真正价值的小说探索中最炽热的一面。这种探索摆脱了所有险恶或压迫的公式，让我们直面错杂的真实。只有在这种错杂的真实中，话语的本意中的真正价值才会奔涌而出。